Stefano Benni
Brot und Unwetter

Quart*buch*

Stefano Benni

BROT und UNWETTER

Roman

Aus dem Italienischen von Mirjam Bitter

Verlag Klaus Wagenbach   Berlin

Inhalt

Gleichwie das Weinen gemäß den Gefühlsregungen variiert, so verwickelt und kostbar und jedes Mal anders ist auch das Lachen.

LEONARDO DA VINCI

❱ Erster Teil

Das Erwachen des alten Sehers

In den nächtlichen Träumen bitten die Bösen um Vergebung, und die Guten morden.

Doch hinter den geschlossenen Augen behält jeder sein Geheimnis für sich.

Deshalb werden wir nie erfahren, was der Opa Seher in jener Nacht träumte, als im Morgengrauen seine Nase erwachte.

Tatsächlich war das Erste, was der Opa jeden Morgen tat, nicht etwa die Augen aufschlagen, sondern schnuppern.

So prüfte er, ob er eine weitere Nacht überstanden hatte und in diesem Moment noch am Leben war.

Hätte er die Augen geöffnet, wären nur das Dunkel und die Schatten seines Zimmers zu sehen gewesen. Und er hätte sich noch in irgendeinem trügerischen Traumbild oder einer obskuren Parallelwelt befinden können.

Doch schnuppernd konnte er nicht falsch liegen.

Hätte er Schwefel und Grillanzünder gerochen, hätte das die Hölle sein können. Brot und Most, das Paradies. Vom Purgatorium hatte er keine klare Vorstellung, aber er glaubte, es rieche nach Grieß.

Manchmal fürchtete der Opa Seher, in den Gerüchen eines vergangenen Lebens aufzuwachen. Zum Beispiel hätte ihn ein grobes Aroma von Militärdecken und Füßesalat zurück in die Kaserne versetzt. Bleistift und Tafelkreide, er würde wieder die Schulbank drücken. Nebel und Strumpfmaskenwolle, auf dem Rad zur Arbeit. Tinte und Blei, die Druckerei.

Doch wenn er Lavendel und gedünstete Paprika gerochen hätte, jetzt hier an seiner Seite, im Bett, dann wäre Jole dagewesen. Denn seine langjährige Lebensgefährtin Jole hatte jene bezaubernde Geruchsmischung ausgeströmt: Ihre erst blonden, später weißen Haare hatten angenehm nach Shampoo gerochen, aber sie waren von fünfzig Jahren Paprikadunst in der Küche durchdrungen, und wie oft und womit man die Haare auch wusch, nichts hatte jenen Ehebund trennen können.

Den Opa rührte diese Erinnerung, und die Rührung nahm nicht in Form von Tränen Gestalt an, sondern in einem Furz.

Der Furz war der Beweis seiner Einsamkeit. Jahrelang hatte er diese notwendigen nächtlichen Manifestationen aus Respekt gegenüber Jole unterdrückt. Manchmal war er nachts aufgestanden, auf den Balkon gegangen und hatte moduliert. Wer vorbeilief, hatte denken können, dass dort oben eine Katze wäre, oder ein schlafloser Saxophonist. Manchmal war ein Freund vorübergegangen und hatte aus Solidarität mit einem Gegengesang geantwortet.

Es war jedoch vorgekommen, dass ihm ein heimtückisches und unbändiges Gis entfuhr. Dann hatte sich Jole ein wenig im Bett herumgewälzt, irgendetwas gemurmelt oder so getan, als wäre nichts.

Der Furz des Opas an jenem Morgen verlor sich in den Lüften, und niemand protestierte.

Hätte ein Teufel mit einem schwefligen Kontrapunkt geantwortet, wäre er in der Hölle gewesen.

Hätte ein Engel die Luft mit einem Weihrauchfass gereinigt, wäre er im Paradies gewesen.

Hätte ein Buchhalter aus Varese protestiert, wäre es wie in jener Nacht im Schlafwagen gewesen.

Nichts dergleichen geschah, und so dachte der Opa, dass er wieder einmal und in diesem Moment am Leben war, in der üblichen Welt.

Doch er wollte einen sicheren Beweis.

Er schnupperte stärker und nahm Gerüche wahr, die ihn beruhigten.

Brotgeruch zuallererst.

Wunderbarer Brotgeruch aus der Bäckerei, Beweis für die menschliche Arbeitsamkeit und den täglichen Kampf ums Überleben. Zu dem Duft gesellte sich die kräftige Stimme des Bäckers Selim, der eine italienisch-ägyptische Punkversion von *E se domani* anstimmte.

Dann schnupperte der Opa Kaffeegeruch. In seine Nase drangen Kolumbien, Arabien, Maracaibo, die Schiffe des Freibeuters Morgan und Posillipo. Die Bar wurde gerade geöffnet.

So schickte er sich an, aufzustehen und die siebenundzwanzig Tätigkeiten zu verrichten, die ein erwachsener Mensch verrichten muss, um seinen Platz in der Welt wieder einzunehmen. Sich wieder auf zwei Beine stellen, sich waschen, sich ankleiden, sich die Schuhe anziehen, sich die Taschen mit den üblichen Dingen vollstopfen, kontrollieren, dass nichts fehlt, und so weiter.

Der primitive Mensch, dachte der Opa, musste nur drei Dinge tun.

Sich vorsichtig erheben, um sich den Kopf nicht an der Höhlenwand anzustoßen, und pinkeln. Manchmal erfolgten diese beiden Tätigkeiten gleichzeitig.

Er musste sich nicht aus dem Schlafanzug schälen und sich etwas anderes anziehen, denn Nacht- und Arbeitsbekleidung waren dieselbe: das Fell eines Affen oder eines anderen Spenders.

Die dritte Tätigkeit war, sich den Schädel zu kratzen und die Abwesenheit von Zahnpasta, einer Kaffeemaschine, eines Toasters und anderer zukünftiger Erfindungen zu konstatieren. So verließ er enttäuscht, aber unbeschwert die Höhle für einen neuen Tag.

Der Übergang von den drei grundlegenden Tätigkeiten des Pythekanthropus zu den siebenundzwanzig des Durchschnittsmenschen nannte sich Kultur.

Der Opa Seher stieg aus dem Bett.

Wenn man jung ist, springt man mit einem einzigen Satz vom Lager, wie die Katzen. Wenn man im Greisenalter ist, steigt man aus dem Bett wie eine Python, die sechs Wassermelonen gefressen hat, eine Stufe nach der anderen.

Vor allem gab es dann ja, wenn man erst einmal aufgestanden war, noch viele Dinge zu tun.

Einige davon waren extrem tückisch, wie zum Beispiel das Hosenanziehen.

Hosen haben drei Seelen und drei Gesichter.

Eitel, friedlich und ordentlich gebügelt im Schaufenster des Geschäfts.

Unförmig, plump und schlafend, wenn du sie zu Boden fallen lässt oder sie auf den Stuhl legst.

Kompliziert, streitsüchtig und voller Verzweigungen, wenn du morgens hineinschlüpfen musst, besonders wenn du es eilig hast.

Doch noch heimtückischer sind die Socken.

Der Opa Seher hatte festgestellt, dass es in seinem Alter drei mögliche Arten gab hineinzuschlüpfen.

Erstens, die sogenannte ›Stripperinnenposition‹, auf dem Bett ausgestreckt mit einem sinnlich angehobenen Bein. Dafür benötigte Zeit: eine Minute, vorbehaltlich Sockenperforation mittels des großen Zehnagels.

Zweitens, aufrechte Position ›Bein auf dem Stuhl‹. Einziges Risiko: ein Zusammenkrachen des Holzes oder ein Hexenschuss.

Drittens, Position ›der Umwelt zuliebe‹: mit den Socken schlafen gehen und am nächsten Morgen dieselben benutzen. Die unhygienischste, aber schnellste Variante.

Ferner musste man bei der Auswahl des Paares der Existenz des SUG Rechnung tragen, des Sockenuntreuegesetzes, das da lautet:

> Ein Socken wird, wenn man ihn in die Schublade legt, fast immer versuchen, sich mit einem verschiedenartigen zu paaren.

Die Socken tendierten also dazu, einer banalen Ähnlichkeit zu entfliehen, und bildeten phantasievolle Duette: kurzer schwarzer mit langem blauem, gerippte Baumwolle mit Wolle im Rautenmuster und so weiter.

Dann musste man mit geduldiger ballistischer Berechnung pinkeln. Dann …

Doch der Opa Seher war noch ein strahlender Siebzigjähriger. Nachdem er die siebenundzwanzig Verrichtungen der menschlichen Kultur ausgeführt hatte, stieg er die Treppe hinunter und befand sich auf der Straße.

Der Opa Seher geht in die Bar

Der Opa schlief gewöhnlich wenig, deshalb graute gerade erst der Morgen.

Die Sonne ging eben auf und versteckte sich zwischen den Zinnen der alten Stadtmauer wie ein Spion. Alles schwieg in diesem Dorf, das sich am Gipfel des Berges entlangrankte, nicht einmal der sanfte Tritt einer Katze auf dem Kopfsteinpflaster der alten Straßen, nicht das unangenehme Krähen eines Raben und auch keine Stimme oder Musik aus den geschlossenen Fenstern. Und die entfernten Strapazen des Springbrunnens waren so ruhig, dass sie wie eine zusätzliche Einladung zur Stille wirkten. Und an der Spitze des Dorfes im verlassenen Kastell der Mediamoguls waren die Gespenster gerade aufgewacht und kamen aus den Rissen in den Mauern.

Die Schritte des Opas dröhnten, und er dachte an diesen Ort, an dem er geboren worden, von dem er weggegangen und zu dem er zurückgekehrt war.

Sie nannten es weiterhin Montelfo, ›Elfenberg‹ oder ›das Dorf des günstigen Windes‹, aber es ähnelte seinem Namen nicht mehr. Mittlerweile war das Klima verpestet. Es schwankte zwischen Stürmen und plötzlichem Aufklaren, Frosteinbrüchen und Hitzeperioden, wie eine verbrauchte Liebe in einen ständigen Wechsel von Streit und Versöhnung, Wutanfällen und vorübergehender Vergebung übergeht. Die Verbrechen, die die Welt aus dem Takt gebracht hatten, waren auch über dieses schöne Tal hergefallen.

Doch an jenem Septembertag war ein wenig Gefühl zurückgekehrt, in der Erinnerung an andere Herbste. Der Himmel war strahlend und wolkenlos.

Um zu der Piazzetta mit der Bar zu kommen, brauchte der Opa etwa dreihundert Schritte. Er kannte die Strecke Stein für Stein, so genau, dass er sie in vergangenen Zeiten gerne mit geschlossenen Augen zurückgelegt hatte. Aber das riskierte er nicht mehr, seit die dickste Kuh des Tals ihm einmal vorangegangen war und eine unzweifelhafte und dampfende Spur hinterlassen hatte.

Nach dreihundertundzwei Schritten kam er an und sah das Schild der Bar Sport im morgendlichen Dunst flimmern.

Der Rollladen war noch halb heruntergelassen, aber von drinnen drangen Geräusche von gerückten Stühlen und Wohlgeruch vielfältigen Gebäcks zu ihm.

Draußen behängte der Tau Stühle und Tischchen mit Juwelen.

Der Opa setzte sich an das Geländer der Aussichtsterrasse, um den Wald zu betrachten.

Und er hörte dieses Geräusch. Ein unverwechselbarer Klang, schrill und grausam, wenn auch von kraftvoller Musikalität.

Es kam von einem Baum, der gefällt wurde, umfiel und beim Zerbrechen die Zweige knacken ließ.

So begriff der Opa, dass jemand dabei war, einen Weg in den Wald zu schlagen. Er hörte den Schrei der Eichhörnchen, als ihre Hauseiche zusammenbrach. Er hörte eine Kastanienlawine und das Winseln der Wurzeln. Er sah einen Schwarm Stare davonfliegen. Der Leitvogel war kosakenbraun, mit einem leicht schielenden Äuglein.

Der Opa konnte wie ein Falke sehen, nahm das leiseste Geräusch wahr, witterte wie ein Spürhund, sprach mit den Tieren, beherrschte die fröhliche Sprache des Wassers der Gebirgsbäche und kannte die furchtsame Stimme des Brunnens, er spürte, was unter der Erde und über den Wolken geschah. Und er hörte das Klavier seines Sohnes, wenn dieser in Amerika spielte.

Deshalb nannten sie ihn den Seher.

Zwille, Alice und andere Jugendliche

Der Opa Seher schwieg lange und hörte jenen weit entfernten Geräuschen zu.

Die Fliegen summten um ihn herum und redeten wie immer alle auf einmal, sodass man kein Wort verstand.

Sie waren besorgt.

Der Wirt Trincone kam heraus und setzte sich auf seinen Lieblingsplatz, einen Liegestuhl, der die Titanic überlebt hatte. Verschlafen und majestätisch hielt er in der rechten Hand eine Mokkatasse und in der linken ein Glas Grappa. Das war seine Auffassung von ›Caffè corretto‹.

Auch er hörte die Geräusche im Wald und kratzte sich am Kopf. Aus seinem Haar zog er eine Kreatur, von der so gut wie sicher war, dass sie lebte, und die er mit Sorgfalt untersuchte, bevor er sie wieder dem Ökosystem zuführte.

Der treue Hund Merlot kam an seine Seite. Mit der Hand zermalmte ihm Trincone die Schnauze und verknotete ihm die Eckzähne. Das war seine übliche Liebesgeste. Der Hund erwiderte sie, indem er auf seinen Liegestuhl pinkelte. Dann ging er zum Opa und grüßte ihn, indem er in einem hündischen Vocalese jaulte:

»Uooo ee, ii ee?«

Das sollte heißen: Buongiorno, Seher, wie geht's?

»Mir geht's gut und selbst? Wie läuft es mit der Pudeldame von der Apothekerin?«

Merlot antwortete nicht und pinkelte erneut. Er legte großen Wert auf seine Privatsphäre.

Vom Ende der Straße kamen zwei Gestalten näher. Der Opa nahm noch vor ihrem Erscheinen ihren Geruch wahr. Eine roch nach Blumen und Betäubungsmittel. Die andere nach Schießpulver und Misthaufen.

Voraus lief ein weißgekleidetes Mädchen mit blondem Erzengelhaar. Von allen Sonnenstrahlen war sie umgeben und strahlte sie wie ein wertvoller Kristall zurück. Die Vöglein umkreisten sie, und die Blumen neigten sich, wenn sie vorüberschritt.

Es war Alice, die Tochter des Tierarztes Rettganso, sie war dreizehn Jahre alt.

Mit wenigen Metern Abstand, nicht auf der Straße, sondern mitten im hohen Gras laufend, folgte ihr ein schlechtgekleideter Junge mit finsterem Antlitz und Haaren, die wie Igelstacheln zu Berge standen. Die Schatten der Bäume überragten ihn bedrohlich, die Hasen flohen bei seinem Anblick, und ein Brennnesselstrauch biss ihm in die Wade. Sogar eine sanfte Amsel überflog ihn und traf ihn mit zwei Guanobomben.

Es war Zwille, der Neffe des Wilderers Garbe, er war dreizehn Jahre alt.

Alice grüßte den Opa von Weitem, dann drehte sie sich um und sagte irgendetwas zu Zwille.

Doch Zwille antwortete nicht, im Gegenteil, er versteckte sich noch mehr im hohen Gras, folgte ihr aber weiterhin.

Alice liebte die Natur in all ihren Erscheinungsformen, vom niedrigsten Kuhfladen bis zum raffiniertesten Muster auf den Flügeln eines Schmetterlings.

Zwille hingegen wusste, dass die Natur stiefmütterlich, übel riechend und anstrengend war. Er wusste, dass der Schmetterling nur einen Tag lebt und dass das Schwein schreiend stirbt.

In seiner zugigen Behausung unter dem Kornspeicher, wo Mäuse und Siebenschläfer auf Trab waren, gab es an der abgebröckelten Wand seines Zimmers ein Geheimnis. Eine Photographie von Alice, als Schneewittchen verkleidet beim Schultheater. Im Hintergrund sieben anbetende Zwerge. Der dritte von rechts war er, im unmissverständlichen Akt begriffen, sich die Nüsse in der grünen Strumpfhose zurechtzurücken.

Denn Zwille liebte Alice mit einer unmöglichen, verzweifelten, totalen und schmerzhaften Liebe. Und das reicht, weil die Verschwendung von Adjektiven zwar zu den Gefühlen vermögender Romantiker passt, nicht aber zu einem proletarischen Knaben vom Land.

Alice erreichte den Opa und grüßte ihn mit einem fröhlichen Lächeln.

Zwille kletterte auf einen Baum, genauer gesagt auf den großen Walnussbaum, der die Piazzetta der Bar Sport beschattete.

Die beiden Heranwachsenden hatten in der Tat, neben seltenen Gaben, einige riskante Eigenschaften.

Alice liebte und küsste alle, Blumen, Tiere und Menschen, und ihre unreife Schönheit enthielt schon all den Saft und das Fruchtfleisch der zukünftigen Frucht. Das zog in gleichem Maße junge Hirsche wie Wüstlinge an. Sie war zudem gut in der Schule, wenn sie auch oft das Thema verfehlte. Schließlich spielte sie Tennis mit bezaubernder Anmut, und ihre Stärke war die Rückhand, begleitet von einem wütenden kleinen Schrei, mit dem sie berühmte und schöne Spitzensportlerinnen nachahmte.

Zwille wurde nicht geliebt, sondern gefürchtet, vor allem wegen der tödlichen Präzision seiner Steinschleuder, die aus der Astgabel eines Birnbaums und einer Traktorriemenscheibe gebaut war. Er half dem Onkel, Patronen herzustellen, und liebte es, auf Bäume zu klettern, in Stollen zu schlüpfen, Tierbauten zu entdecken und Fallen zu stellen.

Und er sprach mit den Gnomen, besonders wenn er etwas Stechapfelkraut gekaut hatte. Doch er trug einen Fluch mit sich herum. Die Bäume schüttelten ihn ab. Die Tiere, die den Beruf seines Onkels kannten, griffen ihn an. Also kämpfte er: gegen das Schicksal und gegen seinen Rivalen in der Liebe, Giango.

Der Laufbursche Gianni, genannt Giango, der nach Gel und Brioche roch, kam aus der Bar und sah Alice mit Stecherblick an. Er war der Neffe des Wirts Trincone und arbeitete als Aushilfsbarmann, seitdem er sieben Jahre alt war, noch nicht bis zum Tresen reichte und den Wein auf einem Stuhl stehend servierte.

Jetzt war er ein hochmoderner Fünfzehnjähriger, der sein Haar mit Gel zu einem Schnabel, einem Banandildo, einer Panzerpolenta zementiert hatte und es bei Zusammenstößen auf Konzerten als Waffe einsetzte.

Er war außerdem Sänger und Bandleader von Kastagna, einer Rockgruppe, die für ihr *rural-brutal* oder *shovel metal* abgöttisch geliebt und abgrundtief gehasst wurde. Mit ihm spielten Blacksmoke, Tagelöhner und Schlagzeuger, Bum Bum Delirium am Bass und Bubba Bonazzi, E-Gitarrenmelker. Ihre bekanntesten Stücke waren *Kuhkick* und *Mamma guck mal, ich kann ohne Hände fahren*. Ihre Konzerte waren legendär und höllisch laut. Sie hatten schon überall gespielt: vom Bratknödelfest bis zu Rave Partys, von der Disco Grünspecht bis zum Obst- und Gemüsemarkt. Und überall schlugen, berauschten und bespuckten sich die Leute und warfen mit Gemüse. Sie hatten auch den *Mute-Rock* erfunden. Für eine Minute feuerten sie Musik in voller Lautstärke ab, hundertfünfzig Dezibel, bis das Publikum taub war. Dann taten sie für den Rest des Konzertes bloß noch so, als ob sie spielten. Sie wurden nur ein einziges Mal ertappt: von einem Arbeiter am Presslufthammer, der die Dezibel locker wegsteckte.

Die Kastagna waren die berühmteste Band der Gegend, zusammen mit den Veterans, einer Gruppe mittlerweile sechzigjähriger Rocksänger mit glänzenden Bäuchen und hochtoupierten Haaren. Dann gab es noch das Gesellschaftstanzorchester Zaira und die Erzengel, deren Sängerin Zaira berühmt dafür war, die weltweit einzige Sängerin zu sein, die kleiner ist als die Absätze ihrer Schuhe. Statt Pfennigabsätzen hatte sie Nudelholzabsätze.

Giango war, wie viele Schaufelmetaller, immer schwarz gekleidet und trug ein Nasenpiercing zur Schau, das er sich selbst gestochen hatte. Er hatte sich mit dem Tacker nicht bloß durch ein Nasenloch, sondern durch beide geschossen. Deshalb atmete er nur schwer und sprach mit einer etwas dumpfen Stimme.

»Bella Alice, was willst du?«, fragte er.

»Ich möchte einen Feldkräutertee«, sagte die Strahlende, »und Sie, Opa, was nehmen Sie?«

»Ich nehme einen Beerentee«, antwortete der Opa.

»Ich esse Walnüsse«, sagte Zwille, da ihn niemand fragte.

Angekündigt von seinem berühmten ›Mameli-Rülpser‹, der diesen Namen trug, weil er in etwa so lange dauerte wie die vom gleichnamigen Dichter verfasste Nationalhymne, erschien auf der Schwelle wieder der Wirt Trincone der Schwarze, so genannt wegen seines dichten, kohlrabenschwarzen Bartes. Er war der älteste der vier Brüder, außer ihm gab es noch: Trincone den Stier, Trincone das Aas und den dahingeschiedenen Trincone den Liebenden. Der Wirt hatte eine bewegte Nacht überstanden, in der er, Archimedes Archivio, Igelo Goldhand und der Tankwart Diogenes über das Leben, den Tod und die Möglichkeiten gradueller Zwischenstufen diskutiert hatten, zum Beispiel ein sechstägiger Rausch.

Nun atmete Trincone die Morgenluft ein und rasierte sich, wobei er Vanilleeis als Rasiercreme benutzte. Das Geräusch des Rasiermessers auf der Haut glich dem Häuten eines Elefanten.

»Sind Sie verärgert, Signor Trincone?«, fragte Alice.

»Ein wenig«, sagte der Schwarze. Und er war kurz davor, seinen berühmten ökumenischen Fluch auszustoßen, der als Basis das Schwein hatte und als Überbau alle höchsten Repräsentanten der monotheistischen Religionen und auch die Trimurti, Jupiter Grabovius, Pomona und einige seltene heidnische Kulte Ozeaniens. Doch um Alice nicht zu bestürzen, sagte er:

»Ja, ich bin verärgert, Schweineheft der Schwester Priscilla.«

Schwester Priscilla hatte, wie alle wussten, ein Heft, in dem sie wie in einem Sammelheft sechstausend Heiligenbildchen eingeklebt hatte, und sie tauschte die Bildchen per Post mit Nonnen aus der ganzen Welt.

»Und was betrübt dich, guter Freund?«, fragte der Opa.

»Das weißt du nur zu gut, Seher«, antwortete der Wirt, »hast du die Geräusche im Wald gehört? Ein gigantischer Bagger ist dabei, einen Weg zu bahnen, dann werden die Sägemaschinen kommen. Sie werden eine Straße bauen. Und hier, wo jetzt die Aussichtsterrasse der Bar ist, wollen sie Apartments bauen und ein Luxusrestaurant und einen Supermarkt und einen Tenniszirkel, auch wenn ich nicht verstehe, wo man da einen Zirkel braucht, die Tennisfelder sind doch fast quadratisch.«

»Eines Tages werde ich dir das erklären«, sagte der Opa Seher, »aber auch ich bin besorgt. Schon seit Jahren wollen sie uns eine Bauspekulation verpassen.«

»Es gibt doch Dutzende Häuser zu restaurieren, erdbebenbeschädigte, einsturzgefährdete, verlassene, wieso noch mehr bauen?«, fragte Alice.

»Müssen sie denn unbedingt mitten durch die Bäume?«, brummelte Zwille.

24

»Leere Häuser sind mehr wert als volle«, sagte der Opa, »und nackter Boden ist mehr wert als ein Wald. Und was machst du jetzt, Trincone?«

»Die Bar verkaufe ich ihnen nicht«, sagte der Wirt, »aber du wirst sehen, irgendwie werden sie es doch schaffen, alles zu zerstören. Es wird enden wie Troja, wie Pearl Harbour, wie ein Hagelschauer auf dem Muskateller, wie ein Abstieg in die Serie B.«

»Armer Wald«, seufzte Alice, »was wird mit den hundertjährigen Eichen geschehen?«

»Und was wird aus den Hasen?«, fragte Zwille.

»Hey, wär aber voll geil, wenn sie ein Hotel bauen«, sagte Giango. »Wenn das dann auch 'ne Kellerbardisco hat, könnte ich da spielen.«

Man hörte den Schrei einer großen Kastanie, die an einer Seite von der Säge angefressen wurde.

»Maledetti«, sagte Trincone. »Sie werden bis hier hochkommen ...«

»Ruhig Blut, Trincone«, sagte der Opa Seher. »Wir werden uns zu verteidigen wissen. Ich erinnere mich an eine Begebenheit vor ziemlich vielen Jahren, zu den Zeiten deines Vaters ...«

Der erste Kampf um die Bar Sport

»Der erste Kampf um die Bar Sport fand vor vielen Jahren statt«, sagte der Opa, »und nahm seinen Anfang mit dem Verschwinden des Wirts Umfullone des Zweiten.

Umfullone der Zweite war der Sohn des großen Umfullone des Ersten und Enkel des mythischen Gründers der Bar, Trincone di Chasselas.

Der Zweite, eine wahrlich legendäre Persönlichkeit, machte die Bar Sport zum Treffpunkt von Philosophen, Saufbolden, Sportfachsimplern, Lügenbaronen, Nichtstuern, Geschichtenerzählerinnen und Klatschbasen aus dem ganzen Tal.

Er war kräftig und leutselig und hatte eine große rote Nase, die nach dem vierten Liter wie ein Rückstrahler leuchtete. In Nebelnächten konnte er, wenn er nach Hause zurückkehrte, leicht mit einem Motorroller verwechselt werden. Natürlich war er ein großer Önologe. Wenn du ihm ein Glas Wein zum Probieren gabst, sagte er dir nicht nur den Jahrgang und den Weinberg, sondern auch, wessen Füße die Trauben gekeltert hatten, denn damals wurden die Trauben auf diese Weise gepresst.

Er kostete und fällte sein Urteil:

›Moscato vom kleinen Weinberg meines Cousins, fruchtig im Abgang, mit einem Nachgeschmack des Füßleins seiner Ehefrau Eleonora.‹

Oder:

›Trebbiano vom dritten Hügel bergaufwärts von Alfredo, im Abgang Bittermandel und Taleggio, also von Alfredo

26

selbst gekeltert, mit einer Honignote, vermutlich weil ihn irgendeine Biene in den Fuß gestochen hat, während er stampfte.‹

Oder:

›Minderwertiger Morello, im Abgang Gummi und Brill-Schuhcreme, weil Gandolino derart betrunken war, dass er sich noch nicht einmal die Schuhe ausgezogen hat.‹

Umfullone war außerdem ein großartiger Spuntini- und Paninimacher. Sein Panino Mistero, mit Mortadella und einer geheimen Zutat, war über viele Jahre die Attraktion der Bar. Bis jemand bemerkte, dass Umfullone im Winter, wenn er erkältet war, kein Taschentuch, sondern eine Scheibe Mortadella in der Tasche hatte. Das war das Geheimnis des unnachahmlichen Geschmacks.

Umfullone schied als Opfer eines Arbeitsunfalls dahin, den ich euch erzählen werde.

Unter der Bar gab es einen Keller, der nach Käse und Würsten duftete und zudem voller Fässer und großer Weinballons war. Jedes Jahr ging Umfullone höchstpersönlich hinunter zum Anzapfen, das heißt, um den Wein in die Flaschen umzufüllen.

Er ging mit seinem Önologen- und Philosophenfreund Archimedes, genannt Archivio, Erfinder der Trincvir'schen Konstante, mit der das folgende önometrische Paradoxon gelöst wurde:

Aus vier Ballons à vierundfünfzig Liter
gewinnt man hundertsechsundsiebzig Flaschen à
einem Liter.

Rechnerisch gab es da einen Fehler, einen Fehlbetrag, der sich nur erklären ließ, wenn man die berühmte Trincvir'sche Konstante, auch TVK, anwandte, also:

27

$$4 \times 54 = 216 - 40 \ (TVK) = 176$$

Vier mal vierundfünfzig ist gleich zweihundertsechzehn Liter, minus vierzig Liter, denn die trinken wir.

In jenem Jahr gab es ein besonders vielversprechendes Fass Sangue di Giove umzufüllen, Umfullone erzählte, dass er schon unruhig geworden war, als er im September die Trauben betrachtet hatte.

In der Bar und im ganzen Tal waren also alle in großer Erwartung auf diese Geburtsstunde.

In einer windstillen Nacht begaben sich Umfullone und Archivio dann in den Keller und schickten sich an, mit der Operation zu beginnen. Die Flaschen waren in Zehnerreihen aufgestellt wie gehorsame Zinnsoldaten. Die Korkenmaschine und der Trichter lagen bereit. Es herrschte eine Atmosphäre wie bei einem heiligen Ritus, einem historischen Ereignis, einem Wunder.

Umfullone führte das Zapfröhrchen in den Ballon ein, damit würde er das Startzeichen für die Zeremonie geben. Durch Einsaugen würde er den ersten Schwall verursachen, das Hervorsprudeln des Weins, den Big Bang.

Er näherte das Röhrchen seinem Mund und saugte den ersten Schluck.

Er hätte sich nun von dem Röhrchen trennen und den so zum Fließen angeregten Wein in den Trichter und die erste Flasche gießen sollen.

Stattdessen blieb er mit aufgerissenen Augen, wo er war, und schlürfte weiter. Der Wein hatte einen solchen Körper, Geschmack, Zauber, dass es ihm unmöglich war, sich zu lösen.

Archivio lachte und kommentierte: ›Der scheint dir echt zu schmecken, du willst wohl den ersten Liter selbst trinken, was?‹

Nach etwa zehn Minuten begann er sich Sorgen zu machen. Umfullone saugte weiter den Nektar, und ein Ausdruck von Seligkeit überstrahlte sein purpurrotes Gesicht.

Die Nase glänzte wie ein Rubin, und der Bauch blähte sich, während er unbeweglich wie ein Buddha vom Sangue di Giove, dem magischen Jupiterblut, durchdrungen wurde.

Vergeblich versuchte Archivio, ihn loszumachen. Durch einen kräftigen Schlag mit der Hand donnerte Umfullone ihn an die Wand und suckelte weiter.

›Es reicht, mein Freund, basta‹, rief Archivio.

Doch Umfullone, nunmehr sturzbesoffen, im Banne des Zeuszaubers, blähte sich weiter auf und vergrößerte sein Volumen. Die Hälfte des Ballons war mittlerweile in ihm drin, und er hatte sich in einen menschlichen Weinschlauch verwandelt. Ab und zu lief ihm ein bisschen Wein aus der Nase oder aus den Ohren, und dann und wann entströmte mit leichtem Geräusch ein alkoholischer Dunststrahl seinen Arschbacken, doch Umfullone löste sich nicht von seinem tödlichen Vergnügen.

Als die ganzen vierundfünfzig Liter umgefüllt waren, rollte Umfullone, der mittlerweile kugelförmig war, langsam mit seligem Ausdruck gegen die Wand und blieb dort liegen.

So starb als glücklicher Mann Umfullone der Zweite.

Nach einigen Tagen der Trauer erwartete man in der Bar mit Ungeduld, wer Umfullones Posten übernehmen würde. Man wusste, dass der Dahingeschiedene keine Kinder hatte, nur einen Neffen aus der Stadt, der den Betrieb erben sollte. Sein Name war Gaudenzio. An einem kalten Wintertag stieg dieser aus dem Bus. Er war blass und grünlich wie eine Raupe. Und an drei Eigenheiten merkten wir sofort, dass er sehr verschieden von seinem Onkel war und dass er kein guter Wirt sein würde.

Erstens. Er rauchte Mentholzigaretten. Und Archivio der Philosoph pflegte zu sagen: »Seid auf der Hut, wer Mentholzigaretten raucht, ist zu allem fähig.«

Zweitens. Alle Hunde des Dorfs kamen, um ihn zu begrüßen, unter den ersten waren Urmerlot und Medora die Schmächtige und Set Setter und Fuxherzl und Poldo Killhuhn und der Veteran unter den Hunden, Pendolone der Krüppel, der sich ihm näherte und ihm freundlich die Pobacken beschnüffelte.

Gaudenzio zuckte zusammen und schrie: ›Wem gehört dieses Mistvieh?‹

Er mochte keine Hunde.

Drittens. Sein Krawattenknoten war winzig klein.

Die Schneiderin Simona Bell'Eugele kommentierte:

›Wer einen kleinen und engen Krawattenknoten hat, hat auch ein kleines und enges Herz. Großer Knoten, großes Herz. Mein Mann Baruch machte Knoten, die wie Goliaths Ravioli aussahen. Und er hatte ein großes Herz.‹

›Und nicht nur ein großes Herz‹, sagte Marcella die Schreibwarenhändlerin, ›wenn es denn stimmt, dass sie ihn Settallumette nannten, weil seiner so lang war wie sieben aneinandergereihte Streichhölzer.‹

›Ach geh wo, ein bisschen Zurückhaltung, bitte‹, errötete Simona.

›Gaudenzio ist keiner von uns‹, sagte kopfschüttelnd Archivio.

›Meiner Meinung nach ist er ein guter Mensch‹, sagte Raab der Unglücksbringer.

Raab brachte wie immer Pech. Man brauchte nicht lange, um zu verstehen, dass Gaudenzio sogar schlimmer war, als wir befürchtet hatten. Er rief sofort Leandro zu sich, den Laufburschen der Bar, der wegen seiner Tendenz zur erotischen Selbstgenügsamkeit Leghandò genannt wurde. Er vertraute ihm an, dass diese Bar schäbig und hinterwäldlerisch sei, genauso wie ihre Klientel. Er würde das Lokal von oben bis unten verändern, um es vornehm und einladend zu machen wie eine städtische Bar. Schließlich war die Landstraße nur einen Kilometer entfernt. Es reichte, wenn man ein Schild aufstellte: ›Bar Sport, vini e spuntini‹, mit einem schönen roten Pfeil. Die Autos würden abbiegen, und eine bestimmte Sorte Gäste würde eine andere Sorte Gäste ersetzen.

Dann bereitete er die Neuerungen vor.

Aufschläge auf alle Preise.

Austauschen der alten Kaffeemaschine Faema Venere 3030, genannt Lokomotive des Westens, pfeifend und jaulend, durch eine neue Maschine, die den Caffè in drei Sekunden zubereitete und aussah wie ein Atom-U-Boot.

Verbot offener Weine, nur noch Flaschen.

Kein Zutritt für Hunde.

Kartenspielen verboten.

Austauschen der alten bauchigen Gläser durch magere Kelche.

Auftritt von Kaugummireihen.

Auftritt von kalorienarmem Süßstoff.

Abschaffung des Flippers.

Anschlagen der folgenden Schilder:

Der gesittete Mensch spuckt nicht.
Der gesittete Mensch flucht nicht.
Es wird gebeten, die Toilette so zu hinterlassen, als
wäre es die eigene zuhause.

Wir trafen uns in loser Ordnung am Eingang der Bar. Da gab es nichts zu diskutieren. Gaudenzio, die blasse Raupe, musste weg. Der erste Kampf um die Bar Sport hatte begonnen.

Wir traten ein und setzten uns an das Tischchen in der Mitte, dann bestellten wir eine Flasche Wein.

Gaudenzio beobachtete uns argwöhnisch.

Unterdessen hatte eine heimliche Hand unter dem Schild

Der gesittete Mensch spuckt nicht.
Der gesittete Mensch flucht nicht.

ein handgeschriebenes hinzugefügt:

Der gesittete Mensch geht seinem Nächsten nicht auf
den Sack.

Dann begannen wir, Karten zu spielen. Das heißt, Karten waren keine da, schließlich waren sie verboten. Doch mittlerweile waren wir so gut darin, uns gegenseitig Zeichen zu geben, dass wir auch sehr gut ohne auskamen.

So begann das erste virtuelle Tressette der Geschichte.

Zum Beispiel führte Imoteo, der Maurer, eine kleine naserümpfende Bewegung aus. Das sollte heißen: eine Lusche der Stöcke.

Ich sah meinen Partner Archivio den Philosophen an und machte ein Spitzmäulchen. Das sollte heißen: Ich spiele das Pferd aus, und er verdrehte das rechte Auge, was heißen sollte: Ist gut.

Darauf kratzte sich Igelo Goldhand am rechten Ohr, um auszudrücken: Und ich steche mit einer Drei der Stöcke.

Der Philosoph sah zweimal zum Himmel, um zu sagen: Ich bin im Arsch, ich habe nur die Zwei. Und er spielte mit einem kleinen Lippenschnalzer die Sieben.

Das war die Proberunde. Doch dann stiegen Qualität und Interesse am Spiel, sowohl taktisch als auch mimisch. Gaudenzio konnte nichts anderes tun, als diesen Austausch von Augenverdrehungen, Ticks, Schnauben, Naserümpfen, Grinsen, Grimassen, Kratzen am Kopf und am Sack mitanzusehen, eine Art primordiales Alphabet, in dem wir unsere großartigen Fähigkeiten im Tressettespiel buchstabierten.

Die Partie ging noch lange weiter, mehr noch, es kamen zwei weitere Tische mit virtuellem Tressette hinzu.

Doch oh weh, unserem professionellen Quartett schlossen sich Spieler mit weniger Expertise an, und damit begannen die Probleme.

Am zweiten Tisch etwa begann Leoschwarto zu spielen, ehemaliger Schweineschlachter im Ruhestand, der unter einer Reihe fürchterlicher Ticks litt, seitdem ihm eines Nachts auf dem Weg nach Hause das Phantasma eines sprechenden Schweins erschienen war.

Leoschwartos Ticks stürzten den ganzen Tisch in eine Krise. Er erklärte in derselben Partie sechs Asse der Stöcke, die Zwölf der Schwerter und eine Karte, deren Existenz niemand kannte: die Drei der Ferkel, angekündigt von drei aufeinanderfolgenden Rülpsern.

Die anderen Spieler blieben stumm, doch das Spiel versank in Klagen und in immer unpräziseren und gewalttätigeren Gesten, wie etwa Fausthiebe auf den Tisch. Gaudenzio begann, Verdacht zu schöpfen.

Doch das Schlimmste geschah am Tisch hinter dem Billard, der ›verfluchter Tisch‹ genannt wurde, weil die Spieler dort häufig von abprallenden Kugeln getroffen wurden.

Hier spielten der Schrotthändler Amato, der Ampel genannt wurde, gemeinsam mit Cotelettina, dem Herrenfriseur, und auf der anderen Seite Trincone der Stier gemeinsam mit Ottavio Maolvurfio, einem zweiundneunzigjährigen, fast blinden ehemaligen Polizisten, der keine Brille tragen wollte.

Es begann so: Cotelettina, welcher der *gay community* angehörte, auch wenn man das damals noch nicht so nannte, fing an, Küsschen und Schmatzer in Richtung des virilen und muskulösen Schrotthändlers zu werfen. Ampel registrierte dies zunächst als Erklärung eines Asses der Münzen oder Kelche, dann, als er merkte, dass das Ass nicht kam, fing er an, rot vor Wut zu werden, was sein besonderes Merkmal war. Cotelettina interpretierte dies als Zeichen verliebter Schamhaftigkeit, und seine Küsschen wurden inbrünstiger, wodurch sie das semantische Gleichgewicht des Tisches in eine Krise stürzten. Noch schlimmer war die Kommunikationsunfähigkeit zwischen Trincone und Maolvurfio. Trincone kratzte sich augenfällig an der Nase, um die Rückkehr zu den Schwertern zu verlangen, Maolvurfio sah ihn nicht und kam mit Kelchen heraus. Trincone fing an, übertriebene Gesten und Geräusche zu machen: Er verdrehte die Augen, schob imaginäre Karten über den Tisch, irgendwann wollte er das Pferd der Schwerter verlangen, weshalb er wieherte und mit einem Messer im Mund um den Tisch herumgaloppierte. Nichts. Gaudenzio sah zu.

Unter Wundern der Mimik gelangte man zur finalen Partie. Nach einem mitreißenden Kopf-an-Kopf-Rennen fehlte Trincone dem Stier und Ottavio Maolvurfio nur ein einziger Punkt zum Sieg. Es hätte genügt, dass Ottavio die Zwei der Stöcke spielte. Da hob Trincone die Hände, und statt zweimal mit einem Finger zu klopfen, wie es in unserem Alphabet üblich ist, haute er zwei Faustschläge auf den Tisch, dass die Stühle und Gläser nur so bebten.

›Es hat an der Tür geklopft‹, sagte Ottavio Maolvurfio ruhig und spielte den Buben.

Da stand Trincone auf und stieß einen weder virtuellen noch figurativen Fluch aus, ein so lautes und sonores Schweinundsoweiter, dass es bis zur Pfarrkirche drei Kilometer nördlich zu hören war.

Der Pfarrer war mit dem Fahrrad in weniger als dreißig Sekunden da.

Er öffnete die Tür und sagte:

›Fluchen schön und gut. Aber so laut fluchen, dass mir der Beichtstuhl umfällt, das geht zu weit!‹

Das war tatsächlich geschehen, und die Signora, die gerade beichtete, sah in diesem Umstand ein Zeichen göttlicher Missbilligung und wurde noch im selben Monat Nonne.

Nach diesen Vorfällen verbot Gaudenzio in der Bar nicht nur das virtuelle Tressette, sondern auch die Tischchen im Freien, an welche die Frauen zum Debattieren, Scopaspielen und Aufzählen der erlaubten und verbotenen Liebschaften des Dorfs kamen.

Dazu addierten sich weitere Bosheiten, wie das Austauschen aller Photos von Fußballmannschaften durch Bilder mit Sonnenblumen und Clowns. Die Postkarten, die wir von unseren abenteuerlichen Reisen ins Ausland, besonders nach San Marino, geschickt hatten, wurden weggeworfen und die legendären Spirituosen eliminiert, wie der Tombolino, der Millefiori Cucchi, der Blaubeerschwips, der Karamellbonbongrappa, der Düngerling und andere Gaumenfreuden.

Abermals wurden die Preise für den Caffè und dessen ›Korrekturen‹ angehoben, und anstelle des legendären Photos vom einundzwanzig Kilo schweren Katzenfisch wurde ein Fernseher von einundzwanzig Zoll aufgehängt.

Damals hatte zwar manch einer einen Fernseher zuhause, aber wenn man ausging, wollte man davon nichts wissen. Wir konnten auch alleine Unsinn reden. Also billigte das niemand, außer Ottavio Maolvurfio, der in seiner Blindheit nur den Ton hörte und immer wieder auf die Fragen von Mike Bongiorno antwortete. Er sagte etwa:

›Entschuldigen Sie bitte, aber das weiß ich wirklich nicht‹, und dann fügte er hinzu: ›Wer ist denn dieser neugierige Herr, der einem ständig auf den Sack geht?‹

Zu allem Überfluss war Gaudenzio auch noch taub und ließ den Fernseher immer auf voller Lautstärke laufen. Und er verbot uns, den einzigen Fernsehmoment, den wir wirklich liebten, aus vollem Halse mitzusingen: die Titelmelodie zum Programmbeginn, das Finale von *Wilhelm Tell*.

Bis eines Abends Trincone das Aas, das schwarze Schaf unter den Trincone-Brüdern, eintrat und fragte: ›Darf ich den Fernseher anmachen?‹

›Bitte‹, sagte Gaudenzio, angenehm überrascht.

Eine Minute später war der Fernseher abgesoffen. Trincone das Aas hatte Essig und Öl sowie ein wenig Salz und Pfeffer genommen, das Gehäuse geöffnet und den Fernseher damit ›angemacht‹.

Im selben Moment kam Zeppa der Maurer mit der Kloschüssel unter dem Arm aus der Toilette, nachdem er sie mit Gewalt herausgerissen hatte.

›Da steht, man soll die Toilette so hinterlassen, als wäre es die eigene zuhause. Tja, bei mir zuhause habe ich ein Stehklo.‹

Es war eine schlimme Woche. Trincone das Aas wurde wegen Elektrohaushaltsgerätebeschädigung angezeigt und Zeppa wegen Sanitäranlagensabotage, weshalb beiden der Zutritt zur Bar untersagt wurde.

Zudem wurde Garbes Hund, der legendäre Tom, der schwanzwedelnd in die Bar gekommen war, mit Besenhieben auf den Kopf angegriffen und bekam einen Schock, der ihn ein ganzes Jahr lang rückwärts laufen ließ.

All das verpestete das Klima. Doch die Bar Sport war die beste Bar im Dorf, und wir waren die besten Gäste. Also gingen wir weiter dorthin, unter Provokationen und Gegenschlägen.

Nachdem das Hinweisschild aufgestellt worden war, wagte sich manch einer von der Landstraße bis zur Bar vor. Die Autofahrer auf der Durchreise begannen, unsere Ruhe zu stören.

Etwa der Vertreter aus Mailand, der sich an einem Süßwarendelikt mitschuldig machte. In der Bar Sport wird nämlich so gut wie nie gegessen. Zwar gibt es einen Schaukasten mit Gebäck, aber der ist rein choreographisch. Es handelt sich um Ziergebäck, oft richtiges Kunsthandwerk. Es liegt seit Jahren da, sodass die Stammgäste schon alle Teigwaren persönlich kennen. Sie kommen herein und sagen: ›Die Meringe sieht heute ein wenig mitgenommen aus. Das wird die Hitze sein.‹ Oder: ›Es wird Zeit, dem Krapfen eine Ladung Pulver zu geben.‹ Nur manchmal wagt es ein Gelegenheitsgast, sich dem Sakrarium zu nähern.

Einmal also kam ein Vertreter aus Mailand herein. Er öffnete den Schaukasten und steckte sich ein riesiges schwarz-weißes Backwerk in den Mund, wunderschön mit Duraluminkörnern bestreut, was allein die wirklich bösartige Teigware auszeichnet. Sofort verbreitete sich in der Bar die Rede: ›Jemand hat die Luisona gegessen!‹ Die Luisona war die Älteste unter den Teigwaren, sie befand sich seit 1959 im Schaukasten. Wenn die Alten die Farbe ihrer Cremefüllung betrachteten, konnten sie daraus das Wetter vorhersagen. Ihr Verschwinden war ein harter Schlag für uns alle. Der Vertreter wurde unter allgemeiner Verachtung zum Gehen aufgefordert. Niemand fasste ihn an, denn seine niederträchtige Geste barg in sich schon die fürchterlichste aller Strafen. Tatsächlich wurde er eine knappe Stunde später mit schrecklichen Schmerzen auf der Toilette einer Autobahnraststätte bei Modena gefunden. Die Luisona hatte sich gerächt.

Es kamen weitere, einige sympathisch, andere hochmütig, andere noch misstrauisch, denn damals in die Bar Sport einzutreten war ein bisschen, wie sich in die Bar von *Krieg der Sterne* zu wagen, wir waren rechtschaffen, aber unsere Mienen nicht.

Und deshalb erfand Gaudenzio die Happy Hour, um die Städter zu beruhigen. Damals hieß sie noch nicht so, aber das Konzept war dasselbe. Zu einer bestimmten Abendstunde tauchten auf dem Tresen Oliven, Mortadellawürfelchen,

Grissini, getrocknete Tomaten, Nüsschen, recycelte alte Brioche in Scheibchen und andere Gaumenfreuden auf. Indem man für einen Aperitif dreimal so viel zahlte wie sonst, konnte man sich daran bedienen.

Es hielt sich nicht lange.

Wir ließen gegen diese Unternehmung den Vermessungstechniker Saverio Schmarozzo los, im ganzen Tal der gefährlichste Esser auf Kosten anderer.

Schmarozzo war ein Mysterium der Anatomie. Die Worte ›gratis‹ und ›kostenlos‹ hetzten seine Enzyme auf, weiteten seinen Magen um das Dreifache, und es wirkte, als brächen ihm sogar noch vier zusätzliche Backenzähne durch. Wir legten für seinen Campari zusammen, und bevor Gaudenzio sich des Risikos bewusst wurde, fraß Schmarozzo innerhalb von drei Minuten alles, was auf dem Tresen stand, er verschlang die Oliven samt Kern, die Mortadellawürfel samt Zahnstocher und circa ein Kilo Erdnüsse mit Schale.

Die Chroniken berichten, dass er am nächsten Tag auf einer Wiese ein knubbeliges Stück Scheiße hinterließ, das dem Schwanz eines Stegosaurus oder eines anderen prähistorischen Tieres glich, achtunddreißig Zentimeter lang und mörderischer als ein Morgensternknüppel.

›Ich gebe sowieso nicht auf‹, sagte Gaudenzio zornig, ›ihr werdet euch noch geschlagen geben. Ich werde diese Bar verändern, und wenn ich euch dafür alle rausschmeißen muss!‹

Und er begann, die Weine in so schmalen Kelchgläsern zu servieren, dass unsere plebejischen Nasen nicht hineinpassten. Er rottete die Fliegen aus, die unsere Geigen waren. Er wischte den Boden mit einem ekelhaften Putzmittel mit Mimosenaroma. Er brachte am Billard einen Timer an.

Wir waren solcher Provokationen müde. Manch einer sprach schon davon, sich in eine Bar im Tal zu verlagern.

Doch dann wagte Gaudenzio es, sich mit der Mannara Vervolfiana anzulegen.

Die Barweibchen waren damals eine Schar äußerst zäher Frauen: Simona Bell'Eugele, Philosophin und Schneiderin. Dusella, Königin des Glücksspiels und des Lottos. Maria Sandokan, die drei Viertel der Männer im Armdrücken besiegte. Marcella die Schreibwarenhändlerin, Klatschexpertin, Sofronia die große Köchin, Frida Fon, Tegamina die Nudelmacherin, Gina Popup, Jole und andere, die nicht mehr unter uns sind, wunderbare Geschöpfe, denen ich nachtrauere.

Alle hatten sie einen Heidenrespekt und sogar Angst vor der Mannara, der Hundehexe.

Die Mannara lebte zwischen Säcken mit Saatgut und einem Plakat von Gregory Peck in einer Holzbaracke am Dorfrand und wurde als bedeutende Zauberin angesehen. In einem Garten kultivierte sie magische Kräuter für ihre Tränke, aber auch wunderschöne Tomaten und Kartoffeln und gigantische Kürbisse, die sie dann mit ihrer Schubkarre ins Dorf brachte und verkaufte. Sie war eine bucklige und hinkende Alte mit einer schwarzen Stola um den Kopf und mit Augen und Schnurrhaaren wie ein Steinmarder. Wenn sie vorbeikam, was sich durch das Quietschen ihrer Schubkarre ankündigte, wandten alle den Blick ab. Immer folgte ihr eine Hundeschar. Es waren ein Dutzend, und sie trotteten einwandfrei im Gänsemarsch. Sie hatte sie so dressiert, damit sie nicht unter die Autos kamen.

Es gab sie in allen Größen und Farben, und sie hatten eine Eigenheit: Es waren die hässlichsten, geflicktesten und schlechtest gebauten Hunde der Gegend. Die Mannara hatte ein Händchen dafür, sie zu finden und zu pflegen. Sie hatte noch nie einen Vierfüßer verschrottet. Ihr Liebling hieß Nogger und war genau in zwei Hälften geteilt, die hintere Hälfte war schwarz und kahl mit krummen Beinen, die vordere Hälfte weiß und struppig mit geraden Beinen. Die Legende sagte, dass die Mannara ihn erschaffen habe, indem sie die gesunden Teile zweier Hunde zusammennähte, die von einem LKW zerfetzt worden waren.

Dann folgten hinkende, räudige, verstümmelte Hunde, mit angeknabberten Ohren, halb blind und taub.

Einige von ihnen hatten Prothesen wie Holzbeine und Kordelschwänze. Der berühmteste war Billy the Maniac. Es war ein schwarzer Bastard, der bei jeder Gelegenheit von hinten zuschlug, egal welches Geschlecht.

Nach jeder Kopulation blieb er stecken, blieb mindestens vierundzwanzig Stunden lang am Partner hängen. Deshalb hatte die Mannara ihn mit Rollen an den Hinterbeinen ausgestattet: So konnte er gezogen werden, wenn er noch gut an seiner, sagen wir, Lokomotive haftete. Manchmal wurde das Ende der Reihe von drei, vier Hunden geformt, einer in den anderen gesteckt, in erotischer Folge. Man erzählt sich gar von einem Auftritt mit einer Bimmelbahn aus fünf Hunden und mittendrin ein Wildschwein mit resignierter Miene.

Obwohl der Pfarrer und einige Spießer sich empörten, half alles nichts, die Hexe davon zu überzeugen, ihre Schützlinge zuhause zu lassen. Darum ließ sich die Mannara jede Woche mit ihrer Meute und den Waren in der Bar blicken. Sie verkaufte Kürbisse und Zucchini, beißende und dursterzeugende Radieschen und einen selbstgebrannten Kräuterbitter, bei dem ein Schluck einem Monat amerikanischer Napalmbombardements gleichkam.

Es traf also die Mannara ein, betrat die Bar und Gaudenzio stieß einen Schrei aus.

›Raus hier, Sie und Ihre verfluchten Hunde!‹

›Was haben Sie gesagt?‹, knurrte die Mannara.

›Raus hier, Sie Drecksau, oder ich rufe die Carabinieri.‹ Und der Niederträchtige wagte es sogar, Nogger, der keine Miene verzog, mit Antiflohspray zu besprühen.

Da fing die Mannara an, irgendetwas wie ein Gebet oder einen Fluch zu murmeln. Alle Hunde heulten und knurrten mit ihr. Es war ein furchterregender Chor, und manch einer von uns bekam eine Gänsehaut.

40

Dann lachte die Mannara und sagte:

›Ab jetzt geht es mich einen Scheißdreck an, mein lieber Barmann.‹

Der Fluch der Mannara Vervolfiana zeigte sofort Wirkung, hundertmal fürchterlicher als all unsere Sabotage.

Am selben Abend stieß die Kaffeemaschine eine große Dampfwolke aus, die durch die Luft wallte wie ein Gespenst, und aus den Tüllen kam eine stinkende, dünne Flüssigkeit.

Gaudenzio wusch sie mit Wasser und Salz, aber es war nichts zu machen. Der Caffè wurde immer ekliger: Er schmeckte nach Pisse, Azeton, Chlorbleiche und war untrinkbar.

Jede Stunde spielte die Maschine auf eine andere Art verrückt. Sie gab Todesröcheln von sich. Sie erhitzte sich und versprühte kochendes Wasser. Sie tanzte auf dem Tresen Mambo und brachte Flaschen und Gläser zum Beben. Oder sie ließ ein so durchdringendes Pfeifen los, dass alle die Flucht ergriffen.

Der Arbeitskünstler Igelo Goldhand kam, um sie zu reparieren, aber nachdem er kurz rumgefummelt hatte, erklärte er:

›Da ist nichts zu machen. Sie ist nicht kaputt, sie ist besessen.‹

Man rief den Priester.

Der sagte, er habe schon alles Mögliche exorziert, von alten Frauen, die auf Russisch fluchten, bis zu Kühen, die steppten. Aber so etwas habe er noch nie gesehen.

So begriff Gaudenzio, dass es ein schwerwiegender Fehler gewesen war, sich gegen die Mannara zu stellen. Er wurde nervös und tollpatschig. Er fing an, Gläser kaputtzumachen. Jedes Glas, das er abtrocknen wollte, flutschte weg wie ein Stück Seife und zerschellte auf dem Boden.

Er begann zu trinken. Er trank literweise Cedrata. Vom vielen Zitronensirup wurde er nun gelb statt grün, und er hielt sich kaum mehr auf den Beinen.

Dann spielte er eines Tages Toto, hatte zwölf Richtige, und als er triumphierend den Totoschein zeigte, flog dieser wie ein Vogel aus der Bar hinaus und ward nie mehr gesehen.

Am selben Abend sah er einen Bus ankommen, er bereitete sich auf große Geschäfte vor, doch stattdessen stiegen hundert Japaner aus, die an der Toilette Schlange standen, circa dreihundert Liter japanische Pisse daließen und im Gegenzug einen einzigen Kamillentee konsumierten.

Der finale Schlag jedoch war das Gespenst mit der geheimnisvollen Stimme.

Es kam an einem regnerischen Abend, ganz schwarz, mit einem schäbigen Räuberhut. Es durchdrang geräuschlos die Glastür. Dann begab es sich fast fliegend Richtung Tresen und sagte in einer gutturalen und unverständlichen Sprache:

›Mischikkt schikkè nkaffè feffè corrè kognak un curassò.‹

Angesichts dieser obskuren Formel schrie Gaudenzio und versuchte, es mit einer Pfanne zu schlagen, aber es gelang ihm nicht, es bestand aus Luft, und die Pfannenhiebe gingen durch es hindurch.

Das Gespenst verhöhnte ihn mit einem diabolischen Lachen und verschwand, wobei es auch noch ein Beignet klaute.

Und das ging so Abend für Abend, einen Monat lang.

Bis Gaudenzio beschloss, zu einer Zauberin in die Stadt zu gehen, einer Konkurrentin der Mannara, um sich den bösen Blick abnehmen zu lassen. Jene nahm ihm zwanzigtausend Lire ab. Aber vielleicht funktionierte es. Drei Abende lang geschah jedenfalls nichts Seltsames in der Bar, außer dass Trincone der Schwarze und Cotelettina anfingen, sich auf Latein über die Existenz der Seele zu unterhalten.

Am vierten Abend erschien das Phantasma erneut.

Es hatte keinen Hut mehr, aber ein seltsames Gewand mit vergoldeten Knöpfen, und es sagte:

›Ibinbrigà karamba dezzezè paskà beuftrà fondè finà, zoagensmì didokù dekassà.‹

Gaudenzio, der sich vom Fluch befreit glaubte, nahm die Pfanne, ließ sie kreisen, und zu unserer Überraschung traf er das Phantasma dieses Mal auf den Kopf. Das gab den Klang einer Glocke von sich und fiel zu Boden.

›Ich hab dich erwischt, verfluchtes schwarzes Gespenst!‹, schrie Gaudenzio und versetzte ihm einige Fußtritte.

Doch dieses Mal war es kein Phantasma.

Es war der Brigadiere der Carabinieri Di Zezo Pasquale, von der Finanza beauftragt, die Dokumentation der Registrierkasse und die entsprechenden Kassenbons zu kontrollieren.

Gaudenzio war nicht nur niederträchtig und grünlich, sondern auch noch Steuerhinterzieher, er hatte uns nie Kassenbons ausgestellt.

›Ich‹, stotterte Gaudenzio, ›ich habe kaum Gäste, und sie konsumieren fast nie was …‹

›Fünfzig Biere wie gestern Abend‹, sagte Archivio sofort.

›Und für mich vierzig Panini‹, sagte der Opa Seher.

›Ich nehm das übliche Kilo Kaviar‹, sagte Ottavio Maolvurfio.

›Ihr Bastarde!‹, sagte Gaudenzio. ›Ich schwöre es Ihnen, Brigadiere, ich werde, wenn's hoch kommt, vielleicht zwanzig oder dreißig Kassenbons vergessen haben.‹

In jenem Augenblick hörte man von Weitem das Lachen der Mannara widerhallen, und in der Bar begann es zu schneien. Es schneite Kassenbons, in großen Flocken, tausende von Kassenbons, Schwärme von Kassenbons, all die,

die Gaudenzio nie ausgestellt hatte. Von einem Moment auf den anderen waren wir von schneeweißem Konfetti bedeckt.

Nachdem er eine erste Steuerermittlung vorgenommen hatte, verkündete der Brigadiere, dass Gaudenzio circa drei Millionen für nichtdeklarierte Einnahmen zahlen musste, plus Bußgeld, plus Anzeige wegen Angriffs mittels stumpfen Küchenutensils.

Zwei Tage darauf verkaufte Gaudenzio die Bar und kehrte in die Stadt zurück.

Trincone der Schwarze Senior übernahm den Laden mit einer legendären Flaschenleerungszeremonie.

Der Kampf um die Bar Sport war gewonnen.«

Die gespenstische Zelle

»Das waren andere Zeiten«, sagte der Wirt Trincone, »dieses Mal wird der Kampf sehr viel härter. Seht da unten.«

Sie wandten die Blicke gen Wald, wo zwischen den Wipfeln der Bäume zwei furchterregende Kreaturen ihre Rachen zeigten.

Es waren ein Rex und ein Trip. Ein schneide-säge-breche Mechanosaurus Rex und ein Triceratops-Bagger, die sich gemeinsam vorankämpften und dabei ein Kastanien- und Buchengemetzel veranstalteten.

Der Rex, mit metallischen Reißzähnen, schnitt und entlaubte. Der Bagger Trip schaufelte die Baumstämme auf und räumte sie zur Seite. Wir hörten sie aus einem Kilometer Entfernung brüllen. Schwärme zu Tode erschreckter Vögel flogen auf, und dichter, rötlicher Holzstaub trübte die Luft.

Ein lauteres Ächzen erhob sich, und die Baumkrone einer Eiche schied dahin, während der zerborstene Stamm mit großem Getöse des Laubwerks umfiel.

»Maledetti, basta!«, rief Alice.

Der Lärm hörte augenblicklich auf.

»Du hast sie gestoppt«, sagte Giango, »du kannst zaubern!«

»Nein«, sagte der Opa, »sie besitzt weder die unheilstiftende Macht der Mannara noch die Gabe des Glücks von Dusella, und auch nicht die Weisheit von Simona Bell'Eugele. Es ist einfach nur zwölf Uhr, Zeit für die Mittagspause, und die Fahrer der beiden Monster haben angehalten, um etwas zu essen.«

»Das ist der richtige Zeitpunkt, sie anzugreifen«, sagte Zwille oben vom Walnussbaum.

»Besser beobachten wir sie genau und machen einen Plan«, sagte Alice vorsichtig.

»Richtig, oh meine jungen Helden«, sagte der Opa. »Ihr, die ihr unwegsames und waldiges Terrain nicht fürchtet, gehet hin und berichtet uns von der Lage.«

»Und wenn uns die Fahrer erwischen?«

Der Opa Seher legte sein Ohr auf den Boden, wie es die Comanche-Rothäute tun. Er blieb unter allgemeinem Staunen eine ganze Minute in dieser Stellung. Dann sagte er:

»Geht. Ich habe sie essen und rülpsen hören, und jetzt schlafen sie. Mehr noch, sie schnarchen wie Blasebalge.«

Zwille stürzte vom Baum und hopste mit großen Sätzen hinunter durch das hohe Gras Richtung Wald. Hinter ihm sprang Alice flink wie ein Hase. Ein bisschen unbeholfen wegen der engen Jeans folgte ihnen Giango.

Sie stiegen ab über Brombeersträucher und Büsche, und allen schlug das Herz höher. Zwille noch mehr als allen anderen, denn er sah nahe bei sich die blonde Mähne von Alice, die bei jedem Sprung durcheinandergeriet. Wachteln und Fasanen schwirrten davon, aufgeschreckt von ihrem Einfallen.

Behutsam und umsichtig erreichten die Jugendlichen den Waldrand. Sie drangen in die moschusduftende Einsamkeit ein, und nach einigen Schritten sahen sie den Feind.

Der Rex und der Trip zeichneten sich unbeweglich inmitten der Reste ihrer Mahlzeit ab: Baumstammsplitter, Astknochen, Harzblut und Sägemehl.

Im Schatten eines Kastanienbaums waren, noch am Leben, die Fahrer ausgestreckt. Ein Blonder mit spitzem Kinn und ein rundlicher Riesenkerl in orangenem Overall. Sie waren eingeschlafen und satt, wie die Paninireste und die zahllosen, im Gras verstreuten Bierflaschen verrieten.

»Man muss sie aufhalten«, sagte eine raue Stimme von irgendwoher aus dem Dunkel des Blattwerks.

»Wer hat da gesprochen?«, fragte Alice.

»Vielleicht war das der Gnom Kinotto«, flüsterte Zwille.

»Was für'n Gnom denn, nee echt«, lachte Giango.

»Wer auch immer gesprochen hat, er hat uns einen guten Ratschlag gegeben«, sagte Zwille ernst. »Man muss sie aufhalten, bevor sie allzu große Schäden im Wald anrichten. Und nur *ein* Mann kann das tun …«

»Keith Drakulka?«, fragte Giango.

»Wer?«

»Der Gitarrist der Jesus Christ Vampires' Hunters. Einmal ließ ein schriller Ton ein gesamtes Theater in die Luft fliegen. Seine Akkorde spalten Stahl.«

»Nein, ich spreche von Igelo Goldhand. Er kann alles reparieren, also kann er es auch kaputtmachen. Wir müssen ihn sofort verständigen.«

»Gute Idee«, sagte Alice, »her mit den Handys.«

»Meins ist kaputt«, sagte Zwille.

Er traute sich nicht zu sagen, dass seins aus Holz war, von Hand angemalt, um die Schande zu verbergen, dass er keines besaß.

»Meins ist auch kaputt«, sagte Giango.

In Wirklichkeit hatte er es verkauft, um sich für ein Jahr mit Gel einzudecken.

Übrig blieb Alices schönes, kleines Handy in Rosa mit fluoreszierenden Sternchen.

Das junge Mädchen ließ die rosigen Finger über die Tasten gleiten. Doch sofort erbleichte sie und rief:

»Hier gibt's kein Netz! Mein Handy hat keinen Empfang.«

Schlagartig war es, als habe sich die Zivilisation tausende von Kilometern von ihnen entfernt. Der Wald von Montelfo füllte sich mit Gorillas, Schlangen und wilden Indios. Noch nie seit dem kleinen Däumling haben drei Jugendliche eine ähnliche Waldeseinsamkeit verspürt. Sie waren allein und ohne Verbindung!

»Wir müssen nach oben zur Bar zurück. Aber so verlieren wir viel Zeit, und Igelo ist nur morgens zu erreichen«, sagte Giango.

»Wenn uns doch jemand helfen würde«, seufzte Alice.

»Probiert mal diese Beere«, sagte Zwille, »sie wird uns besser denken lassen.«

So machten sie es. Der Wald schien grüner, größer und geheimnisvoller zu werden.

Plötzlich vibrierte die Erde, und man hörte einen schweren Schritt: Irgendetwas Gigantisches kam näher. Die Zweige der Bäume zitterten, und die Kastanien begannen von den Zweigen zu hageln, das Dröhnen der Schritte näherte sich und …

… aus dem Farn kam ein altes Männlein hervor, wenig größer als ein Meter, mit einem roten Überrock und einem langen weißen Bart bis zu den Füßen, voller Tannenzapfen und Eicheln.

»Wer sind Sie, Signore?«, fragten die drei verwirrt und erstaunt.

»Euch jungen Leuten sollte es nicht an Phantasie mangeln«, seufzte das Männlein. »Mal sehen … ich bin ein albanischer Holzfäller, und da ich keine Aufenthaltserlaubnis habe, lebe ich mit sechzehn Landsleuten in einem Stamm.«

»Erzähl uns keine Märchen«, sagten die drei.

»Na gut. Ich sage euch die Wahrheit. Ich bin Professor Aloisius Potiron Pignon von der botanischen Fakultät der Sorbonne, und ich bin hier, um die Sexualgewohnheiten des Boletus Maniacus zu studieren, eines besonders eigenartigen Pilzes, der in dieser Saison …«

»Das ist nicht wahr.«

»Tatsächlich bin ich Mort Bill, ein Kinderserienmörder: Ich töte sie, zerteile sie mit der Axt in Stücke und koche sie in Salmì-Soße, dann schreibe ich mit ihrem Saft rätselhafte Botschaften, die ich einem Detektiv schicke, der sie wiederum einem Drehbuchautor weiterleitet, um einen Film daraus zu machen.«

»Unsinn.«

»Ich bin der Ethnomusikologe Dario Dellasoglia, und ich bin hier, um den polyphonen und kontrapunktischen Gesang des Kastanienspechts zu studieren, der ...«

»Unsinn.«

»Ich bin der Beatnik-Poet John Lawrence Holmes, und nachdem ich zusammen mit Kerouac und Rimbaud die Welt bereist habe, habe ich endlich meinen Frieden in diesem Wald voller Gras und halluzinogener Pilze gefunden und schreibe gerade ein Gedicht über ...«

»Das ist nicht wahr.«

»Na gut, ihr habt mich entlarvt. Ich bin der Gnom Kinotto vom Stamm der Apfelnasen, und ich bin hier, um euch zu helfen.«

»So verstehen wir uns. Also, was sollen wir tun?«

Der Mann hob seinen langen Überrock an und zeigte seine knotigen und haarigen Beine, dann tanzte er und sang mit rauer Stimme:

> Es war einmal inmitten des Waldes
> Ein rotes Häuschen voll mit Worten
> Ist es noch da, oder gibt's das nicht mehr
> Könnt ihr mir's sagen, bitte sehr?

»Das ist keine große Hilfe, Signor Gnom«, sagte Alice. »Was wollen Sie damit sagen?«

Doch das seltsame Geschöpf war wie durch Zauberhand verschwunden.

»Wenn ihr mich fragt, war das ein abgefuckter Albaner«, sagte Giango.

»Wartet mal kurz«, sagte Zwille, »hat er rotes Häuschen gesagt?«

»Ja«, sagte Alice, »›rotes Häuschen voll mit Worten‹.«

»Jetzt, wo ich drüber nachdenke, hier im Wald lief doch eine alte Straße entlang, die ins Dorf führte, oder?«

»Ja, genau«, sagte Giango. »Ungefähr da hinten.«

»Dann müsste es da doch noch die alte Telefonzelle geben! Ich war noch klein, aber ich erinnere mich gut. Wir hatten kein Telefon zuhause, und Papa nahm mich mit. Er telefonierte mit Mamma im Krankenhaus.«

»Ach was. Die Telefonzelle wird abgerissen worden sein, oder von Pflanzen verschlungen. Und sowieso funktioniert sie seit Jahren nicht mehr«, sagte Giango.

»Sucht sie«, sagte die raue Stimme aus der Tiefe des Waldes.

Sie liefen unter Eichen und Kastanien entlang, zwischen großen Farnen und bedrohlichen knolligen Pilzen, bis sie bemerkten, dass sich unter ihren Füßen der Boden veränderte. Nun war er härter, und man sah Flecken des alten Straßenasphalts durch, von Wurzeln aufgerissen. Der Wald holte sich den Raum zurück, den die Menschen ihm geraubt hatten. Eine dichte Vegetation hatte wieder zu wuchern begonnen. Der Efeu hatte die Leitplanken mit einem Pelz versehen, die Brombeersträucher hatten die Mäuerchen überwuchert. Und sie sahen, von Brennnesseln erdrosselt, ein rostiges Schild: »Montelfo zwei Kilometer«.

Plötzlich, mitten auf einer Lichtung, glänzend vom Tau und von einem Sonnenstrahl erleuchtet, stand sie da: die magische Zelle.

Das Unkraut hatte sie eingewickelt und belagert, aber die rote Farbe war noch gut sichtbar.

»Noch bevor ihr geboren wurdet«, sagte die geheimnisvolle Stimme zwischen den Bäumen, »verband man sich von hier mit der Welt. Hier kamen Geschäfte, Verabredungen, Liebschaften zustande. Jeden Abend stand man Schlange, um mit fernen Tälern und Dörfern zu sprechen. Hier kamen Scherze, Drohungen und Ehebrüche in die Welt.

Jeden Tag und jede Nacht hallten die Worte wider. Nun umgibt sie die Stille des Waldes. Doch die alte Telefonzelle vergisst jene Zeiten nicht. Und heimlich hofft sie, dass sich noch jemand an sie erinnern möge.«

Zwille bahnte sich einen Weg durch die Brombeersträucher, die ihn wie immer massakrierten, und führte die anderen bis zu der Telefonzelle. Die Scheiben waren kaputt, aber das Telefon war noch da, verrostet und von Schnecken verkrustet. Und als Alice den Hörer abhob, hörte sie unglaublicherweise ein Herz schlagen. Ein schwaches, aber klares Signal. Die Telefonzelle lebte noch.

»Ich habe Igelos Nummer«, sagte Giango, »ich rufe ihn immer für Reparaturen in der Bar an. Na los, lasst uns telefonieren.«

»Und wie?«, fragte Alice. »Ich sehe hier keine Tasten. Und nicht einmal Schlitze für Telefonkarten. Wie benutzt man denn so ein uraltes Telefon?«

»Ich weiß es«, sagte Zwille, »man hat mir erzählt, dass es mal ein Ding namens ›Jeton‹ gab. Damit fütterte man das Telefon, um es benutzen zu können. Je länger du redetest, desto mehr fraß es davon. Wenn mein Vater lange Gespräche führen musste, benutzte er einen Patronengurt voller Jetons, das Telefon verschlang sie wie ein Scheunendrescher und spuckte manche wieder aus.«

»Ich weiß, was ein Jeton ist«, sagte Giango. »Es ist so eine kleine Münze aus Kupfer, wie diejenigen, die man in die Spielautomaten wirft.«

»Oh weh«, sagte Alice, »niemand von uns besitzt diese uralte wertvolle Münze.«

»Leider nicht«, stimmte Zwille ihr zu.

»Sucht«, sagte die raue Stimme.

Sie sahen um sich und nach oben und unten. Und auf dem Boden der Telefonzelle ließ ein Sonnenstrahl etwas glitzern.

Es war ein alter, oxidierter Jeton, der jahrelange Wetterunbilden überlebt hatte.

»Versuchen wir es«, sagte Alice. Sie hob ihn vom Boden auf und säuberte ihn sorgfältig mit einem Blatt. Die beiden Jungen sahen sie ergriffen an.

Das junge Mädchen stieß einen tiefen Seufzer aus und warf den Jeton in den vorgesehenen Schlitz.

Nichts passierte, zunächst. Dann hörte man ein mühevolles und quietschendes Geräusch, eine Getriebekolik, ein stumpfes Strecken von Alteisen, als ob ein Zombieorchester unter der Erde die Instrumente stimmen würde. Die Telefonzelle erwachte aus ihrem Tiefschlaf.

Das Telefon begann zu vibrieren und sich zu schütteln, es schien, als sei es kurz davor zu explodieren, doch schließlich schluckte es den Jeton mit einem zufriedenen Rülpser.

Vielleicht war das Wunder möglich.

Es war nicht einfach, die Drehscheibe zu bewegen. Der kräftige Finger von Zwille trat an die Stelle des zarten von Alice und kämpfte gegen jahrelangen Rost. Die Drehscheibe lief stöhnend über eine Zahl nach der anderen. Endlich war auch die letzte gewählt.

Es verging eine Ewigkeit. An Alices Ohr pulsierte das schwache Herz der Telefonzelle mit unter sechzig Schlägen pro Minute, es schien, als könne es von einem auf den anderen Moment verschwinden. Dann antwortete eine weibliche Stimme:

»Pronto?«

»Ist Igelo da?«, fragte Alice.

»Und wer sind Sie?«, fragte eine misstrauische und eifersüchtige Stimme.

»Ich bin Alice, die Tochter des Tierarztes Rettganso. Geben Sie ihn mir schnell, wir haben nur einen Jeton.«

»Was habt ihr?«

»Unser Akku ist fast leer«, sagte Alice.

Nach einer kurzen Stille sagte eine männliche Stimme:

»Ich bin's, wer will mich sprechen?«

»Laufen Sie schnell zur Bar Sport, Signor Igelo, Sie werden gebraucht. Der Opa Seher will Sie sprechen«, sagte Alice.

»Komme sofo…«, antwortete Igelo, und schlagartig wurde das Gespräch unterbrochen.

Die Telefonzelle begann zu beben. Diese Anstrengung hatte ihre alten Fasern auf eine harte Probe gestellt. Eine Scheibe ging in die Brüche, das Telefon löste sich von der Wand, der Hörer zischte durch die Luft wie eine Schlange. Ein letztes quälendes Tuut stieg zum Himmel auf.

Dann brach die Telefonzelle mit Getöse zusammen und versank in ihrem Grab aus Blättern und Moos. Doch das letzte Telefonat war geführt worden.

»Schöner Tod«, kommentierte der Opa Seher, als ihm die Ereignisse berichtet wurden.

Igelo Goldhand

Nun werden wir euch erzählen, wer der legendäre Igelo Goldhand war.

Zuerst der Name. Er hieß Isidoro, wurde aber Igelo genannt, weil seine Haare immer voller Zement- und Eisenfeilstaub waren, sie standen also senkrecht vom Kopf ab wie Stacheln, oder wie ein Punk-Kamm, noch bevor der Punk aufkam.

Außerdem hieß er Goldhand, weil er alles reparieren konnte, außer der Bosheit der Menschen.

In Wirklichkeit war die Nummer, auf der ihn Alice angerufen hatte, nicht seine, sondern die der Einzimmerwohnung, wo seine Geliebte, die Köchin Nunzia, wohnte. Besagte Einzimmerwohnung befand sich direkt über dem Bar-Ristorante Belvedere, dem Arbeitsplatz der Frau. Der Bratdunst stieg von den Küchen auf, und durch den Fußboden hindurch formierte er sich zu einer leichten Nebelschicht, zu einer Art duftendem Teppichboden, auf dem Nunzia lebte.

Auf der Schlafcouch war Igelo gerade erwacht. Seine Geliebte war dabei, ihm in Tanga und Stöckelschuhen Caffè und Omelette zuzubereiten, und sang mit leiser Stimme *Vamos a la playa*. Es war eine bewegte Nacht gewesen, wegen des Vaillant-Komplexes, unter dem Igelo litt. Er hatte nämlich seine erotische Karriere gleichzeitig mit seiner Karriere als Klempner begonnen. Eine Signora des Dorfs hatte, nachdem der damals junge Igelo ihr den Heizkessel repariert hatte (eben der Marke Vaillant), den jungen Mann an sich gerissen und ihn sanft davon überzeugt, sich um andere Erhitzungen zu kümmern. Seit damals hatte Igelo Eros und Labor immer verbunden. Er kam in eine Wohnung, reparierte und liebte. Ohne die beiden Dinge je gänzlich zu vermischen, er behielt sozusagen doppelte Armaturen. Er gab keinen Rabatt auf die ausgeführten Reparaturen. Aber der Vaillant-Komplex war ihm geblieben, und Igelo konnte keinen Sex haben, wenn er sich nicht vorher nützlich gemacht hatte, indem er irgendetwas reparierte. Mit der Köchin war das erste Zusammentreffen vor einer riesigen kaputten Spülmaschine erfolgt, denken wir uns den Rest. Doch dann war im Restaurant und in Nunzias Wohnung alles in Ordnung gebracht worden. Es gab nicht einmal mehr eine ausgeleierte Schraube, einen wackelnden Nagel oder eine quietschende Türangel. Deshalb war Igelos Leidenschaft abgeflaut. Am vorigen Abend war er bei ihr angekommen. Sie hatte sich mit Strumpfbändern und rasierten Achseln präsentiert, aber nicht einmal einer Glühbirne zum Einschrauben. Igelo hatte versagt.

In dieser Nacht hatten die Liebenden in melancholischer Distanz geschlafen, bis Eros Mitleid bekommen und sie göttlich angespornt hatte: Um Viertel nach zwei hatte sich wie durch Zauberhand eine Konsole von der Wand gelöst und beim Zusammenbrechen sechs gläserne Schwäne in verschiedenen Größen und ein Photo von Nunzia in einem Marmorrahmen mit sich gerissen. Igelo war zur Werkzeugtasche geschnellt, hatte den Black&Decker ergriffen und sich unter den Protestrufen des ganzen Viertels darangemacht, Löcher in die Wand zu bohren. Nunzia war fieberhaft aufgeregt um ihn herumgesprungen. Nachdem er die Schrauben eingesetzt und die Konsole wieder aufgehängt hatte, hatte Igelo sogar noch den Rahmen mit Vinavil-Klebstoff repariert. Die so angesammelte erotische Spannung hatte sich in einem langen Beischlaf auf dem Fußboden entladen, und er hatte Nunzia mit besonderem Enthusiasmus stöhnen hören, teilweise, weil sie befriedigt war, teilweise, weil die Glasscherben der Schwäne sich in ihren Rücken gedrückt hatten.

Nun betrachtete ihn die Geliebte zärtlich und schläfrig. Igelo aß das Omelette, schlürfte den Caffè und verabschiedete sich mit einem liebevollen:

»Verfickt, bin ich deinetwegen spät dran.«

Er fuhr mit dem Ape Car weg und steuerte die Bar Sport an. Dort wurde er über das Problem unterrichtet.

»Ich werde nachts zuschlagen«, sagte er.

Gegen vierundzwanzig Uhr begab sich Igelo in den Wald. Er sah die Baracke, in der die beiden Fahrer sonor schnarchten. Er überprüfte die schlafenden großen Monster. Er würdigte die Leistungskraft und Präzision der Mechanismen. Ein bisschen tat es ihm leid zu intervenieren. Er war ein vielfach einsetzbarer Arbeiter und großer Reparateur, aber in diesem Fall musste man sabotieren.

Er studierte die Mechanismen aufmerksam.

Dann entnahm er still und geschwind zwei kleine Teile, eines von Rex' Hirn und das andere aus dem linken Bein von Trip. Zwei Geräusche, nicht lauter als ein Teelöffel auf dem Tellerchen.

Er entfernte sich unter dem komplizenhaften Mond.

Am Morgen stiegen die beiden Kutscher wieder auf ihre Gefährte und zündeten die Motoren.

»Scheiße, mein Bagger geht nicht«, sagte der Blonde.

»Meiner auch nicht«, sagte der Riese.

»Sollen wir versuchen, sie zu reparieren?«

»Nein«, sagte der Riese, der die Maschinerie aufmerksam betrachtete, »Rex ist tot. Ich kenne nur einen teuflischen Mann, der diese Sabotage in so kurzer Zeit und ganz ohne Lärm ausführen konnte: Igelo Goldhand.«

»Hm, wenn ich ihn treffe, polier ich ihm die Fresse«, sagte der Blonde.

»Nein«, sagte der Riese, »lass ihn mir. Ich habe noch eine Rechnung mit ihm offen.«

Was tun? Die Versammlung der Hirne

An der Bar Sport war es ein leicht nebliger Morgen. Doch dann kam die Sonne und enthüllte wie ein gewandter Touristenführer die Wunderwerke der Piazzetta. Das Denkmal des seligen Inclinatus mit angeschlossenem Springbrunnen, das von der Aussichtsterrasse aus das Tal dominierte. Der Zeitungskiosk von Fefè Junior, buntgefärbt von zahlreichen Zeitschriften und polychromen Periodika. Der Obst- und Gemüseladen, wo exotische Bananen und heimische Kastanien wie Perlen glänzten. Im Osten zeichnete sich ein hervorragendes Beispiel psychedekliger Architektur ab: die moderne Filiale der Banca delle Valli. Vor der Tür kontrollierte der vereidigte Wachposten Ottorino der Schielende die Lage mit schiefer Aufmerksamkeit. Oben: das verlassene Kastell der Mediamoguls, schwarz, finster und bevölkert von Gespenstern. Und in weiter Ferne die unwegsamen und gezahnten Gipfel: die Krallenspitze, der Bärenpass, der Hexenzahn und der Unglücksberg. Und dann die Bar mit den Tischchen im Freien und den Oleander- und Myrtetöpfen. Sechs elegant in den vorgesehenen Stellplätzen geparkte Mofas plus die Ape von Igelo. Die auf dem Pflaster ausgestreckten Hunde und das Unkraut, das das Kopfsteinpflaster dekorierte, gaben dem Straßenbelag eine angenehme ökologische Note.

Im Halbkreis angeordnet waren da an diesem Morgen die besten örtlichen Hirne und auch einige der schlechtesten.

Alle zusammen würden eine Lösung suchen, um die Bar zu retten.

Natürlich war der Opa Seher da, mit zwei Fingerbreit Toscano, die ihm aus dem Mund ragten, und der alten ehemals beigen Jacke, Hochwasserhosen, kurzen, nicht zusammengehörigen Socken und Legionärssandalen. Er war ein großer Drucker, Schriftsetzer, Chemiegraph und Zeilensetzer gewesen. Er hatte das Blei ins Papier beißen sehen, um sich in erhabene Poesie und scheele Propaganda zu verwandeln. Zu seinen Füßen nagte der Hund Merlot, großer Ausgraber alter Knochen, einen Landsknechtsknochen ab.

Dann war da der Lehrer Micillo, Direktor der örtlichen Schule und Autor des *Konversationslexikons für Themen, die man nicht kennt* sowie Erforscher und Theoretiker der Anbandoxologie oder auch ›wellenförmige Physik der kreuz-steißbeinigen Gelenke‹. Kurz, Arschgucker.

Auf seinem Thron mit Rollen war da der Älteste Archimedes, genannt Archivio, geschichtliches und philosophisches Bewusstsein des Dorfs. Partisan und dann Gewerkschafter, also lange Inhaber eines wandernden Bücherstands, bis die Kilometer und die Mühsal ihm das Rückgrat gebeugt hatten. Obschon krank, verkrüppelt und halb blind, war er äußerst rege. Sein Rollstuhl, den er mit einem 48er Ducati-Motor ausgestattet hatte, erreichte sechsunddreißig Kilometer pro Stunde und war mit Madcow-Autobushupen versehen. Wehe, wenn man ihm den Weg abschnitt.

An seiner Seite Igelo Goldhand, allesreparierender Arbeiter, Genie der Handfertigkeit. Mit seinem Assistenten Dino Dreiachtzig. Vor Jahren hatte er einen Schlag von dreihundertachtzig Volt bekommen, und er besaß ein einziges Haar, ein ein Meter langes Rosshaar, das wie der Fühler eines

Anglerfisches wackelte. Wenn es gewitterte, wurde er als Blitzableiter benutzt.

Große Bizepse und Tortelloninase, hier haben wir Zeppa, Maurer und ehemaliger Boxer, sieben Siege, ein Unentschieden, eine Niederlage, nach der der Kampfrichter allerdings einen Monat ins Krankenhaus musste.

Dann der Ortspolizist Timoteo, genannt Stieglitz, seit er eine Trillerpfeife verschluckt hatte.

Mit geschlossenen Augen, aber hellwach saß Melone da, der Dorftrottel, dessen Kopf so groß wie ein Kürbisgewächs war und der sehr als Prophet geschätzt wurde. Er schrieb Gedichte und Gedanken auf Wände, Tische und jegliche weiße Oberfläche, unsere Hemden eingeschlossen. Es war diese Gewohnheit, die seit Jahren Atheisten und Gläubige des Dorfs in Streit versetzte. Er trat jede Nacht vor die Sterne und betrachtete finster den Himmel. Als er nach dem Warum gefragt worden war, hatte er auf die Wand der Bar geschrieben:

> Alle bitten Gott und beten ihn an,
> aber die Dinge laufen schlecht.
> Wenn wir stattdessen alle zusammen
> Gott verstehen lassen, dass wir nicht zufrieden sind,
> geht er entweder, oder es kommt ein besserer.
> Wir haben alle mehr verdient.

Und hier die legendären Frauen von Montelfo:
Simona Bellini, genannt Bell'Eugele, mit äußerst scharfen Augen ausgestattete Schneiderin. Sie war in der Lage, sogar während eines Liebesritts einen Faden einzufädeln, wie ihr Ehemann, der verstorbene Baruch, immer erzählt hatte.

Aber sie war auch eine Frau mit einem weisen Blick auf die Welt und unsere *maîtresse à penser.*

Neben ihr Carmela Dusella, erfahrene und äußerst glückliche Spielerin: Sie hatte in den fünfziger Jahren angefangen, Doppeltreffer im Lotto zu erzielen. Sie hatte sieben Jahre in Folge den Schinken gewonnen, der den ersten Preis bei der Lotterie des Unità-Festes darstellte, sodass sie schon beschuldigt wurde, dem KGB anzugehören. Nun war sie zu Rubbellosen übergegangen, wobei sie ein von zwei Malen gewann. Manch einer meinte, sie habe einen Röntgenblick, sodass sie durch die wegzurubbelnde Farbschicht sehen könne. Manch einer hielt sie für eine Hexe, manch einer meinte, sie sei im vollständigen Dusel geboren worden, von einer Wäscherin und einem Hosenschneider.

Carmelas Schwester, Marcella die Schreibwarenhändlerin, sexy und nach frischen Heften und Klebstoff duftend.

Maria Sandokan, Ehefrau von Trincone dem Stier, eine Frau von legendärer Körperkraft, die, als der Ochse erkrankt war, ein Feld alleine gepflügt hatte.

Gina Popup, schon seit der Kindheit sehr lebhaft und dann äußerst geschickt darin, im Nu in ein Auto zu springen, der Rest ist eurer Phantasie überlassen.

Frida Fon, die Friseurin, Erfinderin des supertoupierten Haars, das nicht schlaffer wird, sondern sich sogar noch eine Woche lang ausdehnt, bis es das Volumen verdreifacht.

Sofronia, die große Köchin, die das beste Ei immer dadurch erkannte, dass sie der Henne in die Augen sah.

Ihre Vize Tegamina die Nudelmacherin, die schon sechsmal die Erdoberfläche mit dem Nudelholz ausgerollt hatte.

Dido, die Apothekerin, die, wie es hieß, zwei Ehemänner mit dem Abführmittel Rim umgebracht haben sollte.

Ihre beiden Töchter Suzy und Kathy, die alle die Aspirinen nannten, weil sie Aspirantinnen waren, die als Velina, Bombardina, Ballerina oder Porcellina-Ferkelchen ins Fernsehen kommen wollten.

Die Lehrerin Tiribocchi, genannt die Hyäne.

Giorgia la Bomba, Obstverkäuferin, großer Hintern und kleines Köpfchen, die größte Birne der Welt. Geizige und geschäftstüchtige Frau, tyrannische Gattin des Zeitungsverkäufers Fefè.

Wenn wir zu den Männern zurückkehren, war da der besagte Zeitungsverkäufer Fefè, Experte für Pornovideos, auch aus unverdächtigen Ländern wie Tibet.

Sein Freund Vitale, der Leichenbestatter, blass und bleich. Er hatte mit sechs Jahren begonnen, diesen Beruf auszuüben, und wenn seine Mamma ihm gesagt hatte: »Vitale, bohr nicht in der Nase«, dann hatte sie sich auf die Nasen der Leichname bezogen.

Raab, Reifenhändler und Unglücksrabe, der mit seinem Blick die Luft aus den Reifen ließ. Wegen des *contrapasso* Ehemann von Dusella.

Poldo Ferkello, Ausmerzer, Rattenvernichter und Gifthauchexperte, Fachmann des Furzes mit den Fingernägeln. Ein Furz von ihm krallte sich, wenn er einmal losgelassen war, mit den Fingernägeln an der Decke fest und fiel zwei oder drei Stunden später mit unerwarteten und verheerenden Folgen auf die Anwesenden herab.

Poldos Vater, Girolamo Ferkello, stinkreicher Wurstwarenhändler und Schweinegrossist.

Hinten saß Clemente die Schlange, wohlhabender Nichtstuer, Wucherer und militantes Klatschmaul. Obwohl er einer feindlichen Bar angehörte, der regierungsfreundlichen Bar Moka, kam er jedes Mal mit perfider Neugier zur Bar Sport, wenn es eine Diskussion, einen Streit oder ein Unglück gab. Er färbte sich die Haare teerschwarz und roch wie das Klo einer Autobahnraststätte. Irgendjemand hatte vorgeschlagen, ihn nicht in die Bar zu lassen, aber wie der Opa Seher immer sagte: »Besser man hat sie vor sich als im Rücken.«

Ein bisschen abseits Clementes Frau, Paoletta Pillola, vollgestopft mit Beruhigungsmitteln und Zigaretten, die einmal pro Jahr sprach.

Dann Gandolino und Nestorino, Schreiner, Rivalen und Freunde.

Gabriele Garbe, Landwirt und Wilderer und berühmt-berüchtigter Alkoholiker.

Diogenes, Tankwart und Poet, Autor von *Das Herz tankt voll* und *Freundin Tankstutzen*, Exmann von Frida Fon.

Rettganso der Tierarzt, berühmt dafür, eine Kuh mit Mund-zu-Mund-Beatmung gerettet zu haben und hinterher mehrmals mit derselben Kuh im Auto an abgelegenen Orten gesehen worden zu sein, sodass seine Ehefrau auf Scheidung klagte.

Die Ehefrau Pina Silvia Rettganso, Kassenführerin der Bank.

Cotelettina, der Herrenfriseur, mit seinem Freund Schnorres, dem Schmied.

Selbstverständlich durften auch zwei der vier legendären Trincone-Brüder nicht fehlen: Trincone der Schwarze und Trincone der Stier, berühmter Landwirt. Es fehlten Trincone das Aas, derzeit wegen eines Reifendiebstahls abgehauen, und Trincone der Liebende, der aus Liebe gestorben und dessen Photo über der Kaffeemaschine zu sehen war.

Dann die Jugendlichen:
Alice Rettganso, junge Träumerin, naiv, aber nicht allzu sehr.

Belinda, Mini-Miss des Dorfes, fünfzehn Jahre alt, mit sehr synthetischen Miniröcken, schönen blauen Augen und schon vielen hässlichen schwarzen Erinnerungen.

Zwille, wilder und romantischer Waisenjunge sowie Regionalmeister der Steinschleuder.

63

Giango mit dem schönen Haarschopf, Bum Bum Delirium, Bubba Bonazzi und ein paar Fans der Rural-Metal-Band Kastagna.

Pierino der Pizzabäcker, vielversprechendes Talent des Sektors.

Zito Zeppa, elf Jahre alt und schon erfahrener Handlanger und Gitanes-Raucher.

Bingo Popel und Tamara Colibrì, winzig kleine und todbringende Blasrohrschützen.

Die Repräsentanten ausländischer Staaten: Selim der Pharao, ägyptischer Bäcker, Erfinder der Kamut-Pizza, der Pyramiden-Calzone und des Plage-Crostinos zu den zwölf Peperonis.

Doktor Fabian, Kreisarzt, sehr beliebt im Tal und Theoretiker der afro-okzidentalen Medizin, dessen Motto war: »Wenn das Antibiotikum die Infektion nicht kuriert, sei es mit dem Tanz des Löwen probiert.«

Roger Blacksmoke, junger Tagelöhner, vielversprechendes Fußballtalent und Schlagzeuger.

Die Squat-Brüder Nicolau, John N'dele und Abdul, die so genannt wurden, weil sie schon hunderte von Orten besetzt hatten, von leerstehenden Häusern bis zu Lagerhallen, von Garagen bis zu Seilbahnen außer Betrieb, aber sie waren immer geräumt und weggejagt worden. Im Moment schliefen sie in dem verlassenen Kastell der Mediamoguls, zusammen mit den Gespenstern.

Dann Nastassja die Altenpflegerin und Nicolina die Büglerin. Es fehlten der polnische LKW-Fahrer Karol, auf Dienstreise in Foggia, und die Arbeiter der Baustelle.

Darüber hinaus zwölf Hunde, angeführt von Merlot, Abkömmling von Fen dem Phänomen, und die zehn renommiertesten Katzen des Dorfs.

Blitz, ehemals großer Beutejäger, jetzt fettleibiger Buddha.

Polyphem, einäugiger Krieger, der einen Fuchs im Kampf besiegt hatte.

Garganiau, dessen verliebtes Miauen machtvoller war als ein Saxophon.

Gargaraffa, Schlangenschlucker.

Zorro, Verführer mit smaragdenen Augen.

Fanny, schneller als eine Gepardin und große Knackwurstdiebin.

Theseus Dreifuß, der dem Fangeisen entfloh.

Dora die Ruhige, die dreiundzwanzig Stunden schlief und in der verbleibenden Stunde einen Schlafplatz suchte.

Zombie, auf den Asphalt geschleudert und schon zehnmal totgesagt.

Die uralte Nerina, die nackt für Manet posiert hatte.

In dieser Versammlung waren verschiedene Tendenzen und Lager vertreten, aber alle waren sich darin einig, dass die Bar gerettet werden musste, außer zwei oder drei, die Spitzel waren, aber das wusste man.

»Freunde und Dorfbewohner«, sagte der Opa Seher, »es wird eine harte Probe. Wir haben neue Feinde vor uns. Wie ich gerne wiederhole, war einst die Zeit, die man zum Abreißen eines Hauses brauchte, die gleiche, die man brauchte, um es aufzubauen. Heute reicht ein Augenblick. Häuser schreien nicht.«

»Es wird alles gutgehen«, sagte Raab der Unglücksbringer.

Alle fassten sich an die Eier, wer keine hatte, nahm die der Hunde.

»Ich hol das Gewehr raus«, sagte Archivio. »Das habe ich schon als junger Mann getan, und ich werde es wieder tun.«

»Aber du bist doch blind«, sagte Trincone der Wirt.

»Der Gewehrschuss eines Blinden tut genauso weh wie derjenige eines Sehenden«, lachte Archivio.

»Alle müssen sterben, auch die Dinge, auch die Orte, und so auch die Menschen«, sagte der Leichenbestatter Vitale feierlich.

»Fang du an«, sagte Melone.

»Wir könnten die ganzen Grundstücke kaufen«, sagte Dusella und wedelte mit einem Rubbellos. »Ecco, voilà, ich habe zehn Euro gewonnen, ich mache den Anfang für die Kollekte.«

»Ich gebe die Hälfte meines Lohns von heute, sechs Euro«, sagte John N'dele Squat.

»Ich habe sechzehn Euro in Ein-Cent-Münzen«, sagte Pierino, der sonntags den Messdiener machte und von der Piadina zur Hostie wechselte.

»Wir brauchen kein Geld, wir brauchen eine Idee«, sagte der Opa.

»Erinnert ihr euch an Odysseus und Epeios?«, fragte der Lehrer Micillo.

»Wenn man etwas will, was man liebt, muss man kämpfen«, sagte die Köchin Sofronia. »Erinnert ihr euch an die Geschichte von Fen dem Phänomen?«

Der klügste Hund der Welt

In der Geschichte der Bar haben einige wirklich legendäre Hunde existiert. Große Spürhunde, Trüffelsucher, Wachhunde, Blindenhunde, Rettungshunde.

Doch keiner war je wie Fen das Phänomen.

Er erreichte Montelfo eines Nachts, als Flüchtling aus einem fernen Land. Niemand erfuhr je, wie. Er war mitten auf dem Marktplatz zurückgelassen worden und begann zu jaulen. Aber jaulen ist ein dürftiger Begriff: Er sang, oder besser er melodiaulte. Er jaulte mit melodiöser Traurigkeit.

Alle Fenster jedoch blieben geschlossen. Bis es der Schneiderin Simona Bell'Eugele, die eine Musikliebhaberin war, schien, als höre sie eine Arie von Metastasio, von einer schwachen und winselnden Stimme intoniert:

> Vuoi per sempre abbandonarmi
> Non ti muove il dolor mio?

> Willst Du mich für immer verlassen
> Rührt Dich nicht mein Schmerz?

Sie öffnete das Fenster und sah den Hund mit dem Schwanz wedeln. Er konnte das sicher nicht gewesen sein, der da sang. Von Mitleid ergriffen ließ sie ihn dennoch herein und legte ihn in ihrem Atelier schlafen.

Am nächsten Tag kamen die besten Hundologen der Gegend zusammen, um ihn zu begutachten.

Er erwies sich als ein äußerst seltsames Tier. Dick, haarig und plump, mit langen, schiefen und krummen Beinen. Er war von getupftem hasenhaftem Grau und hatte dichte Schnurrhaare, einen haselnussbraunen Zinken und große hängende Ohren, immer mit einem Weinstein aus Blättern und Stöckchen überzogen. Der lange Schwanz verfing sich überall. Mit Sicherheit war er nicht schön. Er hatte nur strahlende blaue Augen. Wenn er diese auf dich richtete, sagte Simona Bell'Eugele, war es, als würde man von einem Engel angesehen. Man schämte sich für seine Sünden.

»Er ist ein sympathischer Köter, aber zu nichts zu gebrauchen«, sagte Garbe der Wilderer, »zu dick und zu langsam für die Jagd, zu mild für einen Wachposten, zu alt, um ihm das Trüffelsuchen beizubringen. Außerdem wirkt er nicht sonderlich aufgeweckt.«

»Sympathisch, aber genetisch gesehen mysteriös und verkrüppelt«, sagte Rettganso der Tierarzt. »Ich würde sagen, er ist eine Kreuzung aus einem türkischen Dromedar, einer Autowaschanlagenwalze und einem Kotoff, dem Hund, mit dem man die Kolpaks der zaristischen Garde machte. Er kommt sicher aus dem Osten.«

»Nein«, sagte Gandolino, der Schreiner und große Jäger, »er ist eine Kreuzung aus einem grauen Bären und einem Quarquaterrier, einem Entenhund aus Québec. Er kommt aus dem Westen. Aber er ist zu schwer zum Schwimmen, also unbrauchbar.«

»Er ist ein feiger und pazifistischer Hund«, sagte der Brigadiere Di Zezo, »ihm fehlen die Aggressivität und der männliche Stolz, die ihn würdig machen würden, den Carabinieri anzugehören. Außerdem kann er nicht in Anti-Drogen-Einheiten eingesetzt werden, im Gegenteil, er sieht aus, als habe er gerade einen Joint geraucht.«

Als ob er jene wenig schmeichelhaften Kommentare verstehen würde, entfernte sich der geheimnisvolle Hund. Doch bevor er verschwand, drehte er sich um und sah Gandolino an.

Ihre Augen trafen sich, und der Schreiner fühlte sich auf einen Schlag melancholisch und traurig. Er bereute, was er gerade gesagt hatte. Dieses Tier erinnerte ihn nämlich an einen Jagdhund seiner Jugend, den er aus Habgier verkauft und dem er immer nachgetrauert hatte.

»Wir können nicht jeden Streuner aufnehmen, der hierher kommt«, schloss Trincone der Schwarze mit einem Seufzer.

So schien der geheimnisvolle Hund schon auf dem Weg ins Tierheim. Doch die Geschichte hatte gerade erst angefangen. Am nächsten Morgen waren wir alle in der Bar, als Simona Bell'Eugele hereinplatzte und vor lauter Aufregung kein Wort herausbrachte. Wir mussten ihr zweieinhalb Grappa zu trinken geben, bevor sie in der Lage war zu sagen: »Dieser dicke Hund, ihr werdet mir nicht glauben ... Gestern nach dem Abendessen habe ich an der Nähmaschine gearbeitet. Ich musste einen Rock säumen. Doch ich war müde, und gegen Mitternacht bin ich ins Bett gegangen und habe alles halbfertig liegengelassen. Na, und heute Morgen wach' ich auf, und was sehe ich? Der dicke Hund hält mit einer Pfote den Stoff fest und bringt mit der anderen die Singer zum Laufen. Der Saum ist fertig! Und er sieht aus, als hätte ich ihn selbst gemacht!«

Allgemeines Gelächter kommentierte die Erzählung.

»Simona, du hast wohl gestern zu tief in die Flasche geguckt, was?«, grinste der Opa.

»Aber ja doch. Wo du schon mal da bist, könntest du ihn vielleicht fragen, ob er mir ein Paar Hosen näht, ich bräuchte welche«, sagte Zeppa.

»Denk nochmal genau nach«, sagte Marcella die Schreibwarenhändlerin, »du hast ihn zufällig da gefunden, du weißt doch, wie neugierig Hunde sind. Du konntest dich nicht

mehr erinnern, aber du hattest die Arbeit doch schon beendet.«

»Vielleicht hast du Recht«, sagte Simona, »aber dieses
Tier hat irgendetwas Merkwürdiges. Hast du ihm jemals in
die Augen geschaut?«.

In diesem Moment kam der Hund auf die Piazzetta und
sah Gandolino an.

Gandolino leerte sein Rotweinglas, erhob sich mit einem
Ruck und sagte:

»Ich nehme ihn.«

Dass Fen ein besonderer Hund war, bemerkte Gandolino
gleich am ersten Tag. Er warf ihm ein Stöckchen, und jener
brachte es zurück.

Dann noch eins, und jener brachte es zurück. Dann warf
er ihm ein Birnbaumhölzchen, und Fen brachte nicht das
Stöckchen zurück, sondern einen Zweig mit einer Birne
dran.

Und er sah ihn an, als wollte er sagen, »na gut, spielen wir,
aber wann gibt es was zu essen?«.

Gandolino bereitete dem Hund reichlich schmackhafte
Suppe für die ganze Woche zu.

Zehn Kilo trockenes Brot, zwei Liter Brühe, ein Rest
Simmenthal, eine Schweinespeckschwarte, zwei Hühner-
beine, eine Lasagne von vorgestern, ein Knochen und zwei
Gläser Rotwein.

Er brachte sie Fenomeno und sagte: »Probier mal, mal
sehen, ob sie dir schmeckt.«

Man hörte lautes Kiefergeräusch, ein Gurgeln, und in
zehn Sekunden hatte Fenomeno die Suppe der Woche auf-
gegessen.

Und so fand Gandolino heraus, dass in der Weltgeschich-
te kein so atavistischer Hunger wie der von Fenomeno existiert hatte.

70

Doch das Staunen vervielfachte sich gleich darauf noch.

Fen nahm einen Stock zwischen die Pfoten und begann ihn mit großer Eleganz als Zahnstocher zu benutzen.

Danach dankte er Gandolino mit einer Verbeugung und ging schlafen.

Am nächsten Morgen beschloss Gandolino, den Hund zum Vorstehhund auszubilden.

»Sieh mal, Fen«, sagte er, »das hier ist ein Jagdgebiet. Wir sind Jäger. Das sind wir aus alter Tradition, wir sind keine Schlächter für Erinnerungsphotos, wir jagen, weil das Wild immer unsere Nahrung gewesen ist. Manche Arten dürfen wir weder töten noch stören. Andere hingegen musst du lernen zu wittern und aufzustöbern.«

Fenomeno nickte mit seinem großen Kopf.

»Da zum Beispiel, diese Weißen und Lärmenden, die du da siehst, sind Gänse. Die werden nicht gejagt. Sie werden im Kochtopf enden, aber auf einem anderen Weg. Das da ist ein Perlhuhn, das wird in Ruhe gelassen. Auf den Feldern und im Wald gibt es Fasanen, Hasen, Rebhühner, Wildschweine. Die sollen aufgestöbert werden. Doch es wird lange dauern, dir beizubringen, ihren Geruch zu erkennen und sie zu stellen. Zum Beispiel ist eine sehr begehrte und schwer zu findende Beute ein Vogel, der sich Schnepfe nennt und …«

Er hatte keine Zeit, den Satz zu beenden.

Fenomeno rannte los. Obwohl er krumme Beine hatte, rannte er schnell. Er stürzte ins Unterholz und schlug sich durch das Laubwerk.

Gandolino rief ihm hinterher: »Bleib stehen, wo willst du hin?« Doch jener durchwatete mit heraushängender Zunge und den Ohren im Wind ein Bächlein, betrat ein Feld mit Teufelskralle, umringt von Dornbüschen, und vor den ungläubigen Augen von Gandolino stellte er etwas.

Und sofort offenbarte er seine bizarre Intelligenz.

Er zeigte das Wild nicht wie ein Jagdhund elegant nach vorne gestreckt und mit einem gehobenen Lauf an. Er war zu dick und tollpatschig dafür. Deshalb zeigte er die Richtung mit dem Schwanz an, den er zu einem rechten Winkel bog.

»Was willst du mir damit zu verstehen geben? Willst du sagen, dass dort irgendetwas ist?«

Fenomeno nickte.

»Aber das ist nicht möglich, da sind zu viele Brombeersträucher.«

Fenomeno lief mit gesenktem Kopf los, er stürzte sich in die Dornen, und zwei Schnepfen flogen auf. Gandolino war so überrascht, dass er nicht einmal schoss.

Er war ein erfahrener Jäger, aber er brauchte ein Weilchen, bis ihm klar wurde, dass ihm das größte Jagdtalent der Geschichte in die Hände gefallen war. Da vertraute er seinem Freund Nestorino an, dass Fenomeno kein Hund wie die anderen war.

Es reichte, wenn man ihm in einem Buch das Photo eines Vogels zeigte oder wenn man dessen Gesang imitierte, und er lief los und spürte ihn auf. Als er ihm das erste Mal das Photo eines Hasen gezeigt hatte, war er aus dem Fenster gesprungen, denn der Hase war im Hof. Und du konntest ihn nicht an der Nase herumführen. Wenn du ihm zum Beispiel das Photo eines Kängurus zeigtest, sah er dich grinsend an, als wollte er sagen »mich veräppelst du nicht«.

»Einmal habe ich ihm das Photo eines Dodo gezeigt«, erklärte Gandolino. »Tja, er ist volle Pulle losgerast, und ich habe gedacht: Diesmal hat sogar er sich getäuscht. Stattdessen hat er mich zum Friedhof gebracht. Er wusste genau, dass der Dodo ausgestorben ist!«

»Bist du dir sicher, was du da erzählst?«, fragte Nestorino. »Fühlst du dich gut?«

»Komm mit, und du wirst sehen.«

Sie gingen auf die Jagd. Nestorino traute seinen Augen nicht. Er sagte »Wachtel«, und Fenomeno zeigte auf eine Hecke, doch als Gandolino sich näherte, schirmte er mit seinem Körper die aufgestöberte Beute ab.

Und sofort verstand man, warum. Hinter der Wachtel watschelten sieben junge Wachtelchen. Fenomeno ließ sie den Weg überqueren wie ein Verkehrspolizist.

Man rief Archivio als weiteren Zeugen.

Der machte darauf aufmerksam, dass gerade ein gefährlicher Fuchs umging und alle Hühner der Gegend fraß. Archivio ging in einen Hühnerstall und nahm die Feder eines Opfers.

Er ließ den Hund an der Feder schnuppern und sagte:

»Nicht die Henne, sondern denjenigen, der sie getötet hat, verstehst du, Fenomeno?«

Fen streckte sich auf dem Boden aus.

»Siehst du? Er ist in Schwierigkeiten, das ist selbst für ihn zu viel«, sagte Archivio.

»Du verstehst nix«, sagte Gandolino, »wart's ab.«

Fenomeno blieb bewegungslos, bis es Nacht wurde, die Stunde, in der die Füchse umgehen. Er lief los und fand ihn, doch jener versteckte sich schnell in seinem Bau. Fenomeno war zu dick, um dort hineinzugelangen. Also führte er unter den fassungslosen Augen von Gandolino und Archivio folgende Operation aus: Er hielt sein Hinterteil an die Öffnung und ließ einen gewaltigen und stinkenden Furz los, der sich in der füchsischen Katakombe ausbreitete.

Der Fuchs flüchtete aus einem Nebeneingang, und Gandolinos Doppelflinte setzte seinen kriminellen Machenschaften ein Ende.

»Okay«, sagte Archivio, »Fen ist kein normaler Hund. Aber vielleicht ist es besser, wenn wir das Geheimnis für uns behalten.«

Das war nicht möglich. Das Echo von Fenomenos Unternehmungen verbreitete sich über Täler und Dörfer. Er war nicht nur in der Lage, jede Art von Wild zu jagen, er war auch ein wahrer Trüffelmagnet. Es reichte, wenn man ihn an einem schnüffeln ließ, und innerhalb eines Tages fand er ein halbes Kilo davon. Er fand auch Pilze und konnte die essbaren von den ungenießbaren unterscheiden. Als er in einen Teich geworfen wurde, fischte er zwanzig Kilo Rohrkarpfen und einen gigantischen Katzenfisch. Wenn sich irgendein Kind im Wald verirrte, fand er es innerhalb einer Stunde wieder. Er gab Feueralarm und trug denen, die Hilfe brauchten, die Einkäufe nach Hause. Er ging nicht nur die Zeitung holen, sondern riss mit den Zähnen die politischen Nachrichten in Stücke, die Gandolino hätten verärgern können. Und er war mit allen gut Freund.

Sein Talent zog, wie Gandolino befürchtet hatte, auch skrupellose Individuen an.

Fens Ruf erreichte die scharfen Ohren von Max ›Massacro‹ Mediamogul. Dieser war ein maßloser Jäger, der auch auf Küken und Eulen schoss. Und vor allem war er der reichste Besitzer der Gegend. »Ich will diesen Hund«, sagte er und schickte eines Nachts seine Schergen, um Fen zu entführen.

Sie fingen ihn mit einem Lasso und brachten ihn in einem Lieferwagen weg.

Gandolino aß zwei Tage lang nichts.

Am Morgen des dritten hörte er ein unverwechselbares Jaulen.

Es war Fenomeno.

Man weiß nicht, wie, aber er hatte sich befreit und war zurückgekehrt. Im Maul hatte er einen Personalausweis und einen Hosenboden. Sie gehörten einem gewissen Vespuccio, einem Henkersknecht von Mediamogul. Vespuccio wurde von Trincone dem Stier mäßig gerügt, mit zwei Ohrfeigen, die ihn für ein Jahr ehrlich werden ließen.

Doch der hinterlistige Mediamogul war daran gewöhnt, das zu bekommen, was er begehrte, mit allen Mitteln. In jenem Jahr gab es in Montelfo di Sotto eine Hundemesse. Sie kamen aus allen Dörfern, um die schönsten und tüchtigsten Exemplare zu sehen, sie zu kaufen und verkaufen.

Gandolino durfte nicht fehlen. Er kam mit Fen an der Leine an. Aus den Boxen schauten die versnobten Hunde und ihre Herrchen mit einer gewissen Überheblichkeit auf diesen unbeholfenen Köter. Doch schnell verbreitete sich, dass es sich um Fen das Phänomen handelte. Sie umringten ihn zu vielen. Die Weltmeisterin der Samojeden, Chili, bat sogar um ein Autogramm.

Und alle fragten: »Ist dieser Hund denn wirklich so klug?«

Und Gandolino wehrte ab: »Er ist ein guter Hund, sicher, aber mehr auch nicht. Stimmt's, Fen?«

Und Fen nickte bescheiden.

Da erschien in der Menge Max ›Massacro‹ Mediamogul, mit seinen Schergen, die an der Leine eine Meute fabelhafter Hunde führten.

Max trug einen Jagdanzug aus Elchleder und einen mit Tigerfell umrandeten Hut mit Nandufedern. Der Patronengurt war aus Python- und die Stiefel aus Kaimanleder. Man sagte, es gebe kein Tier auf der ganzen Welt, das er während seiner schweineteuren Safaris noch nicht gejagt und getötet habe.

Er pflanzte sich breitbeinig vor Gandolino auf und sagte:

»Man sagt mir, dass dieser übelriechende und plebejisch aussehende Hund ein Champion sei. Tja, er mag es vielleicht hier in diesem kleinen Dorf sein. Aber er kann es sicher nicht mit meinen Spürhunden aufnehmen. Doch er interessiert mich, ich könnte dir ein schönes Sümmchen für ihn zahlen. Sagen wir mal so, als wahrer Sammler, der ich nun einmal bin, sammele ich nicht nur die wertvollen Dinge, sondern auch die seltenen. Und Fen ist ein seltenes Exemplar von einem Bastard.«

»Lieber Max«, sagte Gandolino, »find dich damit ab. Mein Bastard hat sicher keinen Stammbaum. Aber er ist ein großartiger Hund, und ich werde ihn zu keinem Preis verkaufen.«

»Ach ja?«, fragte Mediamogul. »Hm, dann biete ich dir drei Millionen. Was sagst du dazu?«

Gandolino schluckte. Drei Millionen waren so viel, wie er mit monatelanger Arbeit verdiente. Er sah Fen in die Augen, dann antwortete er:

»Nicht mal für soundsoviel Millionen!«

Allgemeiner Applaus begrüßte diese Antwort.

Da regte sich Mediamogul wahnsinnig auf:

»Du bist nur im Reden gut, du Lump. Ich glaube gar nicht, dass dein Hund überhaupt so besonders ist. Ich fordere dich heraus. Wir machen drei Wettkämpfe: auf der Jagd, bei der Trüffelsuche und eine dritte Entscheidungsrunde, falls es unentschieden steht.«

»Ich denke nicht mal daran«, sagte Gandolino, aber da fühlte er eine Pfote auf seinem Arm. Es war Fen.

Der Hund starrte ihn an, und Gandolino verstand, dass Fen aus irgendeinem geheimnisvollen Beweggrund kämpfen wollte.

»Fen nimmt das Duell an«, sagte er.

Die Nachricht verbreitete sich im ganzen Tal und zog kompetente Zuschauer sowie neugierige Touristen an. Als Schiedsrichter wurde der berühmte Baumann bestimmt, der größte Hundeexperte Europas. Man entschied, dass die Herausforderung in drei Teilen ausgetragen würde.

Wildjagd
Trüffelsuche
Eventuelle Entscheidungsrunde

Für den ersten Wettstreit präsentierte Mediamogul seine Champions.

Die Menge begrüßte sie mit einem Aufschrei der Bewunderung. Es waren die legendären Red Angels, eine Meute irischer Setter, die in der Sonne glänzten wie Bronzestatuen.

Ladies and gentlemen, hier für euch Kenny, Karl, Kyle und Kevin Fondador Charmeleon Saint-Patrick von Bamborough Castle.

Dem Ruf nach waren es fünf, aber es kümmerte niemanden, dass einer fehlte. Sie waren so schön, spurtschnell und schnaubend, dass alle dachten: Wie wird Fen diese vier Asse schlagen können?

Vor dem Wettstreit massierte ein dazu bestimmter Assistent die Läufe der Red Angels und gab ihnen ein Proteinhäppchen. Fen fraß anderthalb Meter Wurst. Sie waren bereit.

»Gut«, sagte der Schiedsrichter, »sie mögen zu den Teufelssteilhängen gebracht werden. Wir haben eine sehr schwere Jagd ausgewählt und eine Beute, der sie noch nie entgegengetreten sind.«

Der Wettkampf erwies sich sofort als schwierig. Die Teufelssteilhänge waren ein ausgetrocknetes Flussbett voller Brombeersträucher, Dornengestrüpp, Stollengänge und Höhlen. Ein äußerst tückisches Terrain. Dort lebte, in unzugänglichen Bauten, der Wildfahase. Groß und wild wie ein Wildschwein, von hochwertigem Fleisch wie ein Fasan, aber agil wie ein Hase, blitzschnell und schlau, so gut wie unmöglich zu fangen.

Die Hunde wurden an den Rand der Schlucht gebracht. Fen war der Erste, der mutig absprang. Die Red Angels folgten ihm, einer nach dem anderen.

Von oben war es möglich, ihre Taktik zu beobachten. Die Red Angels begannen zu wittern und machten sofort einen Bau aus. Fen hingegen verschwand in einem Steinhaufen.

Die Angels stellten sich im Quadrat auf. Es war klar, dass sie die Zuflucht des Wildfahasen umzingelten. Allmählich begannen sie, die Belagerung enger zu ziehen. Alle bewunderten sie, während sie sich leise und vorsichtig ihrem Ziel näherten. Von Fen keine Spur.

Plötzlich witterte Kevin von Bamborough ganz nah den Geruch des Wildfahasen. Die vier Hunde führten den berühmten gälischen Jagdtanz aus, wobei sie auf einem Bein balancierten und heulten.

> How oft in the morning with my dog and my guuun
> I roamed through the glens for joy and for fuuun
> Wau wau wau for erin for erin wau wauu
> So farewell unto ye, bonny Sliav Gallian braes.

Dann stürzten sie sich wie ein Mann, auch wenn der Ausdruck unpassend ist, in die Höhle des Wildfahasen.

Man hörte Knurren, Schnauben, Zähneknirschen, Krallenkratzen, den Soundtrack eines epischen Gefechts, während Staub, Fell und Borsten zum Himmel stiegen.

Nach einer angespannten Stille erschienen die Red Angels wieder. Sie waren so zugerichtet, dass man Mitleid bekam, zerschlagen und blutend.

Im Bau war niemand. Sie hatten sich gegenseitig gebissen, und noch dazu war der Bau voller Stachelschweine.

Wohin war der Wildfahase verschwunden?

Ich lüfte das Geheimnis.

Fen wusste, dass der Wildfahase einen Bau mit doppeltem Zugang hatte. Sobald die Red Angels durch den A-Eingang hineingekommen waren, war der schlaue Wildfahase durch den B-Eingang geflüchtet.

Dort erwartete ihn Fen.

Die beiden Tiere sahen sich an. Der Wildfahase war wundersam und bizarr, mit seinem borstigen und gedrungenen Körper, den langen hasenhaften Ohren und dem bunten

Federschwanz. Er scharrte mit den Krallen auf dem Boden, bereit zum Kampf.

Fen griff ihn nicht an. Stattdessen nahm er einen Stamm mit circa einem halben Meter Durchmesser ins Maul und spaltete ihn mit einem demonstrativen Biss in zwei Teile.

Dann sagte er:

»Lieber Wildfahase, du hast zwei Auswege, genau wie dein Bau.

A. Wir einigen uns.

B. Ich mache dasselbe mit deinem Hintern.«

Der Wildfahase sah sich den zersplitterten Stamm an und antwortete: »A.«

Wenig später, während die Red Angels verarztet wurden, kam vom Rand der Schlucht ein seltsames Paar wieder nach oben: Fen trug den Wildfahasen auf dem Buckel, wie die Cowboys im Western die Kadaver transportieren.

»Der Wildfahase wurde gefangen«, sagte Baumann in die allgemeine Euphorie, »der Sieg des ersten Wettkampfs geht an den Hund Fen.«

»Tod dem Wildfahasen!«, schrie Mediamogul, angeschwollen vor Zorn, und legte die Doppelflinte an.

»Nein«, sagte Gandolino, »wenn du kein Massakrierer wärst, wüsstest du, dass es eine geschützte Rasse ist. Fen, lass die rare Mischlingskreatur laufen!«

Mit einem Schütteln befreite sich Fen vom Wildfahasen, der unter Protestschreien wieder in die Schlucht rollte, stinkwütend, aber noch am Leben.

Für den Nachmittag war der zweite Wettkampf angesetzt, die Trüffelsuche. Max Mediamogul rief seinen Staff zusammen und sagte:

»Dieser räudige Bastard ist wirklich besonders. Und ich will ihn für mich. Diese Herausforderung dürfen wir nicht verlieren. Irgendein Vorschlag?«

»Nutzen wir eine List«, sagte sein Berater, ein scheeler Cockerspaniel namens Jago. »Fen ist ein Phänomen, aber er hat die Chromosomen und die Hormone eines normalen Hundes. Wir brauchen die Wunderwaffe.«

»Ich bin einverstanden«, sagte Max mit einem Grinsen.

So versammelten sich alle am Parkplatz des Chalet del Bosco, von wo der Trüffelsuchwettkampf starten sollte.

Auf der einen Seite Fen.

Auf der anderen Gault und Millau, ein Paar Lagotto Romagnolo-Hunde, zwei berühmte Gourmets mit unvergleichlichem Spürsinn.

Sie hatten die wertvollen Knollen in jedem Teil der Welt gefunden. Manch einer schwor, dass sie in der Lage waren, einen Trüffelkrümel in einem Misthaufen voll der schlimmsten Gerüche oder in einem Chanel-Laden zu finden.

Während sie gekämmt wurden, betrachteten sie mit unverholen würdevoller Haltung jenen struppigen Köter.

»Was für eine Schande, Gault«, sagte Millau, »gegen diese Art Bär mit riesiger Noisette-Nase anzutreten.«

»Aber was für Brustmuskeln, nicht schlecht!«, sagte Gault.

In seiner Ecke bereitete auch Gandolino seinen Champion auf den Wettkampf vor, er polierte ihm die Nase und gab ihm die letzten Ratschläge.

Da erschien SIE.

Wir hatten euch schon gesagt, dass die Red Angels fünf waren. Und nun konnten alle den letzten sehen, besser: die letzte.

Kiki Karlotta Gilda Fondador Charmeleon Saint-Percy von Bamborough Castle.

Sie bewegte sich mit elegantem Schritt fort und ließ dabei

ihr schlankes *derrière* wogen. Sie hatte wunderbare güldene Augen mit sehr dichten Wimpern, und das weiche rötliche Fell wallte wie die Mähne einer Diva. Sie war wirklich die Rita Hayworth der Hundewelt.

Gandolino verstand in diesem Augenblick, warum Fen die Herausforderung angenommen hatte. Er hatte mit Nase und Herz die Präsenz dieser bezaubernden Kreatur gespürt.

Kiki bewegte sich mit kurvenreicher Langsamkeit auf ihn zu, und Fen blieb wie gelähmt stehen, das Maul weit geöffnet und ein Meter Zunge heraushängend, während ein Bächlein Geifer ihm zwischen die Beine rann.

»Ciao, Fremder«, sagte sie mit schmeichelnder Stimme.

»Ciao, bella«, sagte Fen.

»Na, lass uns Bekanntschaft schließen«, sagte sie.

Und wie es unter Hunden üblich ist, beschnüffelten sie sich ungeniert unterm Schwanz.

Dann leckte sie ihm über die Schnauze und entfernte sich immer noch wogend.

Als ein Gewehrschuss den Wettkampf startete, erkannte Gandolino, dass sein Fen in eine erotische Falle getappt war. Die starken Gerüche Kikis und ihr Nasenschlecker hatten seine olfaktorischen Fähigkeiten vollständig desorientiert. Er sprang nach da und nach dort, schnüffelnd und grabend, aber seine Nase roch immer noch jene paradiesischen Gerüche und nichts anderes.

Nach einer Stunde war das Resultat folgendes:

Gault und Millau brachten sechzehn Trüffel mit einem Gesamtgewicht von einem Kilo.

Fen brachte zwölf Eicheln, ein Stück Taleggiokäse und einen geheimnisvollen Damenschlüpfer.

Max Mediamogul grinste dem gedemütigten Gandolino ins Gesicht, während alle Fens Niederlage kommentierten.

»Gut, wer hätte das gedacht? Dein Phänomen hat die Nase eines erkälteten Fisches!«

»Macht nix, Fen«, sagte Gandolino tröstend zu seinem Champion. »Sie haben uns angeschmiert, aber es bleibt noch ein Wettkampf.«

Fen hatte den Kopf gesenkt. Dann hob er ihn wieder, sah Kikis Augen, und Kiki sah seine.

»Der aktuelle Spielstand ist unentschieden«, sagte der Schiedsrichter Baumann, »wir müssen also auf die Entscheidungsrunde zurückgreifen. Was wollt ihr? Rebhuhn? Fuchs? Schwimmwettkampf mit Entenstellen?«

»Es reicht mit der Jagd«, sagte Massacro, »machen wir was Vornehmeres und Sportlicheres, ohne Schießpulver zu verschwenden. Vorausgesetzt, du bist einverstanden, Gandolino, denn ich bezweifle, dass ihr, du und dein ungehobelter Hund, den wahren Sportsgeist begreift.«

»Du weißt doch noch nicht mal, was Sportlichkeit ist, du Ultra der Patrone«, höhnte Gandolino. »Ich nehme die Herausforderung an.«

»Wenn das so ist«, sagte Massacro mit einem perfiden Lächeln, »machen wir einen Hindernislauf. Dreitausend Yard, mehr oder weniger. Von hier bis zur alten Eiche auf der anderen Seite des Flusses.«

»Ist akzeptiert«, sagte Gandolino. »Fen mag kein Athlet sein, aber er kann deine Setter und diese aufgeblasenen Trüffler schlagen.«

»Nein«, sagte Massacro, »für diesen Lauf wechsele ich den Champion.«

»Und wo ist er?«, fragte der Schiedsrichter. »Ich sehe hier keinen anderen Hund.«

»Er ist unten bei der Albergo, aber ich kann ihn rufen.«

»Aber das sind zwei Kilometer«, sagte Baumann, »das braucht einen Haufen Zeit …«

Massacro pfiff. Man hörte etwas wie eine Windböe, und nach wenigen Sekunden erschien der neue Konkurrent.

Mack Three Quicksilver Thunderball zu Laguna Seca, Deerhound-Windhund.

»Oh weh«, kommentierte Garbe der Wilderer, »Gandolino ist geliefert.«

Und er erklärte uns, dass er den *Playdog* abonniert hatte und deshalb alles über diesen Hund wusste. Seit Jahren gewann er alle Windhundrennen der Vereinigten Staaten und war praktisch unschlagbar für seine superschnellen Artgenossen. Und für einen dicken und schweren Hund wie Fen erst recht.

»Das scheint mir ein ungleicher Kampf«, sagte der Schiedsrichter Baumann.

»Sie können sich immer noch zurückziehen«, grinste Max Massacro.

»Was sagst du dazu, Fen?«, fragte Gandolino.

Der Hund sah erst Kiki an, dann sein Herrchen. In seinen Augen war eine Frage.

»Genau, Fen, wenn du gewinnst, können wir uns einen beliebigen Hund von Max aussuchen, und er wird unserer.«

Die ersten abendlichen Schatten fielen, als die Rivalen sich an der Startlinie aufstellten. Mack Three hatte ein wunderschönes aerodynamisches Badehöschen an. Fen waren dreihundert Gramm Flöhe entfernt worden, um ihn leichter zu machen. Mack Three sah mit den langen, zum Spurt bereiten Läufen und der spitzen Schnauze prächtig aus. Doch Fen schien eine bizarre Transformation zu durchlaufen. Die normalerweise hängenden Ohren legten sich eng an den Kopf, in Laufstellung. Und die krummen Beine schienen sich durch ein Wunder aufzurichten und länger zu werden.

Sie rannten los.

Mack Three verschlang den ersten Teil auf asphaltiertem Grund nur so, mit großen Schritten. Fen schlug sich wacker und rannte, wie wir ihn noch nie hatten rennen sehen, aber er blieb hundert Meter zurück.

Dann begann der Teil bergauf, der zur Kuppe des Hügels führte. Mack Three lief mit weiten Sprüngen weiter und vermied Felsen und Brombeersträucher. Fen aber fuhr wie ein Traktor den Berg hoch, er durchpflügte das Gras, und seine Pfoten krallten sich in den Boden. Schnell verringerte sich der Rückstand, und Mack hörte in seinem Rücken das Keuchen des Rivalen.

Wir alle verfolgten den Wettkampf von den Dächern und Balkonen mit Anfeuerungsrufen. Raab der Unglücksbringer wollte gerade etwas über den Ausgang des Wettkampfs sagen, aber er wurde von Maria Sandokan mit einem Fausthieb zu Boden gestreckt.

Nun galt es, sich einem weiteren tückischen Abschnitt zu stellen: dem Abstieg zum Fluss. Mack Three war mit größerer Gewandtheit und weniger Gewicht klar im Vorteil, aber Fen setzte seine Taktik in Gang. Er rollte sich wie ein Stachelschwein zu einem Ball zusammen und wirbelte mit wahnsinniger Geschwindigkeit den Berg hinunter.

Mack Three sah jenes kugelförmige, mysteriöse Objekt aufholen und beschleunigte, aber als die beiden Rivalen unten an der Böschung ankamen, waren sie genau gleich auf.

Es blieben fünfzig Meter aufgewühlten Flusses zu durchwaten.

Fen stürzte sich hinein und schwamm mit aller Kraft, doch der gewandte und gewitzte Mack ging gar nicht ins Wasser. Er begann auf die auftauchenden Felsen zu springen, von Stein zu Stein, und so gewann er sichtlich an Boden.

Nun fehlte nur noch sehr wenig bis zum anderen Ufer und der alten Eiche, die das Ziel darstellte. Mack Three sprang weiter über die Steine im Fluss, angespornt durch die Rufe und das Gebell von Massacro und seinem Team. Fen war nicht mehr zu sehen, und wir fürchteten schon, dass er ertrunken sein könnte.

Zwei Meter vor dem Ufer drehte sich Mack Three um und stieß ein Triumphgebell aus. Doch irgendetwas schleuderte ihn in die Luft. Mit eine Minute lang angehaltenem Atem war Fen wie ein Torpedo unter der Wasseroberfläche geschwommen, und nun kam er triefend und triumphierend wieder zum Vorschein.

Mit drei Pfotenhieben erreichte er das Ufer, und mit einem letzten Kraftakt berührte er den Baum mit der Schnauze. Dann lag er da, siegreich und reglos.

Wir stürzten zur Eiche. Fen sah aus wie tot. Aber kaum roch er Kikis Duft, hob er den Kopf. Ein Austausch von Abschleckern und Poposchnüfflern besiegelte die Liebe.

Es war ein wahres Fest. Auch die Red Angels, Gault und Millau und Mack Three gratulierten. Die Hunde waren sehr viel sportlicher als ihr Herrchen, das schäumend vor Wut sagte:

»Das zählt nicht. Dieser Bastard hat geschummelt.«

»Hören Sie damit auf«, sagte Baumann, »wenn hier irgendwer geschummelt hat, dann Sie.«

»Na gut«, sagte Massacro spöttisch, »ich nehme an, da ihr die Wette gewonnen habt, wollt ihr meine Kiki.«

»Genau so sieht's aus«, sagte Gandolino.

»Du machst dir falsche Hoffnungen«, lachte Massacro. »Adel und Stammbaum lassen sich nicht erfinden. Ja, jetzt gefallen sich die beiden Hunde, aber was wird in einem Monat sein? Wie wird meine verhätschelte und verwöhnte Kiki Brot und Schwarten essen und neben diesem stinkenden Fellhaufen schlafen können? Und vor allem, was für Hunde werden durch ihre uneheliche Beziehung zur Welt gebracht? Was für heulende Vogelscheuchen, was für grauenhafte Köter? Hört auf mich: die Edlen mit den Edlen, die Bastarde mit den Bastarde.«

Fen und Kiki hörten mit gesenktem Kopf zu.

In dem Moment hatte Baumann die Eingebung.

»Bring mir das Buch der ausgestorbenen Arten«, sagte er zu seinem Assistenten Van Hond.

Er konsultierte es aufmerksam, musterte Fen und sagte dann:

»Sobald ich Fen sah, hatte ich ein komisches Gefühl, als ob ich ihn schon mal irgendwo gesehen hätte. Also gut, seht euch diese Zeichnung an. Der große tatarische Krieger Tamerlan zog gewöhnlich von einer Meute außergewöhnlich kräftiger und mutiger Hunde begleitet in den Kampf. Es war eine Hunderasse, die einzigartig auf der Welt war, die allerreinste, man glaubte sie ausgestorben. Aber dem ist nicht so! Seht: Die Ähnlichkeit mit der Zeichnung ist verblüffend. Ihr habt vor euch das letzte Exemplar des Timur Tatar Moghul Wolfcamel. Fen stammt direkt von den Hunden Tamerlans ab und rühmt sich adligen und uralten Blutes.«

»Unnötig zu sagen, wie die Geschichte ausging«, schloss der Opa. »Gandolino kaufte sich einen Kolpak und begann sich mächtig aufzuspielen, Fen und Kiki lebten glücklich und hatten als Kinder Tamerlino und Tamara und Rita und Medora und Fenippo und Pfifferlino und Gilda und Leccaschwarto und Flohriano und Nasopilla und Fingal und Zampanò und Umbra und Molly und Billy the Maniac und Knöchelinchen und Merlot Senior und …«

»Unsinn«, sagte Trincone der Stier.

»Glaubst du das nicht?«, fragte Alice.

»Alles Lügen. Wie Aschenputtel und so'n Zeug. Wenn einer arm geboren wird, bleibt er arm und wird nie die Frau seiner Träume bekommen«, sagte Igelo Goldhand, »ich glaube nicht an Märchen.«

»Aber manchmal …«, sagte Frida Fon.

»Hast du je ein Topmodel mit mir spazieren gehen sehen?«, fragte Zeppa der Maurer.

»Na gut«, sagte Alice, »aber wenn der Opa Seher es so erzählt, ist es vielleicht wirklich genauso gewesen.«

»Unsinn«, sagte Zwille, »das wird nie passieren.«

Und er ging fort, und manch einer sah, dass er Tränen in den Augen hatte.

Da schüttelte Melone seinen riesigen Kopf, betrachtete den Mond und stimmte *Ich hab ihn im Traum gesehen* an, wobei er die Stimme der Mäuschen aus Walt Disney's *Cinderella* nachmachte. Wir stimmten alle mit ein.

Rex kommt an

In dieser Nacht war Vollmond. Der Opa Seher konnte nicht schlafen, er hörte, wie sich die Pilze unter der Erde hin und her wälzten und die Forellen im Wildbach im Zickzack schwammen. Im Halbschlaf sah er einen tiefen Brunnen und einen Silbereimer.

Er dachte daran, wie viel Vergangenheit er in wenigen Augenblicken erinnern konnte, es war, als versuchte man, das Wasser eines Flusses in den zur Schale geformten Händen zu halten.

Er erinnerte sich, wie er das Glück geschlürft hatte. Dann schlief er ein.

Im Morgengrauen weckte ein fürchterlicher Lärm das Dorf. Wir trafen uns auf der Piazzetta und sahen, dass unten im Wald alles ein einziges Scheinwerfergesäbel war. Der mächtige Boss Snobio Mediamogul, Enkel von Massacro, hatte über Nacht eine Armee Motorsägen geschickt. Und vor uns allen stand ein Megabagger Modell Rex 2008, dreimal so groß wie jeder Tyrannosaurus Mechanicus, den wir je gesehen hatten. Er streckte den Kopf mit keuchender Wildheit vor, öffnete den Rachen und verschlang enorme Bissen Erde und Schotter.

In seine gewaltige Schaufel mit Zähnen hätte die gesamte Bar gepasst, einschließlich Flaschen und Gäste.

Wie soll man sich da widersetzen? Mittlerweile hatten sich das Monster und seine Armee einen Weg bis zur Wiese unter der Aussichtsterrasse der Bar geschlagen. Wir wussten nicht, ob sie das Geländer durchbrechen oder ob sie es umfahren würden, um von der Straße aus einzudringen.

Zwille stieg mit der Steinschleuder auf den Walnussbaum. Seine Steine trafen die Scheiben des Rex, aber es war Panzerglas, das Monster zog sich nicht zurück.

Schon bereiteten sich Trincone und Blacksmoke auf einen handwerklichen Widerstand mit Schaufelhieben vor, und Poldo hatte sich den Gürtel gelockert, bereit, eine chemische Attacke loszulassen, als der Opa sagte: »Halt!«

Er folgte dem feindlichen Vormarsch mit seinem rothäutigen Falkenblick und hatte etwas Unerwartetes bemerkt.

Der Megabagger Rex hatte plötzlich angehalten. Ein Mann in orangenem Overall war aus dem Fahrerhäuschen gestiegen und suchte den Boden ab. Es sah so aus, als habe die Schaufel beim Baggern irgendein Objekt ans Licht gebracht, das ihn interessierte. Er beugte sich nieder, hob es auf und untersuchte es aufmerksam.

Dann gebot er dem Baumsägetrupp mit einer entschiedenen Geste Einhalt.

Der Megabagger Rex fuhr alleine weiter, legte einen dröhnenden Gang ein und bog von der Wiese auf die gepflasterte Straße ein, die zur Bar führte.

Er fuhr auf die Piazza. Es war ein Drache, glänzend von der nächtlichen Feuchtigkeit und höher als die Dächer der Häuser. Seine Scheinwerfer erleuchteten unsere Bestürzung.

Das Erste, was er bei seinem Vorrücken traf, war das berühmte Denkmal des seligen Inclinatus. Dieses Werk aus weißem Marmor mit angeschlossenem spritzendem Springbrunnen galt als eines der hässlichsten Monumente des Abendlandes.

Der Megabagger lud mit einem gekonnten Manöver das Denkmal auf, er riss es von seinem Fundament, hob es mit der Schaufel hoch und ließ es in tausend Stücken wieder fallen. Uns blieb der Atem weg. Dann blendete Rex zweimal mit den bellenden Scheinwerfern auf und machte den Motor aus.

Aus dem Fahrerhäuschen stieg der Riese mit dem orangenen Overall und einem alienmäßigen Helm. Er nahm den Helm ab und wandte uns sein vom Staub geschwärztes Gesicht zu. Er öffnete seine rechte Hand und zeigte allen, was er vom Boden aufgehoben hatte.

Es war eine Plastikmurmel, eine alte Murmel mit dem Bildchen eines Radrennfahrers darin.

Der Mann fand keine Worte, er war wie vom Donner gerührt.

Da löste sich Igelo aus unserer Gruppe und rannte ihm entgegen. Sie sahen sich an.

»Du bist doch Dick Dürftig!«

Der Riese umarmte ihn, und sie weinten gemeinsam.

Dick und der große Omar

Vor vielen Jahren traf sich eine Gruppe Jugendlicher an der Bar Sport. Es war eine heterogene und lärmende Bande, die als Anlaufstelle die Piazzetta vor der Bar hatte.

Hier spielten sie Fußball. Auch wenn die Piazza, die mehr oder weniger schief rechteckig war, zwanzig mal vierzig Meter maß, spielten sie dort sehr gut sieben gegen sieben. Doch an manchen Tagen schafften sie es, elf gegen elf zu spielen, und einmal zählte der Ortspolizist Stieglitz siebenunddreißig Spieler. Die beiden Tore waren folgendermaßen gelegen: eins vor der Bar, das hatte als rechten Pfosten das Bushaltestellenschild und als linken Pfosten die Eistafel. Das gegenüberliegende Tor hatte als Pfosten die beiden Oleandertöpfe vor dem Obst- und Gemüseladen.

Daraus folgt, dass jedes Tor schwerwiegende Risiken für die Zuschauer und die Spieler mit sich brachte.

An der Bar ein Tor zu schießen konnte heißen, einen Tisch, einen Gast, eine Flasche zu treffen. Wenn der Gast der Opa war, kam man mit einer Abmahnung davon. Wenn es Trincone war und vor allem wenn die getroffene Flasche ihm gehörte, schnellten zweiundzwanzig rote Karten in die Höhe, das heißt, es setzte zweiundzwanzig Platzverweise per Arschtritt.

Auf der anderen Seite konnte ein Tor die Zerstörung einer Kiste Auberginen oder eine Kohlexplosion bedeuten, oder die ausladenden Rundungen der Gemüseverkäuferin Giorgia la Bomba zu treffen, die ein gutes Augenmaß für junges Gemüse besaß, aber auch gut zielen konnte und mit einer Flinte bewaffnet war, die sie mit Salzpatronen lud. Ein Gewehrschuss von ihr mit Salzkörnern im Hintern war für viele von uns ein unvergessliches Erlebnis.

Warum spielten die Jugendlichen lieber dort als auf dem daruntergelegenen Bolzplatz?

Das war offensichtlich, man musste sie nur fragen. Die Antwort lautete:

»Es macht doch viel mehr Spaß, allen auf die Eier zu gehen.«

Ich erinnere mich an eine Gruppe von sieben besonders einmütigen und lebhaften Jugendlichen. Sie hießen die Sieben Sammanudabei, ein Name, der von einem japanischen Film inspiriert war, den sie im Dorfkino gesehen hatten. Sie vertrieben sich immer zusammen die Zeit und waren:

Igelo Goldhand, der Allroundarbeiter werden würde.

Zeppa der Bärenstarke, der Maurer werden würde.

Brillenschlange der Intellektuelle, der Lehrer werden würde.

Artemisia, die Friseurin werden würde, mit dem Künstlernamen Frida Fon.

Adelmo der Finstere, der bei einem Mopedunfall sterben würde.

Poldo Ferkello, der ein Ferkel bleiben würde.

Dick Dürftig, der verschwand.

Damals arbeiteten alle: Igelo, Zeppa und Adelmo halfen ihren jeweiligen Vätern, Artemisia putzte Kämme, Poldo leerte Keller, Brillenschlange verkaufte alte Zeitungen, Dick sammelte Kastanien. Deshalb lernte mit Ausnahme von Brillenschlange niemand sonderlich viel. Sie schwänzten häufig die Schule und verbrachten Vor- und Nachmittage auf der Piazzetta.

Ihre Spiele waren Fußball, dann Steinschleuder und dann noch Murmelwettkämpfe.

Fußball unterstützte per Definition die Solidarität zwischen den Schichten: Ein Armer, der gut spielte, zählte mehr als eine reiche Pfeife. Und auch wenn die Trikots mehr oder weniger auffallend und die Fußballschuhe Markenschuhe sein können, ist es das Können, das zählt.

Und hier waren die Sieben Sammanudabei gleich, auch wenn Artemisia besser als alle anderen spielte.

Auch Steinschleuder und Blasrohr waren demokratisch. Aus Schilfrohr und Klebeband baute Dick Dürftig fabelhafte Blasrohre, mit denen er eine Arschbacke aus hundert Metern traf. Adelmo war der beste mit der Steinschleuder, er rottete Eidechsen und Straßenlaternen mit stiller Kaltblütigkeit aus. Zwille ahmte später seinen legendären Stil nach.

Mit den Murmeln oder Klickern, oder wie man sie auch nennen mag, war es anders. Es stimmt, Geschick und Präzision hatten etwas damit zu tun, aber manche waren reich an Murmeln und manche nicht.

Es gab verschiedene Murmeltypen, um genau zu sein:

Einfarbige Terrakottamurmeln.
Tarnfarbene Terrakottamurmeln, genannt Soldatina.
Kleine Glasklicker.
Mittlere Glasklicker, genannt Veneziana.
Große Glasklicker, genannt Boccione.
Plastikmurmeln, genannt Cicca.
Zweifarbige Murmeln aus transparentem Plastik mit einem Bildchen von einem Fußballer oder Radrennfahrer drin.

Wer also reich war, konnte eine größere Murmelausrüstung vorweisen, und selbst wenn er sie beim Spiel verlor, kaufte er sie nach.

In der Gruppe der Sieben Sammanudabei war Brillenschlange der Wohlhabendste, der auf mindestens ein Kilo
Glasmurmeln zählen konnte, mit fünf fabelhaften Boccioni
und vor allem sechsundzwanzig Murmeln des Giro d'Italia,
dazu zählten neben den Klassikern Coppi und Bartali auch
Anquetil, Poblet, Van Looy und Massignan.

Igelo hatte eine mittlere Ausrüstung. Ein Säckchen Glasklicker, zwei Boccioni, einige seltene französische Terrakottamurmeln, wie man sagt von Cézanne bemalt, und
eine schöne Serie Fußballermurmeln, darunter Boniperti,
Charles und Lojacono.

Artemisia hatte hübsche Veneziana-Klicker aus buntem
Glas und hatte in eine Plastikmurmel ein Photo von Elvis
Presley eingesetzt.

Zeppa, der Weltmeister im Armdrücken war, aber sehr
feinfühlig beim Schnippen, bevorzugte die Soldatine und einige dicke Terrakottamurmeln, polternd wie Lawinen.

Adelmo der Finstere hatte schwarze und trauertragende
Murmeln, und er war sehr gut im *ciccato e palmo*, dem Mur-
meln-auf-Spannweite-Werfen.

Poldo Ferkello hatte verschiedene fettige und schmierige
Klicker, die er zwischen Käsekrusten und trockenem Popel
in der Tasche trug, und wenn jemand seine Murmeln gewann, musste er sie erst einmal desinfizieren. Aber er war
äußerst geschickt, besonders bei den Pistenwettkämpfen. Er
hatte eine für Steigungen manipulierte Murmel, ein geränd-
delter Charlie Gaul.

Dick Dürftig besaß zwölf große Erbsen, zwei rissige Murmeln und eine einzige Plastikmurmel mit dem Franzosen
Darrigade darin.

Die Sache ist die, dass Dick Dürftig ein vom Leben benach-
teiligtes Kind war. Fett, mit Bürstenhaarschnitt und einem
Mondgesicht, immer in zerfetzten Klamotten, als ob er gegen
ein Rudel Wölfe gekämpft hätte. Er hatte ein so verschlisse-

nes T-Shirt, dass er als Vorläufer des *nude look* betrachtet werden konnte. Er war es, der den Camouflagehosen-Trend setzte. In Wirklichkeit trug er ein Paar grünliche kurze Hosen, aber die Flecken von Soße, Erde und anderem ekligen Zeug hatten sie so beschmiert, dass es eine Militärhose hätte sein können, wie sie Jahre später in Mode kommen würde.

Er war bettelarm und lebte mit einer Tante, die Mistocchinabäckerin war und die gebratenen Kastanienmehlfladen auf der Straße verkaufte. Er ging die Kastanien an den unwegsamsten Orten sammeln und half seiner Tante bei der Arbeit. Doch sie war geizig und böse. Deshalb hatte Dick nie eine Lira in der Tasche und wurde verspottet und auf den Arm genommen.

Der Knabe litt still und knabberte an seinem Pausensnack: gekochte Kastanien, rohe Kastanien oder geröstete Kastanien, wenn er einen luxuriösen Tag hatte.

Er schloss sich den anderen an und bewunderte ihre wunderbaren bunten Klicker, wie sie rollten, aufeinanderprallten und den Besitzer wechselten, und ab und zu versuchte er sich mit seinen Erbsen und seinen Terrakottamurmeln einzuschalten. Aber nur wenige wollten mit ihm spielen.

Eines Tages kam Birillo Kegeljan Mediamogul mit seiner Rackerbande: Vespuccio der Speichellecker, Pupi das Großmaul, Pierangelo der Schönling, Pecos der Katzenausrotter und Cristina Viperina. Sie hatten einen Sack voller Glasmurmeln, man hörte das Geräusch von Weitem.

»Wer spielt mit uns?«, fragte Birillo Kegeljan.

»Spiel doch allein, Blödmann«, antworteten die Sieben Sammanudabei.

»Ich setze drei Boccioni gegen drei Normale von euch für eine Runde Bersaglina«, sagte Birillo Kegeljan.

Bersaglina hieß, dass man einen Kreis auf dem Boden zog: Wer mit seiner Murmel am nächsten an dessen Mittelpunkt war, gewann alle.

Dick Dürftig konnte nicht widerstehen und sagte: »Ich spiele.«

Er setzte zwei Terrakottamurmeln und eine Erbse.

»Das reicht nicht«, sagten Vespuccio und Pecos.

Also setzte Dick Dürftig seine einzige Murmel von Wert, den blauen Darrigade, sein Juwel.

»Gut, fangen wir an: Es gibt fünf Würfe«, sagte Birillo Kegeljan und zog seine Boccioni heraus. Eine war so groß, dass die Sonne hindurchschien und die ganze Piazza in bunten Farben erstrahlen ließ. Sie sah aus wie der Diamant Koh-i-Noor.

Dick Dürftig geiferte.

Man spielte, und in der letzten Runde waren Pecos und Vespuccio ausgeschieden. Im Rennen blieb nur noch Birillo Kegeljan.

Dick hatte noch einen Wurf und fühlte sich kurz vor dem Sieg.

Doch oh weh, sein Gegner war nicht nur reich und niederträchtig, er war auch ein äußerst geschickter Spieler und begabter Schnipper.

Als Dick es schaffte, seinen Darrigade genau in die Mitte des Kreises zu platzieren, schien die Sache geritzt. Doch Birillo Kegeljan schoss seinen Koh-i-Noor wie ein Projektil. Darrigade wurde nicht nur aus dem Kreis gekegelt, er landete auch noch so weit weg, dass er nie mehr wiedergefunden wurde.

»Alles meins«, sagte Birillo Kegeljan. »Lernt endlich spielen, ihr Penner.«

Dick Dürftig verschwand für drei Tage. Dann tauchte er wieder auf, seine gekochten Kastanien kauend. Da sagte Brillenschlange, der ein gutes Herz hatte:

»Komm, Dick, denken wir nicht mehr dran. Ich hab eine Idee. Wir kaufen alle zusammen ein Sammelalbum. Wir kleben die Bildchen ein, und mit den doppelten tauschen und spielen wir.«

Dicks Gesicht hellte sich auf. Ein ganzes Sammelalbum für ihn, wenn auch als Miteigentum! So gerührt war er nicht mehr gewesen, seit er in der Dorflotterie einen Pandoro gewonnen hatte. Eine Träne rollte über sein großes Selenitengesicht, und er schluckte sie hinunter.

Die Jugendlichen arbeiteten hart, um das Nötige zu verdienen. Igelo reparierte diverse Spielzeuge, Artemisia zeigte einem reichen Klassenkameraden ihren Schlüpfer, Zeppa gewann fünfzig Lire beim Armdrücken. Brillenschlange verkaufte ein Buch, Adelmo klaute aus dem Geldbeutel seiner Mamma, Poldo Ferkello und Dick Dürftig sammelten einen Sack voll Kastanien und verkauften ihn an eine Pasticceria.

Ganz aufgeregt begaben sie sich zum Kiosk von Fefè, dem rauchenden Zeitungsverkäufer, der schon dreimal seinen Zeitungskiosk in Brand gesetzt hatte. Der Geruch von Zigarre, Zeitungen und bedrucktem Papier berauschte sie. Schöne Frauen lächelten von den Wochenblättern, bunte Comics zeigten ihre Helden, die Sportzeitungen sprachen von den Champions, deren Gesichter sie bald kennenlernen würden.

Sie kauften das Album und zehn Tütchen mit Bildchen.

Wie soll man die Erregung beschreiben, die Schreie, die Freude bei jedem Öffnen, wenn die Fußballer mit ihren bunten Trikots aus dem Tütchen herausschlüpften? War der Vereinspräsident, der Pelé oder Maradona gekauft hatte, jemals von solch' Freude umschlungen?

Und wie soll man den Geruch des Klebstoffs beschreiben, mit dem wir die Bildchen an ihrer nummerierten Stelle befestigten wie Heilige in der Nische?

Und den Enthusiasmus, die zunächst weißen Seiten sich mit Farbe füllen zu sehen und allen sagen zu können, »ich hab schon sechs von der Fiorentina«?

Und die Enttäuschung, Doppelte zu finden, die sich sofort in die Freude verwandelte, dass man sie tauschen und damit spielen konnte?

Und das Vergnügen, in der Tasche das wertvolle Bündel zu spüren und zur Wall Street der Bildchen gehen zu können, zu den Stufen vor dem Denkmal des seligen Inclinatus, wo man zusammen mit den Jugendlichen aus Montelfo und anderen Dörfern Tauschgeschäfte und –handel betrieb und wo die unsterblichen Worte widerhallten:

Das hab ich das hab ich das fehlt mir ...?

Ein Monat verging, und das Album wurde jeden Tag pummeliger. Manches Bildchen wurde gekauft, manches getauscht, manches gewann man beim Battimuro-Spiel, wenn man Münzen geschickt gegen die Wand werfen konnte, oder beim Drunterunddrüber oder beim Zickzack-Ausweichspiel.

Derjenige, der die Sache am ernstesten nahm, war natürlich Dick Dürftig. Ihm war das Album anvertraut. Er trug es immer bei sich. Es war seine Freude und seine Obsession. Er war drogenabhängig vom Klebstoff. Er schnüffelte den Kleber und die Bildchen, bis sich ihm die Augen verdrehten und er ganz blass wurde. Nachts schlief er mit dem Album unter dem Kopfkissen.

Es war sein Reichtum, sein Schatz.

Er war nicht mehr Dick Dürftig.

Er war Dick mit einem Album von gut zweihundert Bildchen. Doch bald würde etwas sein Leben durcheinanderbringen.

Wie einige vielleicht wissen, hat es in jeder Kollektion immer ein besonders rares und legendäres Bildchen gegeben. Alle haben wir vom wilden Saladin gehört. In einer Kollektion von Schiffen und Seeleuten war das Bildchen von Admiral Nelson unauffindbar. In einer Tierkollektion war es der kanadische Elch, in einer Fußballkollektion einige Jahre später würde es der Torwart Pizzaballa sein.

Es war ein Trick der Herausgeber, damit sich die Suche nicht erschöpfte und weitere Tütchen verkauft wurden.

Nun, in der Kollektion jenes Jahres war das unauffindbare Bildchen die Nummer 101, der große Omar.

Noch niemand hatte ihn gefunden. Es hatte sogar Protest und Leserbriefe gegeben. Die Herausgeber schworen, dass sie alle Bildchen in der gleichen Anzahl gedruckt hatten, aber niemand glaubte ihnen. Man fabulierte, dass ein 101er Bildchen vom Sohn eines Notars in Rom besessen werde, der es im Tresor aufbewahre. Andere sagten, dass zwei davon in Island gefunden worden seien. Unterdessen wuchs die Legende um den so raren großen Omar.

Eines Tages, während die sieben Freunde das Album kontrollierten und feierten, dass sie die Atalanta-Seite vollständig hatten, kam der übliche Birillo Kegeljan mit seiner Gang an, um ihnen die Freude zu verderben. Er hatte ein angeschwollenes Album unter dem Arm. Hinter ihm schoben Pecos und Pupi eine Schubkarre voller doppelter, hunderte von aufgestapelten Bildchen.

»Ich bin gekommen, um was zu verkaufen, wenn ihr irgendeinen Tausch machen könnt«, sagte er lachend. »Aber ich glaub's ja nicht. Seht her, ich hab nämlich mittlerweile alle.«

Er zeigte Seite für Seite sein Album, und es schien vollständig.

»Notgedrungen«, seufzte Igelo, »das ist ja keine Kunst, wenn du zwanzig Tütchen am Tag kaufen kannst.«

»Eigentlich kaufe ich dreißig«, sagte Birillo.

Dick Dürftig schwieg. Er betrachtete jene wunderbaren Bildchen in der Schubkarre. Er träumte, darin zu schwimmen wie Onkel Dagobert im Geld seines Geldspeichers. Und traurig entfernte er sich mit den Händen in den Taschen. Dabei erinnerte er sich, dass er in der Hosentasche noch ein Tütchen hatte. Er hatte es übermorgen an seinem Geburtstag öffnen wollen. Doch er entschied, dass es unnötig war zu warten, er würde ohnehin nie so viel besitzen wie Birillo.

Das Tütchen war ein bisschen verknittert, er riss es auf.

Wir sahen, wie er sich verwandelte. Das Vollmondgesicht wurde eine strahlende Sonne, die Pickel glätteten sich, und er wirkte für einen Augenblick fast schlank.

Niemand verstand den Grund für diese Metamorphose, außer ihm.

Das erste Bildchen aus dem Tütchen war nichts weniger als der große Omar! Omar Sivori, das Bildchen Nummer 101.

Dick Dürftig ging mit entschiedenem und resolutem Schritt voran. Er sah aus wie ein Cowboy, der zum finalen Duell schreitet.

»Was gibt's, Dick? Wieso läufst du so, dass es aussieht, als wie wenn du einen Stock im Arsch hättest?«, fragte Birillo mir agrammatischer Aufgeblasenheit.

Dick Dürftig zog die Nase hoch. Dann sagte er mit Nonchalance:

»Also Birillone, hast du die Sammlung vollständig?«

»Ja …«

»›Ja‹ oder ›Ja, fast‹?«

»Was willst du damit sagen?«, fragte Birillo und wurde etwas blasser.

»Hast du alle zweihundert Bildchen?«

»Glaubst du mir nicht?«

»Na, dann zeig mir mal die Juventus. Ich wette, dass du da zwei identische Bildchen eingeklebt hast, um das Loch von dem zu verstecken, das dir fehlt …«

»Das ist nicht wahr«, sagte Birillo, aber er war so rot geworden wie das Trikot der Roma.

»Na, dann lass uns die Seite kontrollieren«, drängte Dick.

»Also hör mal, spiel hier nicht den Oberschlauen! Das

100

wissen doch alle, dass es ein unauffindbares Bildchen gibt. Den großen Omar. Das habe ich natürlich nicht.«

»Aha«, sagte Dick. »Du wolltest sagen, dass dir … dieses fehlt?«

Und er zeigte das Bildchen. Es gibt Leute, die schwören, dass sie in jenem Moment einen Engelschor im Himmel gehört haben.

Die aufsehenerregende Nachricht verbreitete sich überall. So begann das neue Leben von Dick Dürftig, sein Glück und Verderben.

Aus Dick Dürftig wurde Dick Im Glück oder Dick Zastero. Alle umringten ihn, um das magische Bildchen sehen zu können, und sie bezahlten ihn: Der eine kaufte ihm eine Cedrata-Limonade, der andere einen Schokoriegel, wieder ein anderer ein Eis. An einem einzigen Tag aß er mehr Eis am Stiel als in seinem ganzen vorigen Leben. Als er sich vom Durchfall erholt hatte, bekam er eine Einladung ins Haus der Mediamoguls. Birillo wollte ihm ein Angebot machen.

»Geh nicht«, sagte Artemisia, »die da sind nicht deine Freunde.«

»Ich mache, was ich will«, antwortete Dick, »mit euch ist mir nie was Gutes passiert, ich bin immer ein Lump geblieben. Jetzt wird mein Glück beginnen.«

Tatsächlich nahm ihn Birillo in seinem Haus auf, in einem luxuriösen Salon voller Bilder und Wandteppiche. Bei ihm war seine Schwester Wilda Mediamogul, die Dick mit falschen, aber wirkungsvollen Blicken anblitzte.

Dick wurde sofort ein Tee angeboten.

Auf die Frage »Milch oder Zitrone?« antwortete er »gibt's Banane?«.

Sein Maßstab waren noch die Eis-am-Stiel-Sorten.

Dann wurde ihm *marron glacé* angeboten. Und da verstand er, dass auch einfache Dinge wie Kastanien wertvoll werden können, wenn sie gut gezuckert und präsentiert werden. Das könnte eine Metapher für sein Schicksal sein.

Dick wusste nicht, was eine Metapher ist, aber er wusste sehr gut, dass er die Gelegenheit ausnutzen sollte.

Birillo Kegeljan Mediamogul machte ihm ein unwiderstehliches Angebot. Wenn Dick ihm den großen Omar geben würde, damit er seine Sammlung vervollständigen könne, würde er ihn in den Club seiner Freunde aufnehmen und ihn mit Aufmerksamkeit und Geschenken überhäufen.

Dicks Augen leuchteten. Dann verlangte er:

»Ich will noch etwas!«

»Was denn?«

»Den Koh-i-Noor! Deinen größten Klicker!«

So begannen sozialer Aufstieg und moralischer Verfall von Dick Dürftig.

Nun lief er mit diesen kleinen Lackaffen herum. Statt des verschlissenen T-Shirts trug er ein rosa Lacoste-Hemd zur Schau, das ihn einem Schweinchen ähneln ließ. Und die Camouflagehosen waren durch ein Paar Jeans mit von Boccioni und wertvollen Murmeln ausgebeulten Taschen ersetzt worden.

Er grüßte die alten Freunde nicht einmal mehr. Er hatte immer ein Eis in der einen, ein Comicheft in der anderen Hand. Und er weigerte sich, für seine Tante Kastanien sammeln zu gehen.

»Das kannst du nicht verstehen, Alte«, sagte er zu ihr. »Du hast nie ein *marron glacé* gegessen.«

Die Sechs Sammanudabei waren natürlich enttäuscht und betrübt. Anstelle von Dick wurde Silvio Scoiattolo in die Truppe aufgenommen. Doch bald verwandelte sich die Traurigkeit in Gleichgültigkeit. »Er ist jetzt einer von denen«, sagte Brillenschlange.

Nur Igelo kam nicht zur Ruhe.

»Er wird nie glücklich sein«, sagte er, »das Glück ist wie Wasser. Es kommt nicht in einem Moment, man muss es finden, die Pumpe bereithalten, einen kleinen Brunnen bauen,

Rohrleitungen legen und Wasserhähne anschrauben. Dann erst, wenn du es dir mit Mühe erobert hast, dann kannst du es trinken.«

Und in der Tat würde Dick bald eine harte Lektion über die sozialen Klassen und die Marktgesetze erteilt bekommen. Eines Morgens wollte er kurz bei Birillo vorbeischauen, er klingelte, aber ihm wurde nicht aufgemacht. Birillo sagte ihm vom Fenster aus: »Hau ab, Dickwanst. Du und dein Omar seid nichts mehr wert.«

Es war nämlich so, dass die Edition Baghini, die die Bildchen druckte, beschlossen hatte, dass die Jagd nach dem großen Omar nun zu Ende gehen konnte. Es wurden zehntausend Bildchen des Fußballers auf den Markt geworfen, alle fanden ihn und waren bereit für eine neue Kollektion.

Für Dick war es das Ende des Traums. Eines Nachts überfiel ihn Birillos Bande und nahm ihm alles weg. Lacoste, Hosen und Murmeln. Und sie hinterließ ihn traurig und in Unterhosen, um über die Vergänglichkeit des menschlichen Glücks und die erbarmungslosen Gesetze der Ökonomie nachzudenken.

Doch Dick wurde nicht alleine gelassen. Nach einigen Tagen erschien er schüchtern wieder beim Bolzplatz, und der Opa Seher, der von der Geschichte erfahren hatte, lief ihm entgegen und sagte: »Komm her, lass uns reden.«

»Sieh mal, Dick«, erklärte er ihm, »eine Maschinerie, die größer ist als wir, entscheidet, wie viel die Dinge wert sind und wie selten und kostbar sie sind. Doch sie kann von einem Moment auf den anderen ihre Meinung ändern. Wir sind alle Käufer und Verkäufer, und wir werden es immer mehr sein. Doch es gibt Dinge, die sind selten und kostbar und bleiben es auch. Zum Beispiel deine Freunde. Geh zu ihnen, und du wirst sehen, dass sie sich nicht verändert haben.«

So geschah es. Nach einigen Foppereien und Kaltschnäu-
zigkeiten gab ihm Igelo die Hand, und Dick wurde wieder
einer der Sieben Sammanudabei. Und Artemisia legte ihm
die Darrigade-Murmel in die Hand, die sie auf einer Wiese gefunden hatte, wahrscheinlich während sie mit Zeppa
rumknutschte.

Dick weinte und umarmte alle, einen nach dem anderen.

Doch er war bereits verloren. Er brachte Stunden damit
zu, das Tablett mit den *marrons glacés* im Schaufenster der
Pasticceria zu betrachten. Er irrte ohne Ziel umher. Jene kurze Zeit des Reichtums hatte ihn gezeichnet und zerstört. Er
war gedemütigt und voller Wut.

Eines Morgens fuhr er mit dem Bus weg, und wir sahen
ihn nicht mehr.

❭ Zweiter Teil

Dick Big Italian Boy

Und Dick Dürftig war zurückgekehrt, aber jetzt war er Dick der große Baggerführer, und er erzählte uns von seinem Leben. Er war in die Stadt gegangen und hatte dort gekellnert, dann war er auf ein Schiff gestiegen und nach Amerika ausgewandert, ins eisige Dakota, wo er gelernt hatte, große Bagger und Schneepflüge zu fahren. Mit dem Namen Big Italian Boy war er alle States hoch- und runtergefahren, von Norden nach Süden. Er hatte Wälder kennengelernt, wo es Kastanien so groß wie Wassermelonen gab, und Wüsten, wo man auf kilometerlangen, glühenden Pisten Murmeln spielte. Er hatte geheiratet und sich scheiden lassen. Doch er hatte sich immer sehnsüchtig an sein kleines Dorf erinnert und davon geträumt zurückzukehren.

Und dann war die Gelegenheit da gewesen: Eines Tages hatte er in einer Zeitung gelesen: »Fahrer für einen Megabagger Rex gesucht«. Er war schon alles Mögliche gefahren und kannte dieses mechanische Monster gut. Stellt euch seine Freude vor, als er erfuhr, dass die Arbeit in seinem Vaterland ausgeführt werden sollte, nahe an den Orten, wo er geboren worden war. Erst im letzten Moment wurde ihm der Auftrag mitgeteilt: den Wald einebnen, um im Rahmen einer enormen Zubetoniererei einen Weg nach Montelfo zu öffnen.

Am Anfang hatte er sich gesagt: Ach, es ist eine Arbeit wie jede andere auch.

Doch als er immer weiter die Eichen und Kastanien seiner Kindheit niederriss, hatte er gemerkt, dass seine Seele litt und sich erinnerte. Schon einmal hatte er sich für Geld an Birillo verkauft, und nun verkaufte er sich an dessen Sohn, den noch mächtigeren Snobio Mediamogul.

Deshalb hatte sein Herz geholpert, als er verstanden hatte, dass der Bagger von Igelo sabotiert worden war. Widerstreitende Gefühle hatten ihn zerrissen, während er das Monster Rex in Richtung Montelfo lenkte.

Dann war etwas Unerwartetes geschehen.

Der Bagger hatte, als er die Erde umwälzte, eine Murmel an die Oberfläche gebracht. Im Licht der Scheinwerfer hatte Dick sie glänzen sehen und sie aufgehoben. Er hatte sich an seine Kindheit erinnert und an diejenigen, die ihn gern gehabt hatten. Es war ein Zeichen des Schicksals.

»Schöne Geschichte, Dick«, kommentierte der Opa Seher. »Aber warum hast du das Denkmal zerstört?«

»Denkt doch mal nach«, sagte Dick augenzwinkernd. »Nun wird es ein großes Durcheinander mit der Denkmalschutzbehörde geben, es wird eine Untersuchung stattfinden, Ermittlungen, Nachprüfungen. Und ihr werdet Zeit für eure Gegenzüge haben.«

»Großer Dick«, sagte Igelo, »du bist wieder einer von uns!«

»Yes«, sagte Dick, während er mit Eis am Stiel überhäuft wurde.

Eine Delegation der Dorfkinder kam näher. Es waren Bingo Popel und Tamara Colibrì.

Als Zeichen des Danks überreichten sie Dick die seltensten Bildchen der modernen Sammelleidenschaft, das heißt die Flittchenfee der Swindles-Kollektion und Capitan Coz, der Unauffindbarste der Smegmen, eine kleine Puppe, die, wenn man ihr auf den Bauch drückte, ein Pfund grüne Kotze mit Pferdeapfelaroma von sich gab.

»Wunderschön, danke«, sagte Dick mit glänzenden Augen.

Während wir den wiedergefundenen Freund mit Trinkge-
lagen feierten, beobachteten wir etwas, das uns nicht gefiel.
Aus einem Auto stieg Snobio Mediamogul gemeinsam mit
dem Bürgermeister Velluti. Snobio machte große Gesten
Richtung Tal, als ob er es aufteilen und neu zusammenset-
zen wollte. Velluti nickte. Dann gaben sie sich die Hand, und
Velluti kam in unsere Richtung.

»Liebe Leute«, sagte er.

»Von wegen«, sagte Archivio und quietschte mit den Reifen seines Rollstuhls. »Was willst du uns sagen?«

»Wenn du uns ›liebe Leute‹ nennst, weiß ich schon, dass
du Unglück bringst«, sagte Dusella, während sie an einem
Rubbellos kratzte. »Tatsächlich habe ich nur einen Euro gewonnen.«

»Politik ist kein Aberglaube«, erklärte Velluti.

»Sie ist noch schlimmer. Schwarze Katzen verlangen kein
Schmiergeld«, sagte Archivio.

»Ich bin hier, um zu erklären«, sagte Velluti mit einem
ungeduldigen Seufzer.

»Sprich, oh erster Bürger«, sagte der Schuldirektor Micillo, »und möge deine Ausdrucksweise aufrichtig magmatisch
und flüchtig sein, wie wir es erwarten.«

Vellutis Sermon

»Oh, meine lieben Wähler. Ich habe von euren Zweifeln und Sorgen gehört, und ich schätze daran die kindliche Unruhe und die Minderheitskraft. Nun, ich respektiere eure Gründe. Aber die Geschichte schreitet mit großen Schritten voran, und oft schaffen wir es nicht, ihrer großen reformfreudigen Schrittweite zu folgen. Montelfo steht vor einem epochalen Wandel. Bald wird die Modernität es mit ihren Gaben überhäufen.

Seit jeher sind wir vom Dorf in die Stadt gegangen, um zu arbeiten oder um Rausch und Zerstreuung zu suchen.

Nun ist es die Stadt, die zu uns kommt. Nicht nur in Form von Tourismus, sondern mit ihrer Ökonomie, ihrer Technologie, ihrem Know-how.«

»Au«, antwortete Merlot.

»Ich sehe, dass jemand verstanden hat. Nun, Montelfo wird ein Ableger der Stadt, ein fruchtbarer Zweig, eine gesunde Knospe werden. Eine ökokompatible Straße wird biodiagonal den Wald durchschneiden, und sie wird uns mit der Metropole verbinden, die wir in den klareren Nächten mit ihrem Teppich aus entfernten Lichtern funkeln sehen können. Auf diesem Hügel, zwischen der Piazzetta und der Aussichtsterrasse, um die uns alle beneiden, wird sich ein ökovirtuoser und geodynamischer Gebäudekomplex erheben, und ich zögere nicht, ihn prächtig zu nennen.

Das Tal wird von lieblichen kleinen Villen getüpfelt sein, die als Bezugspunkt einen ausgewogenen Zentralkomplex mit einer großen Wohnanlage, Schwimmbad, Tennisplatz,

Supermarkt, Fitnesscenter, Bank und anderen Leckerbissen haben werden.

Und es gibt noch mehr: Eine große Fernsehantenne, die dritthöchste in Europa, wird über all dies vom Gipfel des Berges aus wachen, als Symbol für unsere engere Verbindung zur Welt.

Ich weiß, dass manch einer von euch sagen wird: Sie hatten uns andere Dinge versprochen. Reparaturen am alten Wasserwerk, Arbeiten am Schulgebäude, sanierte Häuser, neue Straßen, Dämme am Fluss, Agrarplan et cetera. Nun, unsere Kraft liegt in der Veränderung, und auch im Verändern dessen, was wir verändern wollen, und also im Verändern der Veränderung. Wenn wir nicht die kaufmännische Rechte und die populistische Abdrift gewinnen lassen wollen, müssen wir Platz für das schaffen, was in der Mitte dazwischen liegt. Ich weiß nicht, was in der Mitte dazwischen liegt, aber ich fühle, dass es schön ist.«

»Bravo«, sagte eine Krähe vom Baum.

Mit den Jahren hatte Velluti die Bauchrednerei gelernt und streute in seine Reden nun selbst den Beifall ein.

»Danke!«, fuhr der Bürgermeister fort. »Was eure alte Bar betrifft, die wird nicht zerstört, im Gegenteil! Sie wird Stein für Stein, Espressotasse für Espressotasse im Inneren des Supermarktes erhalten bleiben und nicht mehr von Regen und Wind geschlagen werden. Von den Fenstern werdet ihr noch immer euer geliebtes Tal betrachten können. Ihr werdet die Kinder Fußballspielen sehen, auf einer Videoaufnahme.

Und all das ohne Kosten für euch, denn dieses Wunder wird die Frucht der mutigen Investitionen eines Pools von Unternehmern sein. Schon höre ich die schönen Seelen, die sagen: Aber viele dieser Unternehmer hatten Prozesse und Verjährungen.

Ja, vielleicht manch kleiner, zerstreuter Bankrott, manche versuchte Bestechung von Richtern oder unvorsichtige

111

Kontakte zur Mafia. Doch inzwischen haben sie Einkommen geschaffen, Reichtum, Arbeitsplätze.«

»Richtig«, sagte ein Prellstein und furzte. Velluti konnte das Bauchrednerzwerchfell noch nicht ganz kontrollieren.

»Ich weiß«, fuhr der Bürgermeister mit einem Seufzer fort, »einst waren wir anders. Doch auch die Welt war anders. Also mussten wir anders anders sein. Hört mich an. Die Rechte hat dieses Land ignoranter, unverantwortlicher, korrupter und kulturell armselig gewollt. Nun, die Linke hat mit einem konkreten Schritt geantwortet. Sie hat euch, allen, die Schande genommen, ignorant, unverantwortlich, korrupt und kulturell armselig zu sein. Sie hat euch erklärt, dass ihr genau wie sie sein könnt. Ihr könnt ihre Fernsehsendungen sehen, dort teilnehmen, nicht lesen, euch nicht bilden, Schmiergeld nehmen, auf eurem Posten bleiben, wenn gegen euch ermittelt wird. Ihr könnt, wenn ihr an die Macht kommt, stark gegenüber den Schwachen und schwach gegenüber den Breitschultrigen sein. Denn im Unterschied zu ihnen wisst ihr, was ihr seid, und könnt also umkehren, wann ihr wollt. Denn eure Ordnung ist nicht die ihre, auch wenn ihr dieselben Bagger, dieselbe Polizei, dieselben Vorurteile benutzt. Also, wählt uns!«

»Aber es sind doch gar keine Wahlen«, sagte Igelo.

»Das ist wahr, entschuldigt, ich habe mich mitreißen lassen. Also, seid ihr auf meiner Seite?«

»Nein«, sagte Melone, »ich bin zwar blöd, aber so blöd nun auch nicht.«

»Also wollt ihr ohne ein Einkaufszentrum von zehntausend Quadratmetern leben?«

»Eigentlich brauchen wir nur wenige Kilometer zurückzulegen, und da ist eins von zwanzigtausend«, sagte Simona Bell'Eugele.

»Wie viele Betten passen auf zehntausend Quadratmeter? Mehr oder weniger als acht?«, fragte Abdul Squat.

»Sie haben es selbst gesagt, Bürgermeister«, rief Gina

Popup. »Das Tal ist voller verlassener Felder, leerer Häuser, zu reparierender Dämme, kaputter Straßen. Man sieht immer noch die Zeichen des Erdbebens. Warum denken wir nicht zuerst daran?«

»Das Kastell ist seit Jahren verlassen, in sechs Monaten kann ich es komplett restaurieren«, sagte Igelo.

»Und auch uns Gespenstern ist kalt«, flüsterte ein Graf aus dem neunzehnten Jahrhundert.

»Und wenn ich einen Hamburger essen will, hier gibt es genug Mäuse dafür«, sagte Poldo Ferkello.

»Das Wasserwerk ist verfault, an manchen Tagen kommt Wasser raus, das wie Bohnensuppe aussieht«, sagte Sofronia.

»In meine Schule regnet es rein«, sagte Alice.

»Meine Kühe haben keinen Drahtfunk«, sagte Maria Sandokan.

»Und ich warte immer noch auf den Schuldienerposten«, sagte Garbe.

»Uffa«, sagte Velluti, »alle gegen mich. Aber was kann ich denn schon tun? Ich bin in diesem Schachspiel bloß ein Bauer.«

»Ja, aber man spielt mit den Weißen, nicht mit den Schwarzen«, sagte der Opa.

Velluti neigte den Kopf.

»Der Arme, er leidet«, sagte die gebauchredete Krähe.

»Bürger, Wähler, begriffsstutziger Haufen, es tut mir leid für euch«, schloss der Bürgermeister. »Snobio ist sehr mächtig. Er hat schon mit der Behörde telefoniert. Bald wird die Anweisung kommen, die Arbeiten trotz des zerstörten Denkmals fortzusetzen. Wenn ihr eine Lösung finden müsst, dann findet sie schnell.«

»Also«, fragte Alice, »sind Sie auf unserer Seite?«

»Sieh mal …«, sagte Velluti schulterzuckend, »als ich in deinem Alter war, Kind, und ein blutiger Krieg im Gange war, der Italien befreite, aber in dem beide Seiten sich mit entsetzlichen Verbrechen befleckten und dessen Geschichte wir mit gelassenem Gleichgewicht neu interpretieren müssen, damals war ich …«

Er beendete den Satz nicht, Trincone der Stier kam mit einer Heugabel auf ihn zu. Der Bürgermeister verschwand mit unerwarteter Schnelligkeit, wobei er über die Trümmer des Denkmals kletterte.

Einen Augenblick war Stille.

Dann sagte Raab:

»Mir scheint, dass uns dieser Bürgermeister Glück bringen wird.«

»Hat jemand irgendwelche Vorschläge?«, fragte Archivio und berührte alle verfügbaren Eier.

»Ich möchte euch eine Episode aus der Geschichte Athens erzählen«, sagte der Lehrer Micillo.

Drei Viertel der Anwesenden verschwanden.

»Wird schon wieder, bleibt ruhig«, sagte der Opa Seher. »Lasst uns diese köstliche Flasche Sangue di Giove trinken und sie um Inspiration bitten. Heute Nacht wird jeder von uns einen magischen Enthüllungstraum haben.«

»Hoch die Gläser«, prostete Trincone den anderen zu.

»Na gut«, schnaubte Igelo, »aber ich könnte mir in den Arsch beißen, weil ich diesen Velluti auch noch gewählt habe.«

»Ich nicht«, sagte Fefè, »ich war nicht wählen.«

»Stattdessen hättest du ihn wählen und dir dann in den Arsch beißen sollen«, sagte Igelo.

»Und was hast du da in der Tasche?«, bedrängte ihn Trincone.

»Das ist ein Stück vom Denkmal, ein schöner kleiner Marmorblock. Daraus mache ich einen wunderschönen Zwerg für den Garten …«

»Lass ihn liegen, Terrone!«

»Nicht mal im Traum, Saufbold-Wirt und Milliardär …«

Das Klima heizte sich gerade auf, als man einen triumphierenden Schrei hörte. »Ich habe zweihundert Euro im Lotto gewonnen«, sagte Dusella.

»Gib uns was aus, alte Ziege«, sagte die Obstverkäuferin Giorgia.

»Dir nicht, kapitalistischer, regierungsfreundlicher Fettkloß«, antwortete Dusella.

»Danke Gott für dein Glück.«

»Die Lottozahlen gibt mir nicht Gott«, sagte Dusella, »sondern mein seliger Großvater Goffredo, ein guter, großzügiger und gotteslästernder Mann.«

»Entsetzlich«, sagte Giorgia, »du wirst in der Hölle verfaulen wie ein Kürbis mit Mehltau, eine Gurke mit Mosaikvirus, eine Tomate mit Krautfäule ...«

»Und du wirst mit allem deinem unnützen Geld dorthin gehen, in den Höllenkreis der Steuerhinterzieher, Scheinheiligen und Spitzel!«

»Kommt, Kinder, streitet und diskutiert nicht über Religion vor dem heiligen Andenken an den seligen Inclinatus«, sagte der Opa mit Kardinalston.

»Warum?«, fragten die beiden Streitenden.

»Schande! Kennt ihr die Geschichte vom seligen Inclinatus und seinem Denkmal etwa nicht?«

»Ist es eine wichtige Geschichte?«

»Exakt. Nur dass sie mir gerade nicht mehr einfällt«, sagte der Opa, der es mit dem Sangue di Giove ein bisschen übertrieben hatte.

»Mir aber«, sagte Archivio, »was wäre ich sonst für ein Archiv?«

Die Geschichte von Inclinatus und seinem Denkmal

Vor vielen Jahren lebte in einem kleinen Landhaus ein Kind, von dem niemand je den wahren Namen erfahren hat. Es war das ärmste Landgut der ganzen Gegend. Ein Gärtchen, zwei Apfelbäume, eine Kuh und eine Henne. Das Kind ohne Namen lebte dort alleine. Sein Papa war durch einen Kuhtritt gestorben, und seine Mamma war mit dem Metzger und der Kuh geflohen. Mit sieben Jahren musste das Kind auf sich selbst aufpassen, es sammelte Kastanien und Äpfel und aß jeden Tag ein Ei der gefiederten Überlebenden. Es war eine alte Henne namens Turchina, der einzige Trost in seinem Leben neben dem Buch *Pinocchio*, das es jeden Abend las. Eines Nachts raubte ein besonders falscher und belesener Fuchs die Henne, die kleine Pfanne zum Eierbraten und das Buch.

Das Kind, das nun keinen Grund mehr zum Leben sah, beschloss, sich aufzuhängen, genau wie es seinem Holzpuppenhelden passiert. Glücklicherweise gab der Ast der Eiche nach, und er fiel im Regen und mit sehr steifem Hals zu Boden.

Er blieb die ganze Nacht benommen liegen und wäre vielleicht vor Hunger und Kälte gestorben. Doch zu seinem Glück kamen dort Priscilla und Camilla vorbei, zwei Nonnen des Ordens der Seligen Ausgestopften, die in einem nahegelegenen Obstgarten Kirschen stehlen gingen.

Diese Nonnen waren berühmt, denn wenn eine von ihnen starb, zerlegten sie sie, stopften sie aus, und dann setzten sie sie in die Messe oder zu sich an den Tisch. Das war ihre Antwort auf die Berufungskrise. Deshalb aß das Kind ohne Namen an jenem Abend mit zwölf Nonnen, aber nur vier sprachen und bewegten sich. Als es die Wahrheit erkannte, begann es zu schreien.

Die Schwestern begriffen, dass dies kein geeigneter Ort für den Kleinen war, und vertrauten ihn dem Pfarrer Don Pinpon an. Don Pinpon wurde wegen seiner Vehemenz beim Glockenläuten so genannt, mit der er es schaffte, die Glocken bis in tropische Länder hören zu lassen. Doch auch wegen der Attraktionen seiner kleinen Gemeinde. Um die Kinder anzulocken, hatte er einen Stall umgebaut und dort eine Pingpong-Platte, einen Tischkicker und einen Billard aufgestellt, und auf der Wiese davor hatte er einen kleinen Fußballplatz geebnet mit richtigen Pfosten und Latte aus Buchenholz. Er war ein naschsüchtiger und gutmütiger Priester, der bei allen beliebt war, im Unterschied zu seinem Kollegen aus Montenero, Don Appel, über dessen Beziehungen zu Kindern sehr viel geredet wurde. Dagegen war die Moralität von Don Pinpon so gut wie sicher. Ich sage »so gut wie«, weil er keine Kinder belästigte, ihm aber die Nonnen sehr, sehr gut gefielen. Als Schwester Priscilla und Schwester Camilla das Knäblein brachten, kamen sie verstört und mit ungeordneten Kleidern wieder heraus und beteten für die Seele des glühenden Priesters.

Don Pinpon nahm das Kind auf, bemerkte, dass es schon sehr gut darin war, den Garten zu pflegen und Hausarbeiten zu verrichten, und beschloss, einen guten Messdiener aus ihm zu machen. Und da bekam der Kleine endlich einen Namen.

Beim Misereatur der Messe, wenn das Kind *et, dimissis peccatis tuis* und so weiter antworten musste, flüsterte ihm der Priester immer »inclinatus, inclinatus« zu, denn die Liturgie sieht hier in der Tat vor, dass der Messdiener sei, also ein wenig geneigt und dem Priester zugewandt.

Viele hörten es und dachten: Was für einen seltsamen Namen dieses Kind hat. Und sie begannen ihn Inclinatus zu nennen. Das war nicht besonders schön, aber immer noch besser als Parum oder Versum.

Inclinatus verlebte seine Kindheit in der Gemeinde. Er wurde in jedem Spiel ausgezeichnet. Im Pingpong schien er ein Chinese, er schlug alle mit einer hinter den Rücken gebundenen Hand. Beim Billard versenkte er mit jedem Stoß gleich mehrere Kugeln. Beim Tischkickern gelang es ihm sogar, den Ball drei- oder viermal hochzuhalten, bevor er schoss.

Der Priester bemerkte sofort, dass Inclinatus erstaunliche und mysteriöse Fähigkeiten besaß. Er hatte Visionen und hörte Stimmen. Eines Nachts hörte er ihn sprechen, und er näherte sich der Zimmertür. Inclinatus sprach in fehlerfreiem Latein vom Dogma der Auferstehung. Und er schien jemandem zu antworten.

Am Morgen, als Inclinatus seinen Caffè Latte schlürfte, fragte ihn Don Pinpon unvermittelt:

»Mit wem hast du letzte Nacht gesprochen?«

»Ich weiß es nicht, es war ein Signore mit recht dunkler Haut. Er hat gesagt, er heiße Sankt Augustinus.«

»Und was hat er dir gesagt?«

»Ach, nichts. Er hat mir gesagt *Fecerunt itaque civitates duas amores duo: terrenam scilicet amor sui usque ad contemptum Dei, coelestem vero amor Dei usque ad contemptum sui.*«

Don Pinpon erbleichte.

»Und weißt du, was das heißen soll?«

»Mehr oder weniger.«

Der Pfarrer suchte in der ganzen Sakristei ein Buch des

118

Heiligen Augustinus, wo Inclinatus diesen Satz hätte lesen können. Doch er fand keines. Am Ende dachte er: Vielleicht kennt unter den Gläubigen jemand Augustinus und hat von ihm gesprochen.

Doch er begriff, dass die Sache ernst war, als er Inclinatus hörte, der den Boden wischte und sang:

»Cantate vocibus, cantate cordibus, cantate oribus, cantate moribus. Cantate Domino canticum novum.«

Der alte Pfarrer dachte lange darüber nach. Er fragte Gott um Rat und vor allem Santa Alvara, die heilige Glöcknerin, der er ergeben war. Doch es war nicht einfach, eine Entscheidung zu treffen. Wenn er nicht redete, konnte er der Welt ein Wunder vorenthalten. Wenn er redete, würde das Kind weggebracht, analysiert und befragt werden. Sein junges Leben würde auf den Kopf gestellt. Und außerdem wusste man nie: Und wenn es nicht Sankt Augustinus, sondern ein Dämon wäre, der Inclinatus inspirierte?

In dieser Gegend lebte Pater Nathan, der Exorzist, ein zwei Meter großer Riese und schrecklicher Teufelsjäger. Man sagte, in seiner Sakristei seien etwa zwanzig gehörnte Trophäen an der Wand aufgehängt. Wehe, wenn Inclinatus in seine Hände fallen würde!

Wie konnte er des Höchsten Absichten begreifen?

Seine Zweifel schwanden in derselben Nacht.

Ihm erschien Santa Alvara. Sie sah wunderschön aus, aber ganz anders als auf dem Bild, das in der Sakristei von ihr hing. Sie trug ein Damenkostüm mit Schlitz und rauchte.

»Lieber Pinpon«, sagte sie zu ihm, »deine Zweifel ehren dich. Aber sprich mit niemandem über Inclinatus' Gaben. Ich werde über ihn wachen.«

Das Kind wuchs und wurde ein gutaussehender Junge. Er gefiel seinen Altersgenossinnen sehr und auch Don Appel, der jedoch von Don Pinpon ersucht wurde, einen großen Bogen um ihn zu machen.

Inclinatus'Geheimnis blieb verborgen, auch wenn manch einer behauptete, ihn ein bisschen seltsam zu finden und ihn mit den Tieren sprechen gehört zu haben.

In der Tat sprach er mit den Gänsen, mit den Kühen und vor allem mit den Schweinen.

Don Pinpon überraschte ihn oft vor dem Gatter der Ferkel, wo alle zusammen laut schmatzten.

»Was machst du da?«, fragte der Priester.

»Oh, wir erzählen uns Witze«, antwortete Inclinatus. »Aber es ist nicht so besonders, sie können sie nicht erzählen.«

In Wahrheit hörte Inclinatus weiter Stimmen und hatte weiterhin Visionen. Mit den Stimmen gab es kein Problem. Es war, als hätte er Kopfhörer auf: Er lief tanzend umher, nur dass er statt der Rolling Stones das *Dies irae* hörte. Die Visionen hingegen hatten sich mit dem Alter verändert. Er sah nur noch selten Sankt Augustinus. Doch ihm erschien häufig der rüde Sankt Agapitus, der Heilige der verbotenen Faust, der mehr als dreihundert Ungläubige mit Fausthieben bekehrt hatte und der auf den Heiligenbildchen in der Deckungshaltung eines Boxers abgebildet ist. Und im Alter der Verstörungen sah er oft Sankt Theophrastus, der es vorzieht, wenn du keusch bist, und vor allem Sankt Cajetan, der dir die Hand festhält. Doch dann erschien, schön und aufreizend, Alvara, die heilige Glöcknerin, und wenn Santa Callista, die Stripperin, kam, scherte sich die Keuschheit zum Teufel, und los ging's mit dem Wichsen. Diese schwierige Phase erzeugte bei ihm keine Stigmata, sondern große violette Pickel, die ihm die Wangen streuselten.

Don Pinpon, der auch einmal pro Monat verstört war, verstand ihn und machte kein Theater.

120

So schritt das Leben von Inclinatus ruhig voran, zwischen dem Gemüsegarten, der Hausarbeit und dem Spielsaal der Gemeinde, wo er ein Abgott war. Doch in der Zwischenzeit erstreckte sich der Schatten des Krieges auf das Dorf, und die faschistischen Schlägertrupps kamen bis zur Schwelle der Kirche, um ihre martialischen Hymnen zu singen und junge Männer anzuwerben.

Inclinatus verstand nicht wirklich, was da passierte. Als er Don Pinpon etwas dazu fragte, antwortete der:

»Kümmere dich nicht um Politik, Inclinatus. Aber wisse, dass gute Christen alles andere sind als solche anmaßenden Typen.«

Es war in einer Winternacht, als etwas Unerwartetes und Fatales geschah.

Inclinatus träumte schon seit einer Woche schlecht und hörte furchteinflößende Stimmen. Schreie, höhnisches Lachen und Knurren von Tieren. Und eines Nachts kam eine Eule in sein Zimmer und begann ihn anzustarren.

»Was willst du?«, fragte der Junge.

»Mein Herr kommt bald an«, sagte die Eule und flog mit lautem Flügelschlagen zum Fenster hinaus.

Eines Abends war Inclinatus mit einer Gruppe von Freunden zusammen, darunter auch ich, der damals junge Archivio. Wir spielten gerade Stoßball, und Inclinatus, der ein gutes Herz hatte, tat so, als ob er Fehler machte, sonst hätten wir keine Chance gehabt.

Plötzlich trat eine Schar Jungspünde ein. Sie waren nicht aus dem Dorf, sie kamen von außerhalb. An der Spitze war ein Junge in Balilla-Uniform, mit kurzen Haaren und wirren Augen.

Er ging auf eine seltsame Art, und Inclinatus bemerkte, dass seine Lippe ein spitzes Wolfsgebiss verbarg. Er konnte nicht falschliegen. Das war der Teufel in Verkleidung.

»Bist du der Junge, den sie Inclinatus nennen?«, fragte der Neuankömmling.

»Das bin ich. Und du bist ...«

»Es wäre mir lieber, wenn das ein Geheimnis zwischen uns beiden bliebe«, flüsterte der Junge, »aber die da nennen mich Lucindo.«

»Sicher, Lucindo«, sagte Inclinatus, »und was willst du von mir?«

»Tja, ich folge dir schon einige Zeit, oh mein virtuoser Freund«, lächelte Lucindo Lucifero, »unter jenen Visionen, die dich so verstören, bin auch ich. Ich liebe es, mich als Frau zu verkleiden. Ich weiß, dass du ein sehr besonderer Junge bist. Eine schöne Seele. Und, wie du weißt, liebe ich die schönen Seelen.«

Und er lächelte, wobei er seine Raffzähne zeigte.

»Ich bin zwar kein Heiliger«, antwortete Inclinatus, »aber mit dir will ich nichts zu tun haben.«

»Du wirst es müssen«, grinste Lucindo, »oder ich nehme mir statt deiner Seele die von jemand anderem. Vielleicht die olle Seele von Don Pinpon.«

»Tu das nicht«, sagte Inclinatus. »Was willst du von mir?«

»So ist es schon besser«, sagte Lucindo und zündete sich mit der Hitze seiner Hand eine Zigarette an, während seine Spezis von den Spielen Besitz ergriffen hatten und die Anwesenden verspotteten.

»Dieser Ort gefällt uns«, sagte einer mit dichten Augenbrauen. »Ich glaube, dass wir öfter herkommen werden, um uns zu amüsieren.«

Und mit dem Fingernagel riss er den Billardstoff ein.

»Hey, das dürft ihr nicht«, sagte Inclinatus.

»Wieso, wenn nicht, was machst du dann?«, fragten die Halbstarken und umringten ihn drohend.

»Immer mit der Ruhe«, sagte Lucindo. »Mamone, Mefisto, lasst doch diese kleinen Raufereien. Wir können alles mit einer einzigen großen Herausforderung lösen. Inclinatus, man sagt mir, dass du ein Champion im Pingpong bist. Dass du nie verlierst. Also lass uns ein Entscheidungsspiel machen. Wenn ich gewinne, nehme ich mir deine Seele ... ich wollte sagen, dein schönes weißes Hemd.«

»Und wenn ich gewinne?«

»Das halte ich nicht für möglich«, lachte Lucindo. »Egal, wenn du mich schlägst, kannst du dir den Preis aussuchen.«

»Ich werde dich nicht jetzt fragen«, sagte Inclinatus, »aber wenn ich gewinne, werde ich dich rufen dürfen, an irgendeinem zukünftigen Tag, und du wirst mir einen Gefallen tun müssen.«

»So ein Theater«, sagte Lucindo, »fangen wir an.«

Einer seiner Freunde reichte ihm einen wundervollen Schläger mit funkelndrotem Gummi.

Inclinatus nahm seinen, aus Holz, abgenutzt, aber bewährt.

Ich habe dieser Partie beigewohnt, und ich schwöre, dass das, was ich erzählen werde, wahr ist. Niemals hat man etwas Ähnliches gesehen, nicht einmal bei den chinesischen Nationalmeisterschaften, und auch nicht beim Finale der Hundertarmigen aus Zembla, nicht einmal in Wimbledon, nicht einmal in einem Zeichentrickfilm.

Den ersten Aufschlag hatte Lucindo. Der Ball erhob sich in die Luft und, wie von einem unsichtbaren Hauch geführt, begann er nach rechts und nach links zu taumeln, dann kreiste er, er streckte sich wie eine kleine Schlange, und mit diabolischem Effet schlug er auf die Platte und spritzte unhaltbar weg.

Das geschah fünfmal. Fünf zu null für den Teufel.

Inclinatus schlug auf. Nichts passierte. Und Inclinatus fragte seinen Rivalen:

»Warum hast du nicht erwidert?«

»Ich habe erwidert«, sagte der Teufel, »aber der Ball war zu schnell, du hast ihn nicht gesehen.«

Tatsächlich lag der Ball auf dem Boden, am Ende des Raums.

Wir dachten sofort: Wir wissen nicht, wer dieser unsympathische Junge ist, aber er ist wirklich ein erstklassiger Pingpong-Spieler. Inclinatus hat keine Chance.

Doch unser Held hatte die Lage studiert und den Trick erkannt. Der Teufel sah ihm, bevor er den Ball spielte, in die Augen. Und er selbst sah, wie hypnotisiert, nicht mehr die wirkliche Flugbahn und wurde betrogen.

Von diesem Moment an spielte Inclinatus mit geschlossenen Augen und stützte sich nur auf das Geräusch des Balls auf dem Holz und auf einige rechts-links-hoch-tief-Angaben, die ihm Santa Alvara ins Ohr flüsterte.

Er begann also aufzuholen, der Wettstreit wurde ausgeglichen, und der Kampf war episch.

Die Spieler schlugen, sprangen, streckten sich, rollten über den Boden, kletterten die Wände hoch, während der Ball schnell und sonor diagonal schoss, schräg, rasant, angeschnitten, mit so unvorhergesehenen Geometrien, dass wir uns den Hals verrenkten, um ihnen zu folgen.

Inclinatus schmetterte, und der Teufel ging den Ball in der Höhe holen, indem er wie ein Gecko die Wand erklomm, und als er das tat, schaute sein Schwanz hervor.

Der Teufel schmetterte, und Inclinatus nahm den Ball mit einem Sprung nach rechts an, dann warf er sich wieder nach links, dann schoss er mit dem Schläger zwischen den Beinen einen Gegenschmetterball, der den Ball zu einer Frikadelle verarbeitete.

Nach einer phantastischen Serie von Ballwechseln und Kühnheiten gelangte man schließlich zum Neunzehn zu Neunzehn. Inclinatus keuchte und schwitzte Schweißtropfen. Lucindo verströmte den Geruch verbrannter Schwefelhölzchen.

»Schöne Partie. Wir sind bei neunzehn beide, und wir spielen bis einundzwanzig«, sagte der Teufel, »aber, wenn du willst, machen wir es so, dass dieser Punkt doppelt zählt. Wer ihn macht, gewinnt.«

Inclinatus, völlig ermattet, spürte, dass ihn seine Kräfte verließen. Deshalb sagte er:

»Okay, schlag ...«

Auf den Raum senkte sich Grabesstille. Der Teufel leckte sich die Lippen und brachte sich in Position. Und siehe da, sein teuflischer Trick. Der Ball flog vom Schläger los, doch als er ein erstes Mal auf der Platte aufschlug, wurde er so groß wie ein Fußball, dann ging er übers Netz, und als er ein zweites Mal aufprallte, wurde er eine Marmorkugel von einem Meter Durchmesser, die kurz davor war, in Inclinatus einzuschlagen.

Alles geschah im Bruchteil einer Sekunde. Inclinatus erahnte den Trick des Teufels und bat Sankt Agapitus, ihm zu helfen. Der Heilige eilte im Nu herbei.

In Inclinatus' Händen erschien eine Riesenkelle aus Holz, so groß wie ein Küchenbrett zum Teigausrollen. Man weiß nicht wie, doch unser Champion schaffte es, die Kräfte zu sammeln, er hob die Kelle hoch und prügelte auf die Marmorkugel ein. Und er machte den Punkt, wobei er die Platte durchbrach.

»Ich habe gewonnen!«, rief Inclinatus.

»Gott sei gelobt!«, riefen wir.

»Maledetti!«, rief der Teufel, ihm kamen Hörner und Schwanz hervor, und er flog zusammen mit seinen kleinen Satanskollegen davon, alle summend und furzend wie Hornissen und Nervensägen.

»Du hast verloren, erinnere dich an dein Versprechen«, sagte Inclinatus.

Und dann, zu uns gewandt:

»Wenn ihr nicht jede Nacht von Sankt Agapitus verprügelt werden wollt, erzählt niemandem davon, was ihr hier gesehen habt.«

Es vergingen einige Jahre. Und es kamen sehr finstere Zeiten. Die Faschisten, wie sich manch einer erinnert und wie manch einer vorgibt zu vergessen, töteten in unserer Gegend vierzig Personen. Und die Partisanen bewaffneten sich. Zwei Deutsche wurden erschossen, während sie im kleinen See badeten.

Ein gewisser Unteroffizier Müller organisierte die Vergeltungsmaßnahme. Er folterte viele Personen. Eine sagte ihm, dass Don Pinpon die Partisanen in der Sakristei der Kirche versteckte.

Deshalb machte Müller mit einem Soldaten nachts eine Inspektion. Und er fand Vorräte und Gewehrkugeln.

Don Pinpon wurde nach draußen geschleift, und die beiden bereiteten sich darauf vor, ihn an Ort und Stelle zu erschießen.

Die Waffen waren schon angelegt. Inclinatus beobachtete die Szene versteckt, ohne zu wissen, was er tun sollte, als er sich an den Pakt mit dem Teufel erinnerte.

»Lucifero!«, rief er ihn an. »Erinnere dich an dein Versprechen und lass mich Don Pinpon retten.«

»Mit Vergnügen«, sagte der Teufel, der aus dem Nichts erschien, und gab Inclinatus eine Handgranate in die Hand.

»Wie funktioniert die?«

»Find dich selbst zurecht, ich hab schon genug getan«, lachte der Teufel.

Der Rest ist geheimnisumschlungen. Eine herbe und schweflige Wolke umhüllte die Szenerie. Die beiden Deutschen und Inclinatus flogen in die Luft. Don Pinpon erinnerte sich wegen des Schocks an nichts mehr und verbrachte eine lange Zeit in der Klinik Santa Alvara, überglücklich, weil die Krankenschwestern Nonnen waren. In den seltenen Momenten bei klarem Verstand erzählte er, dass sich in jener Nacht der Teufel und Sankt Agapitus bis zum Morgengrauen um die Seele von Inclinatus geprügelt hätten. Die Schläge und die Flüche dröhnten wie Donner. Dann sah man Sankt

Agapitus verschwinden und Inclinatus in den Himmel der Helden bringen.

Also, es kamen die Tage der Befreiung, und als der Frieden zurückkehrte, kam die Zeit der Gedenksteine und Monumente. Es wurden drei davon gebaut:

Die Kommunisten errichteten den Partisanen einen Gedenkstein am Eingang des Dorfes;

die Katholiken hissten auf dem Gipfel des Berges einen gigantischen Jesus mit weitgeöffneten Armen, der Kunstspringer-Christus genannt wurde.

Doch für das dritte Denkmal auf der Piazza der Bar, kulturelles, soziales und önologisches Zentrum des Dorfes, was tun?

Nach einer langen Debatte kam man überein, dass man das Monument dem heldenhaften Inclinatus widmen musste.

Die Schöpfung des Werks wurde dem berühmten lokalen Bildhauer Saulino, genannt Säule, anvertraut, Fliesenleger, aber vor allem Gedenksteinmeißler. In seiner einfachen Gedenkarbeit wusste er Grabsteine von erlesener Machart zu erschaffen, manchmal bereichert durch Schnörkel und Ornamente: Bienen für den Bienenzüchter, Hasen für den Jäger, Bügeleisen für die Schneiderin und so weiter. Anscheinend gab es in seinem Lager auch einen zensierten Entwurf: einen Gedenkstein für den Apotheker, überragt von einem Einlauf aus Alabaster.

Es war das erste Mal, dass Säule etwas so Großes meißelte, aber niemand zweifelte daran, dass er seinem Namen alle Ehre machen würde.

Nachdem das Komitee, bestehend aus mir, Archivio, dem Bankdirektor Valstretti und der uralten Schwester Priscilla, eine Einigung erzielt hatte, nahm die Idee Form an.

Das Denkmal wurde eingeweiht.

Es stellte Inclinatus dar, mit seinem schönen, jungen Gesicht, der Arm in Arm mit einem Partisan Richtung Tal lächelte und die Faust zum Himmel reckte, in der er eine Handgranate hielt.

Der Partisan, die Flinte umgehängt, betrachtete ebenfalls mannhaft und vertrauensvoll die darunterliegenden Täler, dem Morgenrot entgegen.

Die Inschrift lautete:

Dem Kameraden Inclinatus,
Held des Volkes in den ruhmreichen Tagen der
Resistenza.

Doch bei den Wahlen gewannen die Christdemokraten, und sofort wurde das Denkmal modifiziert.

Inclinatus trug keine Handgranate mehr, sondern einen Pingpongschläger.

An seiner Seite hatte Säule mit leidender Meisterhand den Partisan in einen Priester transformiert, der das Tal segnete.

Und die Inschrift war wie folgt verändert worden:

Dem jungen Inclinatus, glänzendes Beispiel des Mutes,
der Heiligkeit und der Güte in den Tagen des Krieges.

Die Kommunisten protestierten. Sie sagten, mit dieser Kelle sehe Inclinatus aus wie ein Verkehrspolizist. Mehr noch, weil eine gewisse Ähnlichkeit zwischen dem Priester der Statue und Don Appel bestand, sei die Nähe zweideutig und schädigend für das Gedächtnis des Jungen. Das Denkmal wurde mit provokativen Sprüchen versehen.

Wenige Monate später wurde der Ausgang des Seligsprechungsprozesses bekanntgegeben. Vom Vatikan erreichte uns eine entschiedene Absage. Nicht nur war Inclinatus ein kommunistischer Sympathien verdächtiger Bombenleger, sondern die heiligsprechende Kommission würde nie einen Verrückten zum Heiligen machen, den so viele Legenden umgeben. Ein Psychopath, der mit dem Teufel Pingpong spielte, mit den Schweinen sprach und zudem noch notorisch Sankt Agapitus und Onan ergeben war.

Die Schlappe war groß, und erneut schritt man zur Wahl. Es wurde ein sozialistischer Bürgermeister gewählt, und das Denkmal wurde wieder umgebaut.
Säule, alt und fast blind, sagte, dass man nicht zu viel eingreifen könne, denn der Marmor war ruiniert, die verschiedenen Meißelungen hatten ihn mit Rissen, Splittern und Beulen übersät. Aber er versuchte es.
Inclinatus hielt nun ein unförmiges Objekt in der Hand, das einen großen Trüffel darstellen konnte. An seiner Seite erhob sich eine beunruhigende Kreatur, ein marmorner Stumpf, auf dem sich ein angeschwollenes Gesicht abzeichnete, wie durch ein schiefgegangenes Lifting. Es war das Gesicht des Partisanen-Priesters, transformiert in einen Jäger, mit einer Hasenjagdtasche auf den Schultern.
Und darunter die Inschrift:

Inclinatus, dem Helden und Symbol der lokalen
Spezialitäten
seit den Tagen der Resistenza.

Erneut gab es Wahlen, gewonnen von einem sehr rechtslastigen Bürgermeister, der alles neu machen wollte.
Er rief einen Bildhauer aus der Stadt, mit einer Marmorkreissäge. Nach langer Arbeit unter Staub und Kreischen war das Resultat erschütternd. Inclinatus grüßte mit offener Hand, und an seiner Seite war ein gigantischer deutscher Soldat zutage gekommen, der über dem Kopf einen Grabstein von einer Tonne trug.

Die Inschrift lautete jetzt:

Für Inclinatus, nun da Deutschland und Italien
Lügen und Rhetorik der Resistenza
begraben haben.

Neue Wahl: Zum Bürgermeister wurde ein frisch aus dem Gefängnis entlassener Unternehmer gewählt. Und natürlich erfuhr das Denkmal eine erneute Umgestaltung.

Inclinatus, mittlerweile nicht wiederzuerkennen, hielt in der Hand einen Fußball und war aufgestützt auf, oder besser: einverleibt von einem Felsblock. In diesem, wie in den Felsen von Mount Rushmore, war nicht das Gesicht eines amerikanischen Präsidenten, sondern das Profil des megalomanen Leaders, der die Wahl gewonnen hatte, zu sehen.

Und die Inschrift lautete:

Für Inclinatus, ein echter Azzurro.

Schließlich, siehe da, die letzte Veränderung mit der jüngsten Wahl des Drei-Parteien-Mehrzweckzentristen Velluti. Inclinatus sah einsam ins Tal, die Hände in den Hosentaschen. Der monströse Fels war in einen Springbrunnen transformiert worden, der diverse Wasserstrahlen in alle Richtungen pinkelte, Nord Süd Ost West und vor allem rechts und links.

Und die Inschrift:

Für Inclinatus, der uns alle repräsentiert,
im friedlichen Gedenken an die vergangene
Geschichte.

Das war die letzte erlittene Variante, das Aussehen des Denkmals, wie es gerade von Dicks Bagger zerstört worden war.

Doch nicht die ganze Geschichte war ausgelöscht worden. Auf dem Fundament blieb ein Stück Gedenkstein und die Inschrift:

Inclinatus.

Und jemand schrieb dazu:

Danke.

Und gut is.

Geschichte und Metamorphose der Bar

Inzwischen dämmerte es. Auf der Piazza waren sie nur noch zu wenigen. Melone sah zu den Sternen und bereitete sich darauf vor, Gott Vorwürfe zu machen. Er pflanzte sich mit verschränkten Armen auf, schüttelte den Riesenkopf und sagte mit Blick zum Himmel:

»Du brauchst nicht so tun, als wäre nichts, ich bin hier.«

Ein kalter Wind erhob sich. Merlot heulte den Mond an. Trincone trank seinen Lieblingswein auf seinem Lieblingsliegestuhl. Dusella studierte eine Pferderennenzeitung. Archivio war auf dem Rollstuhl eingeschlafen und schnarchte wie ein Tapir. Gina Popup umwarb Igelo ohne Erfolg, da es umliegend gerade keine Reparaturen zu erledigen gab.

Der Opa Seher hörte den Grillen zu. Alice näherte sich ihm.

»Sie singen gut, nicht wahr?«, sagte sie.

»Ja«, seufzte der Opa, »aber heute Abend fehlt meine Lieblingsgrille. Er heißt Grillo Tartino. Er ist wirklich besonders, es ist, als spiele er eine Stradivari.«

»Eigentlich«, sagte Alice mit Ernsthaftigkeit, »haben die Grillen keine Geige, sondern ein dazu bestimmtes Stridulationsorgan in den Deckflügeln.«

»Sei nicht zu wissenschaftlich. Ich sage dir, dass Tartino ein ausgezeichneter Violinist ist. Er ist der Einzige, der das zweisaitige Tremolo spielen kann. Seine bekannteste Komposition ist *Die Amseltrillersonate*. Eines Nachts träumte er von einer teuflischen schwarzen Amsel, die eine Melodie pfiff und ihn fressen wollte, und am Morgen komponierte er das Stück.«

»Ach was!«, lachte Alice.

»Und ich habe andere legendäre zirpende Grillen kennengelernt: zum Beispiel Acheta Pinhead, ein Heimchen,
die Disney zu der Grille aus *Pinocchio* inspirierte. Oder Ni-
colò Saltamartini, großer Liebhaber von Grillenweibchen,
der nie eine Zugabe gab.«

»Weil er schüchtern war?«

»Nein, er war vorsichtig. Wenn du eine Zugabe gibst, entdecken dich die Vögel und fressen dich.«

»Ich glaube, du erzählst einen Haufen Märchen, wie diese Geschichten über die Rothäute«, sagte Alice, »aber deine
Lügen gefallen mir. Und dann stimmt es ja, Opa Seher, dass
du ein außergewöhnliches Gehör hast.«

»Und ich habe auch einen großartigen Geruchssinn. Du
hast vor Kurzem eine Walderdbeere gegessen.«

»Genau.«

»Und ich sehe und bemerke alles. Die Erdbeere hat dir
Zwille geschenkt, er hat immer noch rote Finger vom Saft ...«

»Genau«, sagte Alice errötend.

»Ah, die Liebe, die Liebe«, seufzte der Opa Seher.

»Opa Seher, wie hast du es denn geschafft, so zu werden?«, fragte Alice.

»Keine Superheldenkräfte. Es reicht, wenn man jede Nacht
zum Brunnen geht, um Wasser zu holen«, antwortete der Opa
kurzangebunden. »Doch das ist eine Geschichte, die ich dir ein
andermal erzähle. Jetzt geh zu deinen Altersgenossen.«

Auf dem Mäuerchen rauchte die Jugend autochthones Mari-
huana, trank Bier und spielte Gitarre. Bum Bum sang:

> Wir sind das Brot und das Wasser
> dieses verdorbenen Banketts.

Belinda bewegte zu Giangos Verwirrung die langen Wimpern und fragte:

»Sicher, das Denkmal hat eine große Geschichte, aber die Bar? Warum ist sie diesen alten Knackern da so wichtig?«

»Warum ist ein Buch wichtig?«, fragte Alice.

»Warum ist eine Eiche wichtig?«, fragte Zwille.

»Warum hören wir immer noch die Solos von Keith Drakulka von den Jesus Christ Vampires' Hunters oder das Solo aus *Voodoo Chile* von Jimi Hendrix, gespielt auf einer Fender aus Palisanderholz von 1789?«, fragte Bum Bum Delirium.

»Sicher, dass es von 1789 war?«

»Verfickt, mehr oder weniger«, sagte Bum Bum.

»*Maledetta primavera* ist aber auch nicht veraltet«, sagte Kathy Aspirina.

»Aber, wie Bob Dylan sagt«, sagte Blacksmoke, »die Zeiten they are a-changin'.«

»Was ist die Zeit, und wie verändert sie die Dinge?«, fragte Belinda mit einem nachdenklichen Gähnen.

»Eä eu, ee«, sagte Merlot.

»Erzähl es uns, Seher«, übersetzte Zwille.

Der Opa Seher ließ die Grillen sein und setzte sich mitten unter sie. Der Geruch seiner Toscano vermischte sich mit dem exotischen Qualm. Merlot schnüffelte verzückt.

»Ihr wollt wissen, wie sich dieser Ort verändert hat? Nun, fangen wir an, die Dinge aufzuklären, Kinders: Die Bar Sport ist weder bloß Ort oberflächlicher Plaudereien, wie es ein Stereotyp will, noch ist sie einfach irgendein Raum, um sich ein paar Gläschen und Spuntini zu genehmigen. Sie ist Treffpunkt von Heiterkeit und Miteinanderteilen, Theater für Erzählungen und Ironie. Ich glaube, dass die Bars meiner Jugend so gut wie ausgestorben sind, wie die Wale und die Schreibmaschinen. Einige überleben in den Randgebieten der Stadt und in den Dörfern. Nur die Soziobarologen wissen, wo man sie findet, und behalten das Geheimnis eifersüchtig für sich. Doch das Ökosystem der Bar hat sich verändert, ich gebe euch einige Beispiele:

Der Name

Einst stand auf dem Schild der Bar einfach ›Bar‹ und basta. Man konnte höchstens noch den Namen des Eigentümers hinzufügen, ›Bar Gino‹, oder des Sponsors, ›Bar Moka‹, oder des Fußballglaubens, ›Bar Rossoblù‹, oder eine logistische Notiz, ›Bar Mercato‹. Eine Präposition wie ›da‹ oder ›al‹ war schon eine Neonverschwendung und ein beunruhigendes Zeichen grammatikalischer Weichheit: ›Bar da Gino‹, ›Bar al Porto‹, ›Bar dello Sport‹.

Heute muss eine Bar, um überhaupt in Betracht gezogen zu werden, ein Schild haben, das mehrfache und mehrsprachige Definitionen enthält.

Genauer gesagt: ›Cafeteria Panineria Wine-Bar Enoteca Degustazione Snack Internet Point‹.

Oder: ›Lounge Bar Pasticceria Pub Bistrot Long Drink Happy Hour‹.

Ihr könnt also sagen: »Mein Mann geht jeden Abend in die Lounge, kommt voller Drinks nach Hause, kotzt mir die Snacks auf den Teppichboden, schläft ein, no sex, und ich vögele mit dem boy der Takeaway-Pizza.«

Gebäck

Jeder kann die Zuckeranämie bemerken, die das Gewicht von Gebäck und Brioche halbiert und miniaturisiert hat. Teigwaren wie die Luisona existieren kaum mehr oder werden als Panettone verkauft. Einst brauchte man, um zwölf Backwaren nach Hause zu bringen, ein wohlgeformtes Papptablett, das man an den kleinen Finger hängte. Jetzt passen zwölf Beignets auf eine Visitenkarte.

Geräusche

Der Lärm der Bar Sport war eine unverwechselbare menschliche Brandung, ein Aufkochen von Mägen und Kutteln, ein
Geklimper von Gläsern und Tässchen. Man konnte kraft-
volle Rülpser ausmachen, Schleimaushuster mit oder ohne
Austritt und Flüche, die noch nicht vom Fernseher in Zeitlu-
pe gebracht wurden. Es gab das rhythmische Aufschlagen
der Spielkarten auf den Tisch, das Getöse der Flipper, das
Rollen des Tischkickers, das Stoßen der Billardkugeln, das
Gezische der Espressomaschine.
Jetzt kommt der ganze Lärm von einem großen Fernsehbild-
schirm in der Mitte, der Videoclips, Nachrichtensendun-
gen und rauflustige Debatten in voller Lautstärke abfeuert.
Wenn also zwei in der Bar streiten wollen, müssen sie es
halblaut tun oder Zettelchen austauschen.

Fußball und Gespräche

Ein großes Lockmittel der Bar Sport war die große Totocalcio-
Tabelle, auf der der Mosaikleger-Barmann die Plastikbuchstaben mit den Ergebnissen der Meisterschaft als Intarsien
einlegte. Unter diesem Gedenkstein des Schicksals rastete
man in fieberhafter Konsultation und kontrollierte die To-
tozettel. Da sich die Plastikbuchstaben immer ablösten und
leicht verlorengingen, waren die Ergebnisse in einer krypti-
schen und verstümmelten Sprache.
    Zum Beispiel: Jueus-Itr 1-0 oder Mln-Fiorna 1-1.
    Man musste es entziffern oder Erklärungen verlangen.
Jetzt kommen alle in die Bar und kennen die Ergebnisse und
Tabellenplätze schon und haben die Tore schon auf ihrem
Handy aufgezeichnet. Angestiegen (in der Masse, nicht in
der Klasse) ist auch die Kompetenz. Einem Experten der
sechziger Jahre reichte es, die Aufstellungen der Serie A

auswendig zu wissen. Im neuen Jahrtausend muss ein Fachmann von durchschnittlicher Kompetenz Namen und Maße der Verlobten der berühmten Fußballer kennen und die Aufstellungen von Mali und Estland. Heute wie damals weiß er weder, wo Mali noch wo Estland liegt.

Drinnen und Draußen

Einst saß man außerhalb der Bar am Tisch und, wenn es regnete, an die Wand gelehnt mit einem Schirm. Jetzt gibt es die Pavillons, enorme gläserne Gewächshäuser, in denen man im Sommer sauniert und im Winter unter der glühenden Hitze der Heizpilze röstet. Durch die Fenster der Pavillons kann man, wenige Zentimeter entfernt, die fahlen Gesichter der im Stau stehenden Autofahrer sehen. Die Pilze braten euch die Hälfte des Körpers an, und niemand lässt sich dazu herab, euch zu wenden, wie man es mit Braten macht. Oft kommt ein LKW-Fahrer in den Pavillon, manchmal, um etwas zu trinken, manchmal, weil seine Bremsen kaputtgegangen sind.

Das Wasser

Wenn in der alten Bar Sport jemand ein Glas Leitungswasser verlangte, forderte der Barmann ihn auf: »Zeigen Sie mir erst einmal die zu schluckende Tablette.«

Denn in jener Bar wurde nur Wein serviert, außer es gab schwerwiegende medizinische Gründe. Auch das Nasenbluten der Kinder wurde mit Sangiovese gesäubert.

Das sind scherzhafte Beispiele. Den Rest werde ich euch mit einer anderen Erzählung erklären. Die Begebenheit ist vor circa sechzig Jahren passiert, aber es scheinen Jahrhunderte. Und ausnahmsweise ist alles wahr.«

Die Geschichte von Grandocca

Vor vielen Jahren gab es einen wilden und schönen Wald, der ›Wald der Fröhrlinge‹ genannt wurde. Die Pilze waren so zufrieden, an diesem Ort zu leben, dass sie fröhlich sangen und eben Fröhrlinge genannt wurden, fröhliche Röhrlinge. In diesem grünen Paradies lebte ein Holzfäller mit dem Spitznamen Grandocca. Grandocca oder Granduca ist der Name des Uhus, der Königseule, im Dialekt. Und jener Mann ähnelte ihm wirklich. Groß und kropfig, mit den hässlichen gelben Augen eines Verrückten und zwei Büscheln zu Berge stehender Haare auf dem Kopf. Außerdem trug er immer einen aschfarbenen Kittel genau wie die Federn des Uhus.

Er lebte in einer Baracke zwischen den Bäumen, wo er geboren war, an jenem einsamen Ort. Er war der Einzige, der von einer Familie mit einer schlimmen Geschichte aus Inzest und Gewalt übriggeblieben war.

Doch er selbst war nicht gewalttätig, er war gut und mild, auch wenn seine Hände wie Schaufeln aussahen.

Er schlug Holz und wusste dabei genau, welche Bäume zu fällen, welche zu stutzen waren, er sammelte trockenes Holz und machte die sogenannten *fornasotti*, mit Hilfe der Füße zusammengebundene Astbündel für den Ofen, und Reisig und Zapfen, dann lud er alles auf einen Karren. Ein Maultier hätte Mühe gehabt, dieses Gewicht die Steigung hinunterzuziehen und die Straße entlangzuschieben, er aber schaffte es und kam bis ins Dorf.

Er tauschte Holz gegen Wein, Pasta, Öl, Streichhölzer und Kerzen. Er wusste wirklich nicht, was Geld ist. Er war

Analphabet und sprach fast nicht, aber er grüßte mit einem zahnlosen Lächeln, und es gefiel ihm, allen die Hand zu schütteln. Mit seinen enormen Pranken brachte er dir jedes Mal die Knöchelchen zum Knacken, aber man sagte, dass dieser Händedruck Glück bringe, es war, als gebe man dem Wald die Hand. Also litten wir, aber wir rannten, um uns zermalmen zu lassen.

Selbstverständlich gab es im Dorf auch welche, die schlecht von der Waldeule redeten. Manch einer sagte, dass er ein gefährlicher Typ sei. Wehe, Kinder, wenn man in die Nähe der Baracke von Grandocca kommt! Man erzählte, dass er Nattern esse und sich mit den Tieren paare. Aber wie's der Zufall will, kamen die schlimmsten Gerüchte von Rolando, dem Holzgroßhändler.

Jetzt mag es euch seltsam erscheinen, oh meine hellen Köpfchen, aber vor nur sechzig Jahren hatten wir keine Elektrizität.

Als sie zu uns kam, war das ein großes Ereignis. Das Dorf erleuchtete eines Abends von hundert Glühlämpchen, und es wurde gefeiert. Das Dunkel der Piazza wurde von den Straßenlaternen besiegt, die Insekten drehten durch. Die Petroleumlampen wurden Dekogegenstände, und die Kerzen verstaubten in den Schubladen.

Doch rundherum blieb das große Dunkel der Wälder, und unser Dorf glich einer Handvoll Sterne in einem schwarzen Meer.

Der Fortschritt jedoch schritt voran, in Form einer Prozession von Giganten, den Gittermasten, die die Berge hoch- und runterliefen.

Es begab sich, dass Claustromo Goldhand, der Papa von Igelo, zu denjenigen gehörte, die an der Erweiterung des Stromnetzes arbeiteten.

Eines Tages war er gerade dabei, die Leitungen zu montieren, wofür er auf einen Gittermast mitten im Wald geklettert war, als er von oben die Baracke von Grandocca sah. Es war eine elende Hütte, die weder auf den Karten des Katasteramtes noch auf den Karten der Elektrizitätsgesellschaft Grande Ente Elettrico verzeichnet war. Claustromo dachte, dass es nicht gerecht war, wenn alle Licht hätten und Grandocca nichts. So zog er ein Verlängerungskabel mitten in den Wald und brachte eine Leitung bis zu der Baracke.

Als Grandocca zurückkam, sagte Claustromo ihm: »Ich habe dir das Licht gebracht.«

»Und wo ist es?«

Claustromo zeigte ihm eine Glühbirne an der Decke der Baracke und einen behelfsmäßigen Schalter. Er lehrte ihn, wie man es benutzte, und es ward Licht.

Grandocca sperrte die Augen auf und nahm die Glühbirne in die Hand.

»Vorsichtig«, sagte Claustromo, »die ist heiß!«

Doch Grandocca hatte so schwielige Hände, dass er sie eine halbe Minute festhielt, bevor er »Aua« sagte.

Claustromo kehrte ins Dorf zurück und dachte, dass es vielleicht nicht gut gewesen war, Grandocca die Modernität zu bringen. Er hatte eine Erzählung gelesen, in der ein Mann kein elektrisches Licht wollte, um nicht die Ärmlichkeit des Hauses zu sehen, in dem er lebte.

Doch Grandocca mochte die Neuigkeit sehr gerne, das Licht gefiel ihm. Er schaltete es jede Nacht an und amüsierte sich dabei, den Faltern und Insekten zuzusehen, die darum herumtanzten.

Obwohl er im Dunkeln sehen konnte, nahm er manchmal Leitung und Lämpchen mit sich, um in die Tierbauten zu schauen und seine Uhu- und Schleiereulenkollegen zu überraschen.

Doch das war es nicht, was Grandoccas einsames Leben veränderte.

Zwei Tage später kam Claustromo zurück, um Holz zu holen, und brachte ihm im Tausch ein geheimnisvolles Kästchen. Das Kästchen hatte einen dünnen Schwanz. Er schloss es an, das Kästchen fing an zu leuchten, und eine Stimme kam daraus hervor.

Es war ein Radio.

Grandocca blieb der Mund offen stehen. Dann begann er, um das Kästchen herumzugehen und es zu untersuchen, als wollte er herausfinden, wer darinnen steckt. Irgendwann nahm er eine kleine Sichel und war kurz davor, es entzweizuschlagen, als die Stimme verstummte und Musik erklang.

Da setzte sich Grandocca ganz gerührt hin. Ihm bebte der Kropf, und die Augen glänzten. So etwas hatte er noch nie gehört, schöner als der Wind zwischen den Bäumen des Waldes.

Es war eine Frauenstimme, die eine Opernarie sang.

»Gefällt es dir?«, fragte Claustromo.

»Still, stör sie nicht«, flüsterte Grandocca.

Von da an hörte, wer auch immer in der Nähe des Waldes der Fröhrlinge vorbeikam, nachts eine leise und entfernte Musik. Es war Grandoccas kleines Radio. Er ließ es die ganze Nacht laufen.

Und seinen Kopf erreichten Träume und Landschaften, die er noch nie zuvor gesehen hatte. Und er gab den singenden Frauen- und Männerstimmen Gesichter. All diese wunderbare Musik nur für ihn, die nur er als Einziger auf der Welt hören konnte. Es war das erste Geschenk, das er je in seinem Leben bekommen hatte, und er fühlte sich so glücklich, dass er manchmal nicht schlief und das Radio auch tagsüber laufen ließ, wenn er arbeitete, und zwischen einem Axthieb und dem nächsten hörte er die Stimme und sagte:

»Singe, denn gleich komme ich zurück.«

Es kam der Winter. Der Wald bedeckte sich mit Schnee. Grandocca lief immer noch zweimal pro Woche mit seinem Karren ins Dorf. Doch jetzt war er nicht mehr still. Er sang. Falsch und plump, aber er stimmte die Arien an, die er gehört hatte.

Casta diva
Casta diva che inargenti.

Er wusste nicht, was ›keusche Diva, die du versilberst‹ heißen sollte, aber er sang aus vollem Halse. Jemand sagte, er
sei eine Euligall geworden: eine Eulen-Nachtigall.

Zu Beginn des Winters bekamen wir jedoch die Nachricht,
dass der Wald verkauft worden war. Sofort schickte der Eigentümer Fachmänner, die kontrollieren sollten, wie viele
holzliefernde Bäume es gab, wie viele man fällen und ob
man bauen konnte, und vor allem, ob eine Straße hindurch-
führen könne. Und die Fachleute entdeckten, dass von einem Mast eine lange Leitung abging, die nicht vorgesehen
war, sie folgten ihr und sahen, dass sie bis zu der hässlichen
Baracke führte.
Sie kappten die Leitung und verzeichneten, dass man die
Baracke einreißen müsse.

So kam es, dass, als Grandocca zurückkehrte, das Licht nicht
funktionierte und das Radio stumm war. Da entfachte er ein
Feuer und nahm das Radio zu sich, um es zu wärmen. Vielleicht hat es sich bei diesem Schnee erkältet, dachte er. Dann
öffnete er es und sah all jene Röhrchen, er säuberte und polierte sie, eines nach dem anderen. Er sang, als wollte er es
ihm wieder beibringen. Doch das kleine Radio war tot. Und
er hörte zum ersten Mal die Stille des Waldes und spürte
das Dunkel und die Einsamkeit.

Er stieg ins Dorf hinab und bat Claustromo, zu ihm zu kommen, er brauche ihn, weil es dem Radio schlechtgehe. Claustromo ging hin und sah, dass die Leitung nicht mehr da war,
und er musste ihm erklären, dass nichts zu machen war.
»Sieh mal, Grandocca«, sagte Claustromo, »dein Freund
das Radio funktioniert nicht mehr, es lebte, weil es Energie

von dem Gittermast bekam, von jenem großen Kiefernholz-pfahl, der da gepflanzt wurde.«

»Es frisst dieses Zeug da?«, fragte Grandocca. »Wie die Bäume das Wasser?«

»Genau«, sagte Claustromo, »das kleine Radio verzehrt Strom, es ernährt sich von dieser Energie. Und ich kann sie dir nicht bringen, man muss sie bezahlen. Hast du das verstanden?«

»Kann ich sie nicht gegen irgendetwas eintauschen?«, fragte Grandocca.

»Nein«, seufzte Claustromo, »aber jetzt haben im Dorf alle Strom. Also, wenn du zu uns ziehst, kannst du deinem kleinen Radio zuhören, solange du willst. Vielleicht findest du eine Arbeit, wer weiß …«

Doch nicht einmal Claustromo war von dem überzeugt, was er sagte.

Und Grandocca stützte den Kopf in die Hände.

Es war kurz vor Weihnachten, als beim Bürgermeister die Anordnung ankam, die Baracke von Grandocca niederzurei-ßen und ihn wegzuschicken. Seine Arbeit als Holzfäller sei illegal, und der Eigentümer des Grundstücks wolle niemanden im Wald.

Der Bürgermeister versuchte sich zu widersetzen: »Wo sollen wir denn hin mit diesem alten Uhu?« Der Eigentümer jedoch ließ nicht mit sich reden, und das Gesetz war auf seiner Seite.

Man musste Grandocca aus seinem Wald vertreiben.

Claustromo und Gandolino Senior sagten: »Wir gehen zu ihm, schickt keine Polizisten, der ist imstande, sie mit Axt-hieben zu empfangen. Er ist gutmütig, aber wenn du einem Tier den Bau wegnimmst …«

Sie liefen lange durch den Schnee bis zu der Baracke.
Die Baracke war leer.

143

Sie suchten Grandocca überall, dann sahen sie Spuren im Schnee und folgten ihnen.

Der Holzfäller lag tot am Fuß des Gittermastes, eingefroren. Am Körper hatte er Verbrennungen von der Hochspannung.

Neben ihm das Radio.

Er hatte versucht, an die Spitze dieses seltsamen Baumes zu klettern.

Denn er musste dem Radio doch was zu essen geben.

Der Erzählwettstreit

Es war spät und etwas kühl.

Der Opa Seher ging mit alkoholischem Schwanken davon, gefolgt von den fragenden Blicken aller.

»Habt ihr verstanden, was der Alte sagen wollte? Ich nicht«, sagte Kathy Aspirina.

»Ich glaube«, sagte Alice, »er wollte uns zu verstehen geben, dass die Welt sich in wenigen Jahren eiliger verändert hat als in allen Jahrhunderten davor. Und er hat diese großen, blitzschnellen Veränderungen erlebt. Wir dagegen sehen nur ein Stück davon.«

»Wir sehen sich gar nichts mehr verändern«, sagte Belinda, »wir wechseln höchstens mit der Fernbedienung von einem Kanal zum anderen.«

»Opa Seher ist einer der Lebhaftesten des Dorfs«, seufzte Blacksmoke, »aber seht ihn euch an, wie heruntergekommen er ist.«

»Alkohol ist eine schlimme Sache«, sagte Belinda und leerte das vierte Bierchen.

»Traurig, traurig, Leute«, sagte Giango mit etwas gedehnter Stimme. »Diese Alten sind wirklich bescheuert. Sie tun nichts, als sich zu berauschen und zu erzählen. Seht sie euch an, da drüben, unsere Verwandten und Eltern, festgenagelt darauf, die Vergangenheit zu erinnern.«

»Aber eines Tages werden auch wir alt sein«, sagte Kathy Aspirina.

»Ja«, sagte Alice, »nur die Tiere sehen immer jünger aus.«

»Das stimmt nicht«, sagte Zito Zeppa kopfschüttelnd,

»schau genau hin: Merlot hat eine weiße Schnauze. Set Setter zieht die Hinterbeine nach. Und dieser Speckball, der auf dem Stuhl schläft, ist Blitz, der einst die Tauben im Flug nahm …«

»Nur die Liebe altert nicht«, sagte Zwille mit dünner Stimme.

Ein Vogelschwarm flog vorbei, und bei einigen entfernten Landhäusern fingen die Hunde an zu heulen.

Alice und Zwille sahen sich in die Augen, und Giango verstand, dass irgendetwas Wunderbares geschah und er davon ausgeschlossen war. Deshalb entfernte er sich und begann, Steine von der Aussichtsterrasse herunterzuwerfen.

Doch Alice rief:

»Komm her, Mensch, Dummkopf. Spiel nicht den Beleidigten.«

Giango kam mit finsterem Schmollmund zurück. Zwille fuhr fort:

»Jedenfalls werden auch wir alt werden. Nur die Gnomen können das vermeiden. Sie entscheiden selbst, wann und wie stark sie altern. Eines Tages stehen sie auf und sagen: Gut, von heute an werde ich sechzig Jahre alt sein, oder hundert.«

»Und können sie auch zurückgehen?«

»Wozu würde das nützen?«, fragte Alice.

»Ich hätte eine Idee«, sagte Giango. »Ich kehre in die sechziger Jahren zurück, nehme den Zug nach Liverpool, gehe zu Paul McCartney und sage ihm: Komm schon, mit diesem bebrillten Trottel John Lennon wirst du es nie weit bringen, mach deine Lieder mit mir.«

»Schön«, sagte Alice. »Paul, Ringo, George und Giango.«

»*Yesterday*, von Giango-McCartney«, grinste der Junge.

»Blödmann«, sagte Zwille, »ich rede ernsthaft, und du erzählst Scheißdreck.«

»Du bist eifersüchtig, weil ich Alice zum Lachen gebracht habe, was?«, sagte Giango um ihn herum tänzelnd. »Aber ich werde nicht hier in diesem Mumiendorf sterben.«

»Dann hau ab, statt dich zu beschweren.«

Giango richtete einen Finger und die Banane aus zementierten Haaren auf ihn.

»Du bist ein armer Teufel, ein Selbstmördersohn mit einem alkoholisierten Onkel, du arbeitest im Saustall und übertreibst es mit Stechäpfeln und halluzinogenen Pilzen, von wegen Gnomen.«

»Und du bist ein kleinlicher Ignorant, du klaust Geld aus der Kasse der Bar und spielst schlechter Gitarre als eine Kröte, von wegen Rockstar.«

Und die beiden traten einander entgegen wie zwei Kämpfer im Ring. Die Kirchenglocke schlug.

»Basta!«, sagte Alice. »Hört auf damit.«

»Sei still, Alice«, sagte Zwille. »Du bist ein Scheißzyniker, Giango.«

»Du bist ein vom Pech verfolgter Träumer«, antwortete der andere. »Du wirst hier sterben, an diesem verfluchten Ort, wo sich seit Jahren nichts ändert ...«

»Wer die beste und neuste und zeitgenössischste Geschichte erzählt, den küssen wir«, sagten die Aspirinen.

»Ich fange an«, sagte Zwille.

Tore entdeckt das Web

Mein Vater erzählte mir einmal die Geschichte des Hirten Tore. Er lebte auf diesem Gipfel da oben, der Krallenspitze, dem unwegsamsten Ort dieser Berge. Niemand bewohnte mehr jene Orte. Bis vor einigen Jahren waren die einzigen übriggebliebenen Hirten Montenegriner und Albaner gewesen, doch einer nach dem anderen waren sie zum Arbeiten ins Tal gegangen, um ihr Glück in den Fabriken und Talkshows zu suchen.

Nur Tore harrte aus. Er hatte einen alten Schafstall und dreißig Schafe, von denen er jedes Einzelne mit Namen kannte. Sie hießen Einschà, Zweischà, Dreischà, bis Siebzehnschà. Das achtzehnte hieß dann Aretha, weil es schwarz war. Und dann so weiter bis Dreißigschà. Der Ziegenbock hieß Goldhorn und der Hund Yo-Yo, denn niemand stürzte die Steilhänge hinab und kam wieder herauf wie er.

Es waren alles kräftige Schafe von besonderer Rasse. Sie konnten Essen finden, wo keine andere Kreatur überlebt hätte. Sie nagten an Flechten, schabten Moos ab, kauten stachelige Disteln und in Brand setzende Brennnesseln, und in Ermangelung von anderem knabberten sie kleine Granit- oder Sandstein-Torrone-Riegel. Sie sprangen von Fels zu Fels, deshalb wurden sie Ziegenschafe genannt. Ihre Wolle war sehr warm und ihre Milch hochwertig und nahrhaft.

Aber vor allem wurde aus dieser Milch der berühmte Käse Belzebrie gemacht, mit Abstand der stinkigste des Kosmos. Er wurde unter der Erde gelagert, in einem hundert Meter

tiefen Stollen, und dann mit zentnerweise Ziegenschafschei-
ße bedeckt. Hier gärte er monatelang mit Kollern, Aufwallen,
Ausstößen von schlechtriechendem Gas und Labgeysiren,
eine wahre Vulkanaktivität. Bis, so sagt die Legende, in einer
Vollmondnacht der Teufel persönlich mit den Belzebrie-Lai-
ben in der Hand aus der Höhle kam, sie hinauswarf und rief:

»Wollt ihr mir die Hölle verpesten?«

Legenden beiseite, wenn der Wind blies, füllte jener spe-
zielle und beunruhigende Käse den Himmel mit seinen Aus-
dünstungen, er ließ die Adler im Flug in Ohnmacht fallen
und die Steinböcke am Abhang zerschellen.

Doch zweimal pro Jahr kam ein gepanzerter Lastwagen,
der von zwei Männern mit Gasmasken gefahren wurde, um
die Laibe abzuholen, und brachte sie weg.

Manch einer sagt zum größten Restaurant von Paris,
manch anderer in eine Fabrik für chemische Waffen.

Das war die wilde Krallenspitze. Und hier bekam der Hirte
Tore eines Nachts Lust, für den Mond zu spielen. Er zog eine
grobe Flöte aus Platin hervor und intonierte ein einfaches,
volkstümliches Lied: *Density 21,5* von Edgard Varèse.

Als er das Stück gerade beendet hatte, fühlte er sich plötzlich traurig und begann zu weinen.

»Mäh?«, fragten alle Ziegenschafe auf einmal.

»Das könnt ihr nicht verstehen«, sagte Tore, »ich fühle
mich allein, sehr allein.«

»Määh?«, fragte Goldhorn, dem es allein, mit dreißig Zie-
genschafliebhaberinnen, ausgezeichnet ging.

»Ihr leistet euch unter Schafen Gesellschaft. Aber ich,
wen habe ich? Welche Frau würde schon bis hier hochkommen? Und selbst wenn sie käme, wie könnte sie sich
für mich interessieren? Ich stinke so nach Käse, dass es Ekel
erregt. Durch das ständige Zusammensein mit euch wirke
ich schon selbst wie ein Ziegenschaf.«

»Määh …«, gaben die Ziegenschafe zu.

Am selben Abend versammelte sich die Herde. Sie sagten: »Unser Herr leidet, wenn es so weitergeht, wird er vor Schmerz sterben, und wir werden alleine bleiben. Niemand wird uns scheren oder sich um uns kümmern. Im Gegenteil, wir werden geschlachtet werden. Es muss etwas getan werden!«

»Ich habe eine Idee«, sagte der Ziegenbock, »als ich ein junges Zicklein war und im Dorf lebte, habe ich von einem magischen Ding reden hören, das sich Internet nennt, mit dem niemand mehr einsam ist.«

»Aber wo findet man das? Hier bestimmt nicht.«

»Ich weiß, wie wir's machen«, sagte Aretha. »Ruft Yo-Yo.«

Genau auf dem höchsten Punkt der Krallenspitze befand sich eine gigantische Parabolantenne, die weltweit Rundfunk empfing und Rundfunk sendete. Bewacht wurde sie von Soldaten und Hunden. Nun, zwischen Yo-Yo und einem dieser Hunde, der wunderschönen Rottweilerin Loreley, gab es eine Liebesgeschichte.

Loreley konnte ihrem Freundchen nichts abschlagen. Man weiß nicht, wie sie es machten, ob sie das Telefon oder eine Geheulkette benutzten, aber eine Woche später erreichte eine Gruppe Techniker, geführt von einem Sherpa, die Krallenspitze und fragte Tore:

»Sind Sie das, der Websette verlangt hat, die Internetverbindung für die unwegsamste Bergkette?«

»Ich eigentlich nicht.«

»Also, wenn Sie wollen, montieren wir sie Ihnen für hundert Euro, wenn Sie hingegen ablehnen, müssen Sie ein Fax mit Einschreibenwertbrief an diese Adresse auf Kyrillisch schicken und tausendzweihundert Euro Strafe zahlen.«

»Hmmäh …«, sagte Tore.

Und nach wenigen Stunden hatte er einen Computer mit W-Lan-Sheepskype-Verbindung mit der ganzen Welt. Und ein Handbuch mit Instruktionen.

Um das ganze Zeug zu bezahlen, war seine Herde auf

zwölf Ziegenschafe geschrumpft. Aber so ist nunmal das Leben.

Würde er, Tore der Hirte, es lernen, dieses technologische Medium zu benutzen? Würde sein atavistisches Misstrauen gegen jede Neuerung das Gap überwinden?

Nach zehn Tagen hatte Tore schon alle Pornoseiten des Planeten besucht, inklusive www.nacktesschaf.com und www.schermichganz.org, er spielte Videospiele, sah die Fußballspiele der kurdischen Meisterschaft, die japanischen Fernsehnachrichten, und er verließ den Schafstall nicht mehr.

Doch es reichte ihm nicht. Er wollte dieses herrliche Medium auch nutzen, um der Einsamkeit zu entfliehen, und so entdeckte er das Chat Lovemebook. Mit Lovemebook konnte man seine Zwillingsseele in jedem Teil der Welt suchen. Es reichte, sich anzumelden und eine Anzeige mit Pseudonym aufzugeben. Tore dachte lange darüber nach, dann schrieb er:

Ich bin ein junger Züchter und habe eine Farm. Ich
möchte gerne mit einer jungen Frau korrespondieren,
die meine Leidenschaften teilt: die Natur, Tiere, Milchprodukte und das Leben im Freien.
Gezeichnet goldhorn@webmountain.ca

Er wartete einen Tag, zwei, drei, dass jemand antworten würde. Er war schon kurz davor, aufzugeben und den Computer in den Abgrund zu werfen, zusammen mit seinen letzten Träumen, als er auf dem Bildschirm eine Schrift auftauchen sah:

Du hast eine Nachricht.

Er öffnete sie. Und siehe da, die erste, schicksalsträchtige Mail:

Guinevere hat geschrieben:
Lieber Goldhorn. Mein Pseudonym ist Guinevere. Ich
bin sechsundzwanzig Jahre alt, lebe in der Provence auf
dem Land und bin aus adliger Familie, doch ich bin ein
einfaches Mädchen. Ich mag die Stadt und ihr Durcheinander nicht. Es gefällt mir, lange Stunden im Park
spazieren zu gehen und zu reiten, mich dann ans Ufer
des Sees zu setzen, die Seerosen zu betrachten und meine Lieblingsschriftsteller zu lesen. Ich male, sticke und
mache Limoncello. Ich habe außerdem auf Distanz zwei
Kinder aus Ruanda adoptiert. Ich liebe Latte macchiato.
Erzähl mir von dir und deinem Leben, ich bin neugierig
und diskret.

Tore dachte darüber nach, nicht zu antworten. Wie konnte
eine adlige Französin Zeit mit einem armen Hirtenknaben
vergeuden? Und diese seltsamen Wörter: Seerosen, Limoncello, Ruanda …
    Aber im Netz gab es alles, es reichte, Wikipedia zu kon-
sultieren, und zwei Tage später antwortete er:

Goldhorn hat geschrieben:
Liebe Guinevere. Wer werde ich für dich sein, Artus
oder Lancelot? Ich bin zweiunddreißig Jahre alt und
habe eine hochgelegene Pferdezucht. Es sind elf weiße
wunderbare Vollblüter und ein schwarzer. Ich melke
sie jeden Abend. Hier gibt es keine Seen, aber ich setze
mich ans Ufer des Abgrunds und schaue hinunter in
die Tiefe meiner Einsamkeit. Wenn du Seerosen magst,
nehme ich an, dass dein Lieblingsschriftsteller Monet
ist. Ich mache keinen Limoncello, sondern Belzebrie, ein
gealterter Whiskey mit sehr kräftigem Aroma. Auch ich
wollte zwei Kinder aus Ruanda adoptieren, davon gibt
es bei uns einen Haufen, aber am Ende habe ich be-

schlossen, einen Hund zu adoptieren. Er heißt Yo-Yo und ist ein Goatsheep Retriever.
Mit freundlichen Grüßen.

Und es kam die Antwort.

Guinevere hat geschrieben:
Oh du mein neuer Chat-Freund.
Du bist sympathisch und voller Humor. Es gefällt mir, wie du vorgibst, nicht zu wissen, dass Monet kein Schriftsteller war, und der Scherz mit dem Melken der Pferde ist ein bisschen gewagt, aber er hat mich zum Lachen gebracht.
Wenn du dich allein fühlst, bin auch ich es. Meine Eltern sind immer auf Kreuzfahrt oder beim Golf und auf Partys, und ich sehe sie nie. Gestern ist mein Pferd Philip Hannover auf einem Stein ausgerutscht, und ich fürchtete, dass er sich einen Lauf gebrochen hätte. Doch zum Glück genest er schnell. Oh, wenn ihm etwas zustoßen würde, stürbe ich daran. Das Leben ist so vulgär, so plebejisch. Und es ist so schwierig, eine edle Seele zu finden, die dir zuhört. Schreibe mir bald, oh du mein unbekannter Freund, beschreibe dich, sag mir alles von dir. Ich schicke dir ein Photo von Philip, und ich würde dir auch eine Flasche Limoncello schicken, vielleicht passt er gut zum Belzebrie. Aber unter den Chat-Regeln gibt es auch die, keine Adressen auszutauschen, au revoir.

Goldhorn hat geschrieben:
Liebe Guinevere, es gefällt mir, dass du mein Humus schätzt. Du wirst sehen, oft werde ich so tun, als ob ich grobe Fehler begehe, um darüber zu scherzen. Ich weiß sehr gut, dass Monet ein Maler war und dass er die Seerosen und die Mohnblumen gemalt hat sowie ein Bild, das sich das Fasten im Grünen nennt. Mein

Pseudonym kommt daher, dass ich dichtes, blondes Haar habe, weshalb ich als kleiner Junge Goldenes Horn genannt wurde. Meine Vollblüter heißen One Hannover, Two Hannover und so weiter. Ich denke, gegen Ende des Monats werde ich sie nach Epsom schicken. Gestern ist Aretha Hannover in eine Schlucht gestürzt, als sie versuchte ein Edelweiß zu fressen. Sie hat sich fast nichts getan. Oh ja, das Leben ist so vulgär, Synonym zu plebejisch. Auch hier haben wir viele Partus, manchmal sogar mit Zwillingen, die organisiert mein Freund De Bockus. Ich schicke dir ein Photo von meinem Haus, und ich würde dir auch den Belzebrie schicken, aber als ich das letzte Mal versucht habe, ihn zu verschicken, musste das Postoffice desinfiziert werden. Er hat einen sehr männlichen Geruch.

Auch ich weiß, dass wir uns unsere Adressen nicht schicken dürfen. Aber ich denke an dich, also bin ich.

Dein blonder Freund von den weißen Gipfeln.

Guinevere hat geschrieben:

Oh mein blonder Freund von den weißen Gipfeln. Was für ein schönes Haus du hast. Es sieht sehr ähnlich aus wie ein provenzalisches Haus, das ich in der letzten Ausgabe von »Maisons et Jardins« gesehen habe. Ich würde sogar sagen, dass es derselbe Architekt ist. Ich erwarte jede Mail von dir mit Ungeduld. Ich kann nicht leugnen, dass dein Schwung, deine reizenden calembours und deine Lebhaftigkeit mir das Herz erwärmen. Oh, halte mich nicht für zu kühn. Es gefällt mir zu träumen, dass du und ich zusammen nach Epsom gehen, um deine Pferde im Rennen zu sehen. Apropos, diese Pferderennen sind sehr exklusiv. Es müssen wirklich Champions sein! Es tut mir leid für Aretha Hannover. Küsse sie auf den Widerrist. Ich weiß, ich sollte das nicht, aber ich schicke dir ein Photo von mir. Es ist von Weitem, während ich reite.

Jetzt gehe ich, ich muss meine wöchentliche Yogalektion machen. Aber in meinen Träumen wird immer ein Platz für meinen blonden, geheimnisvollen Ritter sein.
Ciao, Guinevere.

Goldhorn hat geschrieben:
Wie schön du bist, sogar von Weitem. Und welch schönes Panorama, es kommt mir vor, als kenne ich es seit jeher. Ich habe dein Photo ausgedruckt und es im Schlafzimmer zu den Postern von Monet und Valentino Rossi gehängt. Es stimmt, ich liebe die calembours. Besonders die mit Ricotta gefüllten, aber du weißt, wir Reiter müssen auf unsere Linie achten. In Epsom haben sie die Anmeldung meiner Pferde abgelehnt. Sie sagen, das Problem sei, sie zu satteln, sie sind sehr wild, ein bisschen wie ich.
Ich habe Aretha auf den Widerrist geküsst, glaube ich zumindest. Sie hat mir einen Tritt gegeben. Auch sie ist wild. So wild wie meine Liebe, ja, ich muss es dir sagen, ich kann mich nicht mehr zurückhalten. Ich schicke dir ein Photo, das ich mit dem Scanner gemacht habe. Es ist meine rechte Hand. Stell dir vor, dass sie über deine Haare streichelt.
Jetzt gehe ich, meine monatliche Dusche wartet. Aber in meinen Träumen wird immer ein Platz für die blonde Reiterin mit Hintergrund sein. Küsschen.

Die unerwartete Antwort.

Guineafee, die Schöne aus der Romagna hat geschrieben:
Lieber Goldhorn, schön blöder Ziegenbock. Du hast die Adresse verwechselt und mir deine lächerliche Mail geschickt. Wem zum Teufel schreibst du da? Ich bin nicht schön von Weitem, komm her, und du wirst sehen, was für ein Ritt, von wegen Streicheln. Ich habe Körbchen-

größe E und mache alles, aber keine calembours, ich
traue den Schweinereien von euch Adligen nicht. Und
wehe dir, wenn du ihn mir in den Widerrist steckst. Du
magst zwar wild sein, aber du wirkst wie eine tote Gans.
Wenn du aber eine schöne Reiterin mit Hintergrund
willst, komm ruhig, um dich mit mir in Szene zu setzen, meine Adresse ist via Rubicone 134 Bagnacavallo,
klingeln bei Mimma, mit hundert Euro kommst du davon
und hörst auf, dir auf Französisch einen runterzuholen.
Das ist ein Panorama meines Arsches, das ich gemacht
habe, indem ich mich auf den Kopierer gesetzt habe. Do
it yourself.
Adieu, du Trampel.

Goldhorn hat geschrieben:
Oh Guinevere, Guinevere. Ich habe mich in der Adresse
geirrt, und mir hat eine sehr vulgäre Frau geantwortet.
Seit drei Tagen habe ich keine Nachricht von dir. Und
ich leide. Wie soll ich es verbergen, ich liebe dich. Und
in der nächsten Mail will ich dir die ganze Wahrheit
sagen. Das, was ich wirklich bin. Wo ich wirklich lebe.
Danach wirst du mich vielleicht nicht mehr wollen. Aber
lieber eine liebevolle Wahrheit als eine Fiktion ohne
Liebe. Ich schwöre dir, dass ich das nicht bei Wikipedia
gefunden habe.
Einen gebirgigen Kuss.

Guinevere hat geschrieben:
Oh Goldhorn, mein Goldhorn. Auch ich hatte keine
Nachricht mehr von dir, und in der Ermangelung habe
ich Klarheit über meine Gefühle erlangt. Drei Tage lang
habe ich das Kissen mit Tränen getränkt. Ja, es ist wahr,
nehmen wir die Masken ab. Auch ich bin nicht, wie ich
mich beschrieben habe.
Ich erwarte deine Wahrheit, dann schicke ich dir meine.

Einen Kuss auf deine goldenen Haare.

Goldhorn hat geschrieben:
Verehrte Guinevere. Meine Habe, sie ist nur geringe,
was ich dir biete und was ich dir weihe: ein Herz voller
Treue.
Ich bin ein Hirte, und ich lebe auf dem Krallenberg, ich
habe keine Pferde, sondern Schafe, besser gesagt Ziegenschafe. Ich weiß weder, wer Monet war, noch, wer
Aurevoir war. Mein Name ist Tore, und ich bin hässlich
und behaart: und nicht einmal blond, sondern schwarz
wie die Wolle schwarzer Schafe. Ich stinke nach Käse,
dass es Ekel erregt. Und jetzt sag mir, dass du mich nicht
mehr willst. Ich werde mich mit deinem Namen auf
den Lippen umbringen. Denn ich wiederhole es dir, es
scheint mir, als kenne ich dich seit jeher.
Adieu, mon impossible love.

Guinevere hat geschrieben:
Lieber Tore, sicher kennen wir uns seit jeher. Du bist der
übliche Dummkopf, aber du verdienst so viel Liebe. Und
ich habe dich lieb, auch wenn du hässlich bist und dunkel und kraushaarig und nach Käse stinkst. Mehr noch,
für mich muss ein wahrer Mann genauso sein.
Es ist seltsam, dieses Zusammentreffen im Chat, ich
frequentiere ihn seit Jahren, aber ich wusste nicht, dass
du das auch tust. Endlich hast du dich an mich erinnert.
Komm, schreib mir weiter. Aber vor allem komm mich
mal besuchen. Dein Bruder Gino (Künstlername Guinevere), der immer noch Arbeiter in Marseille ist und
nachts als Liza Minnelli geschminkt in der Blue Bar singt.
Au revoir mon semblable, mon frère.

Giangos Erzählung

Giango zündete sich eine Zigarette an und sagte, während er einen Rauchring blies:

»Das ist eine schöne Geschichte, aber es geht noch besser.«

»Dann probier's«, sagten die Jugendlichen, die Grillen und die Sterne.

»Okay. Also. Es war einmal ein Ort, wo nie jemand Neues hinkam. Bis an einem Regentag …«

Die süße Verlockung

Es war ein regnerischer Morgen. Die Traufen trieften. Die Pfützen prosperierten. Der Wald prasselte vor Tropfen. Die Bagger hatten noch nicht wieder angefangen zu arbeiten.

In der Stille hörte der Opa das Geräusch eines Wagens. Doch nicht das übliche Hochschleppen der Kolben. Dies war ein Schleifenmotor.

Ein Luxusschlitten mit abgedunkelten Scheiben fuhr auf der Landstraße. Er durchpflügte die Risse und Rinnsale im alten Asphalt, wobei er Spritzer schlammigen Wassers aufwirbelte. Als er am Schild nach ›Montelfo‹ angekommen war, glitt er wie eine Schlange die Serpentinen hoch und fuhr dann die Allee entlang, die zur Piazzola der Bar führte.

Er hielt mit einem gefederten Seufzer an. Der Regen fiel weiter. In der Bar waren Giango, Trincone der Wirt und Archivio, der am Vorabend dort eingeschlafen war, zu müde, um nach Hause zu gehen. Und natürlich der Opa Seher.

Ein blaugekleideter Mann stieg aus und öffnete die Wagentür, einen Regenschirm in der Hand.

Und SIE kam heraus.

Eine blonde Frau mit schwarzer Brille und einem feuerroten Mund. Ein Kleid aus Levkojenvelours umhüllte sie.

Giango zufolge umwickelte es sie wie ein Lederanzug im Rockerstyle.

Dem Opa zufolge wie die Hayworth in *Gilda*.

Trincone zufolge wie das Zellophan einer Knackwurst.

Die Frau stieg aus und kam mit wiegenden Hüften in unsere Richtung. Ihre Absätze bestanden die Straßenpflasterprüfung. Sie konnte dir übers Herz laufen, die Kleine.

»Aua, aua«, sagte der Opa.

»Wow«, sagte Giango.

»Heiliger Gott in der Flasche!«, sagte Trincone.

»Was gibt's?«, fragte Archivio und öffnete ein Auge.

Und was gab es?

Augen wilder Geliebter und Haut unreifer Äpfel war sie
Schritt des Panthers in einer Brandnacht war sie
Weintraube die in den Mund rollt war sie
Schluck Wein am wärmsten Morgen war sie

Und ihr Haar wie Weizen machte die Ebene zu Gold
Ihr Hintern weichem Moos und reifen Wassermelonen hold
Und sag mir sag mir ihr Name lautete wie?
Zeilene Mädchen vom Land war sie
Auf dem Karriereweg strahlend wie nie.

Sie trat ein, setzte sich in die Mitte der Bar und schlug ihre Beine übereinander.

Sie bestellte einen Kelch Frizzantino und trank einen Schluck davon.

Sie steckte sich einen dünnen, bernsteinfarbenen Zigarillo zwischen die Lippen.

»Entschuldigen Sie, Signora, hier wird nicht geraucht«, sagte Trincone mit dünner Stimme.

»Oh, aber ich nehme ihn nur in den Mund, ich entzünde ihn nicht. Wir sprechen von Zigarillos, versteht sich. Jeder hat sein kleines Laster. Welches habt ihr?«

»Ich nehme tierisch viele Drogen«, prahlte Giango.

»Ich erzähle viel Unsinn«, gab der Opa Seher zu.

»Bei Tisch trinke ich«, sagte Trincone.

»Ich sterbe noch nicht«, sagte Archivio.

»Ihr Spitzbuben, es kommt mir so vor, als sagt ihr mir nicht die Wahrheit«, sagte die Frau, wobei sie mit bezauberndem lackiertem Finger auf sie zeigte.

Inzwischen hatten sich einige Leute versammelt. Es hatte sich die Rede verbreitet, dass eine Kreatur von ungewohnter Schönheit zur Bar gekommen war. Die Aspirinen-Schwestern sagten, sie hätten in ihr eine Diva der Talkshows wiedererkannt, und sie hatten sich im Bikini präsentiert, was sehr tapfer war, denn es regnete immer noch.

Als die Neuangekommene sah, dass das Publikum für sie bereit war, sprach sie mit faszinierendem und melodiösem Akzent.

»Mein Name ist Zeilene. Vor Jahren war ich wie ihr. Ein naives Mädchen, geboren in einem weltfremden Dorf. Doch voller Träume. Und so brach ich auf. In den Koffer hatte mir meine Mamma wenige Dinge getan: ein Kleidchen, zwölf Paar Tangas, ein Stück Kuchen, eine Schachtel fast neuer Kondome und eine kleine Madonna aus Plexiglas.

Allein und verloren gelangte ich in die große Stadt und fand Arbeit als Kellnerin in einer kleinen Bar wie eurer.

Sofort merkte ich an den Blicken der Gäste, dass ich etwas besaß, was sie anzog und verstörte.

So erfuhr ich, dass ich schön war, und ich vertraute darauf, dass mir dies Ruhm und Glück bringen würde.

Ich nahm an verschiedenen Wettbewerben teil. Ich war Miss Viertel, Miss Hinterland, Miss Region mit Sonderstatus, Miss Beine, Miss B-Seite, Miss Krankenaufnahmezimmer (ich hatte eine kleine Nierenkolik).

Ich machte viele Castings und Fernsehprobeaufnahmen mit. Ich tanzte den *lap dance* in schmutzigen Diskotheken.

Ich ging als Hostess mit vermögenden Männern aus und gab, oh weh, ihrem Willen nach. Doch ich verweigerte immer jeglichen Exzess oder Perversionen. Nutte, aber seriös. Ich machte viele Kalender, für Reifenhändler und für Designer. Ich verkörperte alle Monate außer dem August, Geburtsmonat meiner Mutter.

Doch so sehr ich mich auch ins Zeug legte, ich war weder glücklich noch verwirklicht. Nur kleine Rollen und abgezogene Betten und Enttäuschungen. Und Alkohol, Drogen und Takeaway-Pizzen.

> Oh, welch hartes Leben wurde erkoren
> für ein Mädchen einsam und verloren.
> Statt mich zur Königin zu machen,
> raubte die Schönheit mir Dirne das Lachen.

»Signorina, Sie reimen ja!«, sagte der Direktor Micillo mit Bewunderung.

»Das passiert mir manchmal. Doch hört zu, wie sich mein Schicksal wandelte. Gerade als ich kurz davor war, die Hoffnung zu verlieren und einen Posten als topless-Kellnerin in einem Nightclub für Blinde anzunehmen, kam die Rettung. Das Zusammentreffen, das mein Leben veränderte.

Eines Morgens verließ ich das Haus, und mich erwartete ein blauer Luxusschlitten, wie derjenige, der mich hierher gebracht hat.

Ein Chauffeur in Livree sagte zu mir: ›Mein Arbeitgeber möchte Sie sehen.‹

Seine Stimme war ruhig, aber unerschütterlich. Bisher hatte mir das Schicksal schon alles Mögliche beschert, warum nicht auch noch dieses Abenteuer wagen?

Der Wagen brachte mich in ein reiches und exklusives Viertel, vor ein großes vergoldetes Gittertor. Wir durchquerten einen Park voller Grabmonumente, Gedenksteine, Obelisken, griechischer Tempel und kleiner Kolosseen. Eine megalomane marmorne Erektion. Dann erreichten wir die Villa, besser gesagt ein Schloss.

Ein Aufzug ließ mich bis zu einer himmelhohen und immensen Terrasse aufsteigen, die aussah wie eine Flugzeuglandebahn.

Dort saß, umrahmt von einem großen Bildschirm, ein dickliches Männlein auf einem Alabasterthron. In seinen Händen hatte er ein Photo aus einem meiner Kalender, ein entunterwäschter Juli.

Er ließ mich vor sich Platz nehmen und sagte:

›Hör zu, Süße, alles, was du von hier oben sehen kannst, ist meins. Einschließlich der Schnellstraße da unten, der Raststätten mitsamt den dortigen Spielen und Keksen und Zeitungen, der Autos, der Programme der Autoradios, der Schuhe der Fahrer und ihrer Herzen. Und hier unten im Park, sieh meine Tempel und Triumphbögen, die Mausoleen und die Treibhäuser, die Hubschrauber und die Privatflugzeuge. Und doch war ich nicht anders als du. Aber ich habe meinen Weg gefunden. Willst du deinen finden?‹

Irgendetwas an ihm erschreckte mich und zog mich an. Er hatte einen Tick. Er lächelte ständig, mit zusammengebissenen Zähnen, fletschte sie, als hätte er Fieber. Seine Stimme war nasal und monoton mit leichtem Einschläferungsvermögen.

›Sieh mal, meine Liebe‹, fuhr er fort, ›alle können wir reich, mächtig und berühmt sein. Alle können wir ins Feld kommen, um den anderen und vor allem uns selbst zu helfen. Aber wir müssen auf etwas verzichten.‹

›Worauf denn, Signore?‹

›Oh, entzückendes, naives junges Entlein‹, sagte er, ›schau dir die Bilder auf dem Bildschirm an. Vor Jahren war ich schon sehr reich, aber noch nicht genug, um zufrieden zu sein, deshalb finanzierte ich eine große wissenschaftliche Studie. Ich vermutete, mehr noch, ich war überzeugt, dass das Unglück der Welt etwas geschuldet ist, das in uns drinnen ist. Etwas, das uns daran hindert, frei und produktiv zu sein. Und es ist weder eine Idee noch ein unbewusster Gedanke, es ist real, organisch und hat seine Materialität.

Und ich fand es. Meine Sklaven ... also, meine Wissenschaftler, fanden heraus, dass im Körper eines jeden von uns ein Gast lebt, ein schrecklicher Parasit. Wir lokalisierten ihn. Er ist in einem Bereich des Mittelhirns situiert, der Dont-Insel genannt wird. Mit den üblichen Diagnosemitteln wie Computertomographie und allen möglichen Strahlen ist er nicht sichtbar. Er ist eine Art, sagen wir mal, Würmchen, das aus ätherischer Materie besteht, Molekülekleingeld. Er lebt in einer verschwommenen Trägheit. Aber unter manchen Umständen erwacht er und wird sehr aktiv. Bisher ist er mit verschiedenen Namen bezeichnet worden. Einige nennen ihn *Seele*, andere *Gewissen*, andere *Würde*. Genau wie die Meereskoralle ist er eine Kolonie aus winzigen, unzähligen Seidenraupen, Schaben, Monsterchen, die sich *Skrupel* nennen. Jeder von uns hat in sich diese schrecklichen, unnützen, parasitären *Skrupel*. Und so sieht die Lösung aus: Wie du in dem Film siehst, dringt man mit dem Laserkathodenskalpell, eine ganz junge Erfindung, in das Hirn ein, und die Skrupel werden einer nach dem anderen entfernt. Ich hatte nur einen einzigen. Und als ich erst einmal operiert war, fühlte ich mich gleich besser. Und jetzt, da du die Wahrheit kennst, frage ich dich: Willst auch du dich derselben Operation unterziehen? Willst du descrupled werden, befreit von deinen Skrupeln?‹

›Ich bin ein bisschen verängstigt ... es scheint diese Geschichte mit dem Teufelspakt zu sein, die Seele verkaufen und so weiter ...‹

›Auch diese deine Angst ist das Werk eines infektiösen Skrupels. Eines Skrupels, der von frevelhaften Büchern genährt wird, die von skrupelkranken Menschen geschrieben wurden. Doch was ich dir vorschlage, ist nicht teuflisch, es ist normal. Es ist einfache Technologie, es ist ein Schritt nach vorne in deinem sozialen und politischen Leben.‹

164

›Und warum ausgerechnet ich?‹, fragte ich.

›Weil du ein hübscher Einfaltspinsel bist‹, sagte das Männlein mit einem strahlenden Lächeln, ›und ohne Skrupel wirst du es noch mehr sein.‹

Am nächsten Tag wurde ich in seiner Klinik operiert.

Es war nicht schmerzhaft. Eine leichte Brandwunde im Nacken. Und kaum hatte ich mich vom Bettchen erhoben, war das Erste, was ich tat, der Krankenschwesternonne einen Tritt zu versetzen, weil sie mir die Haare rasiert hatte.

Seit damals lebe ich glücklich, reich, korrupt, und denkt euch den Rest.

Deshalb, meine Freunde, hört, was ich euch vorschlage. Es reicht mit den Gedanken, Zweifeln, Schmerzen. Werdet auch ihr Teil unserer Familie. Ich lasse euch deskrupolieren, ich werde euer Gewissen auf einen Rauchfaden reduzieren und eure Seele auf ein zusammengerolltes Blatt, aber ihr werdet glücklich sein! Ich werde eure Managerin. Alle könnt ihr reich und berühmt sein. Kommt mit mir!«

Alle waren still, bestürzt, verstört. Dann stand der Opa Seher auf und sagte:

»Das glaube ich nicht.«

Die Frau sah ihn an und nahm die schwarze Brille ab. Sie hatte grüne Augen wie Smaragde, wie Basilikum nach dem Regen, wie ein unreifer Apfel. Wir dachten, dass sie den Opa einäschern würde.

Stattdessen lachte sie.

»Sie haben Recht, sympathischer Signore«, sagte sie, »diese Geschichte ist erfunden, ich bin eine Schauspielerin. Eine gute Schauspielerin. Und ich bin äußerst geschickt darin, meinen Nächsten übers Ohr zu hauen. Nur einer von euch fünfzig ist nicht darauf hereingefallen. Nun, vertraut mir das Management des Verkaufs der Bar Sport an. Ich werde euer Anwalt, euer Promoter, eure Presseabteilung sein. Ich mache aus diesem Fall ein Weltereignis: ›Die kleine Bar, die nicht sterben wollte‹. Ihr werdet alle berühmt. Mediamogul ist schlau, aber ich bin hundertmal schlauer als er.«

Ein Raunen aus Kommentaren erhob sich. Einige waren zweiflerisch, andere verzaubert vom Reiz der Frau.

»Ich lasse euch vierundzwanzig Stunden Bedenkzeit«, sagte Zeilene, »und keine Stunde länger.«

Sie drehte sich abrupt um und ging hinaus. Doch bevor sie rausging, sagte sie Trincone etwas ins Ohr.

Der blaue Wagen fuhr fort, begleitet von den Blicken aller.

»Hört nicht auf sie«, sagte Raab der Unglücksbringer, »Unheil über euch, Troer, wenn ihr je öffnet …«

»Sei still, Pechvogel«, sagte Giango. »Ich will sie, sie wird einen Rockstar aus mir machen.«

»Schöne Frau«, sagte Dido die Apothekerin, »aber so angemalt und herausgeputzt wären wir es alle.«

»Stimmt«, sagte Cotelettina.

»Gefällt sie dir, Zwille?«, fragte Alice.

»Nein«, log er.

»Trincone«, sagte Igelo, »du bist auf sie schon ganz heiß, du hast schon seit einer Viertelstunde nichts mehr getrunken.«

»Sei still, Neider«, sagte er. »Schließlich hat sie mir etwas gesagt, was ihr nicht wisst.«

»Was, was?«, riefen alle. Stimmengewirr erfüllte den Raum.

»Es riecht versengt«, sagte Archivio, »ich erinnere mich, als ich mit Mata Hari zum Abendessen ging …«

»Habt ihr gehört, was sie gesagt hat? Montelfo wird ein reiches und berühmtes Dorf werden!«, sagte Poldo Ferkello.

Alle waren erregt und sprachen mit lauter Stimme.

»So viel Exaltiertheit habe ich noch nie gesehen«, sagte der Opa, »es scheint, als seien wir zu den Zeiten der Kannibalenhühner zurückgekehrt.«

Verbrechen und Hühner

Unter anderem grämte sich Montelfo, weil es nie in einer Fernsehsendung gepriesen worden war. In einem Winter der neunziger Jahre dachte die Redaktion der Sendung *Bellezza mia*, die zu den lieblichen Orten des Landes führt, darüber nach, eine Weihnachtsfolge im Dorf zu drehen. Die Produzenten des Programms kamen und entschieden, dass sich etwas machen ließe, aber nur nach einer intensiven telegenen Urbarmachung. Weg mit jeglichem Zeichen von Elend, Hässlichkeit und Klage. Es kam ein Spezialtrupp für Landschaftslifting. Sie wuschen die Straßen, verputzten die Fassaden und pflanzten oder stellten überall Blumen hin. Sie veranstalteten ein Casting mit allen Einwohnern. Die Durchgefallenen, also die Notleidenden, Plumpen, Alten und Krüppel, wurden aufgefordert, im Haus zu bleiben. Die Damen wurden mit synthetischen Pelzwaren ausgestattet, um sie präsentabler zu machen. Sie glichen einer pelzigen und parfümierten Herde. Die Männer wurden rasiert und mit Dienstkrawatten versehen. Die Piazza wurde mit Willkommensschildern, Girlanden und Tischen mit Lebensmittelrüstung geschmückt. Die Bar Sport wurde hinter einem Werbeplakat versteckt. Man entschied, eine Weihnachtsfolge zu drehen, denn auf das Dorf waren zwei Meter Schnee gefallen. Igelo und Dreiachtzig wurden vom Bürgermeister beauftragt, einen großen Weihnachtsbaum mit einem Lichtermeer zu schmücken. Don Pinpon sollte für die Krippe sorgen. Zeppa und Ottorino wurden als mittelalterliche Soldaten verkleidet und in Doppelzentnerrüstungen eingedost. Man engagierte zwei professionelle Dudelsackpfeifer aus dem Molise und gründete einen Kinderchor unter dem Befehl der Lehrerin Tiribocchi, der Hyäne. Als im Hintergrund auftretende Misses wurden Gina Popup und die Aspirinen ausgewählt.

Zur Inspektion kamen der Moderator Toni Friedlieb und die überparteiliche Präsentatorin Sandra Silicò. Aufregung erfüllte das Dorf und die Umgebung. Nur der harte Kern der Bar schien skeptisch, wenn auch neugierig.

Doch alles ging schief. Am Tag vor der Sendung begann der Schnee zu schmelzen. Vergeblich wurden weitere zehn Tonnen mit einem Laster angekarrt. Eine unerwartete frühlingshafte Sonne schmolz alles in wenigen Stunden. Außerdem betranken sich die Dudelsackpfeifer und verschwanden.

Der Kinderchor kannte keine Weihnachtslieder, sondern nur *Guantanamera* und *Ricominciamo*. Die Köchin Sofronia, die den Zuschauern das geheime Rezept ihres kastanierten Schweins hätte zeigen sollen, bekundete: »Nicht mal, wenn sie mich foltern.« Die Krippe hatte nicht genügend Figuren und wurde mit Gartenzwergen ergänzt, Pimpel anstelle von Josef und drei Brummbären als die Heiligen Drei Könige. Der Baum wurde versehentlich nicht mit kleinen Kerzen, sondern mit Knallfröschen geschmückt und explodierte in einem Nadelsturm. Zeppa und Ottorino prallten mit den Rüstungen zusammen und rollten fast bis ins Tal. Zum Schluss erschien die Mannara mit ihrer üblichen Bimmelbahn aus Hunden, die vor den Fernsehkameras zu kopulieren begannen.

Das Fernsehteam zog entsetzt ab, überhäuft von Pfiffen, Beschimpfungen und Polenta-Lapilli.

Der Bürgermeister entrüstete sich. »Wir haben die Gelegenheit verpasst, in die vaterländische Geschichte einzugehen. Wir sind kulturell und sozial Verstoßene.«

Wenige kümmerten sich darum, und das Drama der verfehlten Sendung war gerade vergessen, als etwas geschah, was die Polemiken wieder entfachte.

Im Dorf auf der anderen Seite des Tals, Montombrico, geschah eine schreckliche Bluttat: das ›Kühltruhendelikt‹ beziehungsweise ›Die eiskalte Frau‹ beziehungsweise ›Blut und Amarena‹.

Am Stadtrand von Montombrico lebte Gelinda, Speiseeisherstellerin und Konditorin, deren Gelati und Süßwaren in der ganzen Gegend geschätzt wurden. Die Frau lebte mit Mann, Sohn und Schwiegervater. Oh weh, alle drei waren sie Mistkerle. Der Ehemann hatte seine Arbeit verloren und trank, der Sohn Camillo lernte nicht und hörte wie besessen *rural-brutal*-Musik, der Schwiegervater, ein ehemaliger Soldat, verbrachte die ganze Zeit mit seinen Waffen. Gelinda arbeitete Tag und Nacht, um für ihrer aller Unterhalt zu sorgen. Sie schuftete zwischen wallender Hitze und eisigen Windstößen, im Getöse der Kühlschränke, mitunter vierzehn Stunden am Stück, um Eis und Cremes an Bars und Pasticcerias des Tals zu liefern. Am Abend kam sie todmüde aus dem Backlabor, warf sich ins Bett, konnte aber nicht einschlafen. Der taube Ehemann drehte den Fernseher immer auf volle Lautstärke, der Sohn spielte Musik mit hundert Dezibel, und der Schwiegervater schoss in der Garage mit dem Maschinengewehr. Außerdem gab es noch Kiwi, den Hund des Ehemanns, der bei jedem vorbeifahrenden Auto bellte, einen Leguan des Sohns, der pfiff, und die Katze des Schwiegervaters, die unter Halluzinationen litt und miauend imaginäre Mäuse angriff.

Vergeblich bat die Frau um Verständnis und Mitleid. Die drei pfiffen darauf, knöpften ihr Geld ab und machten mit ihrem müßiggängerischen Krach weiter. Manchmal bekam Gelinda sogar noch die ein oder andere Ohrfeige ab.

Schreckliche Nervenzusammenbrüche zehrten sie auf.

Bis die Frau eines Tages, laut Anklage, nachdem sie einen Krimi gelesen hatte, in der Kühltruhe ein zwei Meter langes Minzwassereis schuf. Mit dieser schrecklichen Lanze tötete sie in dieser Reihenfolge den Mann, den Hund, den Sohn, den Leguan, die Katze und den Schwiegervater.

Dann tat sie alle in die Kühltruhe und entsorgte sie innerhalb eines Monats, indem sie sie unter die zu verkaufenden Gelati mischte. Deshalb aßen tausende von Leuten Ehemann-Profiterol, Sohn-Cassata und Schwiegervater-Mousse. Ganz zu schweigen vom Kiwi-, Katzen- und Leguan-Eis.

Die Leichname freilich wurden nie gefunden.

Das Fernsehen stürzte sich gierig auf den Fall. Ein langes Interview mit der ›Killerlady mit den eiskalten Augen‹, wie Gelinda sofort neugetauft wurde, machte sie zur Medienheldin. Die Eisverkäuferin gab das Delikt zuerst zu, dann behauptete sie, sich an nichts zu erinnern, im Gegenteil, sie sagte aus, dass ihre Lieben nicht getötet worden, sondern in einer kalten Nacht verschwunden seien. Ein mysteriöser Laster, vielleicht russisch, habe sie weggefahren. Man sprach von einer Beziehung zwischen dem Ehemann und einer ukrainischen Altenpflegerin.

Die Ermittlungen verliefen im Sande: Es war insofern sehr schwierig, Spuren in der Kühltruhe des Labors zu finden, als dort außer den Gelati auch Hasen, Viertel Ochsen und sogar eine Partie Calamari von 1947 konserviert wurden.

Doch so langsam die Ermittler waren, so schnell und erbarmungslos waren die Tribunale der Medien. Es verging kein Tag, an dem im Fernsehen nicht eine Debatte, eine Rekonstruktion, ein Modell oder ein neuer Experte gezeigt worden wären. Und weitere Interviews mit der Frau, den Verwandten, bis zu denjenigen, die nach Australien ausgewandert waren.

Kriminologen gegen Speiseeishersteller, Unschuldsverfechter gegen Schuldigsprecher, Psychologen gegen Diätisten, Tierschützer gegen Rockfans, Köche gegen Ukrainer, Krimischriftsteller gegen Ärzte, Alleswisser gegen alle.

Die Schuld am Verbrechen wurde gegeben:

a) dem Krimi, der die Frau inspiriert hatte;

b) einem Saccharoseüberschuss in ihrem Blut;

c) der *rural-brutal*-Musik, die diejenigen zu Gewalt veranlasst, die sie nicht hören;

d) dem Werteverlust;

e) der Insistenz der Medien;

f) den Gewerkschaften, die die Arbeitszeiten der Frau nicht kontrolliert hatten, und den Folgen der Entlassung für die Psyche des Ehemanns;

g) der Armee und der Mühelosigkeit, mit der man Maschinengewehre im Haus haben kann;

h) den ukrainischen Altenpflegerinnen;

i) einem Kindheitstrauma (mit sechs Jahren war Gelinda in den Zabaione gefallen);

j) der halluzinogenen Kraft der Minze;

k) der absurden und grausamen Manie, exotische Tiere im Haus zu halten;

l) dem globalen Klimawandel, den man insofern auch in einer Gelateria spürt, als die Gelati kälter gehalten werden müssen, um dem Schmelzen zu widerstehen;

m) dem Gegensatz zwischen dem arbeitsamen Norden, repräsentiert von der Frau, und dem müßiggängerischen und lärmenden Süden, repräsentiert vom Ehemann und dem Schwiegervater, die beide Süditaliener waren;

n) dem ungerechtfertigten Preisanstieg bei den Rohstoffen, zum Beispiel Zitrone, Banane und Melone, der die Frau zu übermäßiger Arbeit gezwungen hatte;

o) den chemischen Zusatzstoffen;

p) der Insistenz der Medien, die Insistenz der Medien öffentlich anzuklagen;

q) al-Qaida (in der Gelateria war ein Reiseprospekt für einen Urlaub in Marokko gefunden worden);

r) der Tendenz der Fußballpräsidenten, die Trainer
    auszuwechseln (eine These, deren anfänglicher
    Zusammenhang mit dem Fall verlorengegangen ist);
s) der Mühelosigkeit, mit der man schreckliche Waffen
    wie zwei Meter lange Wassereise erhalten kann;
t) YouTube
u) der Langsamkeit der Reformen;
v) dem Nachahmen;
w) einer Reihe von Motiven, die in dem Buch *Augen aus
    Eis* erklärt werden würden, verfasst vom Moderator
    der Sendung, dem Speichellecker Polistes;
x) dem ethischen Relativismus;
y) der Insistenz der Medien, einen Grund nach dem
    anderen zu finden;
z) der Bosheit, die uns alle beherrscht.

Anklage und Verteidigung prügelten sich, nicht bloß meta-
phorisch. Der Anklage zufolge musste die ›Eiskalte Frau‹
verurteilt werden, denn es gebe das Risiko gefährlicher
Nachahmungen. Jede Köchin, Konditorin, Obsthändlerin
des Dorfes würde sich an ihren Familienangehörigen
rächen können, indem sie sie röstet, einfriert, quirlt oder
gefriertrocknet. Eine exemplarische Strafe musste her.

Der Verteidigung zufolge war die sanfte Eisverkäuferin
verwirrt und unfähig, anderen Schaden zuzufügen. Und darüber hinaus sei es unmöglich, sechs Kreaturen in eine Kühltruhe zu stecken und Gelati daraus zu machen. Der Straf-
verteidiger machte eine Gegenprobe mit sechs Leichnamen.
Das führte zu neuen Polemiken, Bezichtigungen der Nek-
rophilie und einer Demonstration der LSL, Leguan-Schutz-
Lega. Die Zweifel blieben.

Doch die Indizien wogen schwer. Der Richter stellte die
Eisverkäuferin unter Hausarrest.

Das Dorf Montombrico erfuhr einen Touristenboom ohnegleichen. Tausende von Autos fuhren an dem kleinen Haus des Deliktes und dem Labor vorbei. Die Photoapparate wüteten Tag und Nacht. Es wurden Zeitungen und Poster verkauft. Doch, schlimmer noch: Es waren zwielichtige Gelati namens Glacito Gatte, Camilluccio mit Zwieback und Schwiegervaterbecher in den Verkauf gekommen.

Die Journalisten umringten das Haus und warteten auf Entwicklungen.

Gelindas Gegensprechanlage wurde das am meisten aus dem Internet heruntergeladene Bild und von einem Kunstkritiker zu »einer der Ikonen unseres Jahrhunderts« erklärt.

Eines Nachts wurde sie von Unbekannten geklaut, zusammen mit der Hausnummer.

Die neue Gegensprechanlage wurde von der Armee bewacht.

Die kriminal-touristische Popularität Montombricos versetzte Montelfo in eine Krise. In der Bar war zu hören: »Ihr Männer seid alle gut darin, Watschen auszuteilen, aber um eine Familie auszuradieren, braucht es eine Frau.«

Die Männer erwiderten: »Ihr redet und redet, aber ihr vergiftet uns nie.«

Der Bürgermeister musste mehrmals wiederholen, dass das Leben im Dorf ruhig sei, und er behaupte gewiss nicht, dass Montombrico besser als Montelfo sei. Doch dort geschähen Dinge, die das Unbehagen am modernen Leben bezeugten, während man hier weiter faulenze und sich einen genehmige.

Der Pfarrer selbst sprach in einer Predigt von »Abscheu gegen die Person, die gewisse Verbrechen begangen hat«. Doch dann las er die Seiten der Bibel über Kain und Abel und sagte: »Wir verschließen die Augen nicht, das Böse ist unter uns, keineswegs bloß in Montombrico. Und ihre Gegensprechanlagen, heiliger Gott, sind nicht besser als unsere.«

Doch einen Monat später, während das Delikt der Eisverkäuferin beneidenswerte Einschaltquoten behielt, erreichte uns eine außergewöhnliche Nachricht.

Das Drama war wenige Kilometer von der Bar entfernt geschehen, in einer bestialisch stinkenden Hühnerzucht.

Ein neunjähriger Junge namens Gino war weinend bei den Carabinieri der angrenzenden Stadt erschienen und hatte ausgesagt, seine Eltern getötet zu haben. Motiv: Sie hatten ihm kein Handy gekauft.

Dynamik des Doppelmordes: Ersticken mittels hartgekochten Eis im Mund. Der Junge war neun Jahre alt und wog fast achtzig Kilo.

Die Leichname waren den Hühnern vorgeworfen worden, und sie hatten sie aufgefressen.

Tatsächlich wurden während der ersten Ermittlungen in den Boxen des Federviehs die Eheringe der beiden, ein Stück Fingernagel des Vaters und eine Haarsträhne der Mutter sowie Fetzen diverser Kleidungsstücke gefunden.

Es kamen Fernsehsender aus der ganzen Welt. Der Fall der ›Kannibalenhühner‹ und des ›Kükenkillers von Montelfo‹ erschien sofort als einer der fesselndsten des Jahrhunderts. Vergessen war die Eisverkäuferin Gelinda, und nach wenigen Stunden waren schon die neuen Formationen der Unschuldsverfechter und Schuldigsprecher auf dem Feld.

Das Verzeichnis der Verantwortlichkeiten war mehr oder weniger das des Kühltruhendelikts, aber es gab auch einige neue, zum Beispiel:

a) Fettleibigkeit bei Kindern;
b) die Hühnergrippe;
c) die Mühelosigkeit, mit der man an Waffen wie etwa hartgekochte Eier gelangt;
d) das Konsumdenken;
e) die Rhetorik über die Resistenza;

f) die SMS-Mode;
g) die Folterung der Hühner;
h) die Bosheit der Hühner;
i) die fundamentale ethische Gleichgültigkeit der Hühner;
j) et cetera.

Den Unschuldsverfechtern zufolge war ›Gickel-Gino‹ ein fettes Kind mit schwerem Gefühlsmangel, das von einem Raptus gepackt worden war. Er müsse kuriert und rehabilitiert werden.

Man fand heraus, dass er seit dem Alter von zwei Jahren gezwungen worden war, jeden Tag ein hartgekochtes Ei zu essen. Kein Wunder, dass er das Verbrechen auf diese Weise hatte unterzeichnen wollen. Das Handy wäre für ihn die einzige Möglichkeit gewesen, sein Leben zu ändern, mit der Welt zu kommunizieren und diesem gefiederten Alptraum zu entkommen.

Den Schuldigsprechern zufolge war ›Big Gino‹ hingegen ein gefährlicher Serienmörder. Ein Kriminologe schrieb ihm gar die Schuld für dreizehn mysteriöse Vermisstenfälle in der Slowakei im vorigen Jahrhundert zu.

Den Antiumweltschützern zufolge sollten die Kannibalenhühner vernichtet werden, nun, da sie menschenfressende Raubtiere geworden waren.

Den Tierschützern zufolge sollten sie von ihrem Schock kuriert und von einem Psychologen betreut werden. Ihr unglückliches Leben, vierundzwanzig Stunden am Tag zum Fressen gezwungen, hatte sie dazu gebracht, sich von Menschenfleisch zu ernähren, keineswegs ihr Instinkt.

Einigen Gästen der Bar zufolge waren die Indizien klar. Im Dorf war das Kind dafür gefürchtet, schnell handgreiflich zu werden und ein Eierschütze zu sein.

Anderen zufolge war die Schuld fraglich: Und wenn es ein Unfall gewesen war, an dem sich der Junge die Schuld gab, verrückt vor Schmerz? Ein Geflügelhändler bezeugte, dass die Hühner das Paar hassten und oft versucht hatten, nach ihm zu picken. Es tauchte auch ein anonymer Drohbrief auf, unterzeichnet mit einer Hühnerklaue.

Dann gab es eine Fernsehumfrage: Das Kind wurde zu 57 Prozent zum Mörder erklärt. Am nächsten Tag wurde es mit Maulkorb in einen Käfig gesperrt und im Auge behalten.

Eine bekannte Handyfirma machte sofort einen Spot: Die Bilder zeigten ein glückliches Kind mit einem Handy am Ohr. Hinter ihm die Eltern, über denen ein bedrohlicher geflügelter Schatten schwebte. Und der Slogan:

Sei kein Huhn,
schenk ihm den Babycell-Tarif, bevor es zu spät ist.

Die Berühmtheit holte schließlich Montelfo ein. Jeden Tag kamen Dutzende von Fernsehsendern zur Bar. Die Jugendlichen des Dorfes wurden interviewt. In Wahrheit kannte niemand Gino sonderlich gut, aber alle waren nur allzu bereit, Märchen über ihn zu erfinden. Zum Beispiel, dass er furchtbar schlecht Fußball spiele und dabei Staub aufwirbele wie ein Huhn mit seinen Flügeln. Dass er Handys klaue. Die Aspirinen-Schwestern sagten: »Wir waren Ginos Freundin, wir spielten zusammen Briscola-Strip. Seiner ist echt winzig.«

Und sie schafften es auf die Titelblätter der Zeitungen.

Man interviewte Don Appel in der Hoffnung, dass er zugebe, Gino belästigt zu haben. Nichts. Man interviewte Gina Popup in der Hoffnung, dass Gino sie belästigt habe. Nichts.

Clemente die Schlange schaffte es, sich interviewen zu lassen, indem er vorgab, Ginos Onkel zu sein. Er erzählte einen Haufen Lügen. Am Ende merkten sie es zwar, aber sie sendeten trotzdem alles.

Trincone der Wirt wurde am häufigsten interviewt, weil er sich erinnerte, vor einem Jahr einem dicken Kind, das Gino ähnelte, ein Gelato Panna und Cioccolato verkauft zu haben.

Am nächsten Tag titelte die Zeitung:

Verbindung zwischen der mordenden Eisverkäuferin
und dem kleinen Killer?

Trincone war eine Woche lang berühmt und landete sogar in
der *Times* als einer der zehn schlechtestgekleideten Männer
der Welt.

Doch vor allem brachte das ›Verbrechen des hartgekochten Eis‹ tausende von Touristen.

Die Gegensprechanlage von Gino wurde noch berühmter als diejenige der ›Eiskalten Frau‹. Eine Betrügerbande
verkaufte davon hundertsechs Exemplare, alle garantiert
original.

Die Hühnerzucht, die geschlossen worden war, wurde
als Set für diverse Horrorfilme gewählt.

Und natürlich setzte jedes Ristorante der Gegend Huhn
della Mamma, Hähnchen del Babbo, Ei à la Morgue und Gi-
no-Frikassee auf die Karte.

Die Ermittlungen erwiesen sich als schwierig. Man musste
offensichtlich die Hühner töten und mittels Autopsie fest-
stellen, ob sie menschliche Reste enthielten. Und es brach
die x-te Polemik aus.

Auf einer Seite die Hühnerfreunde: »Warum müssen sie
dafür zahlen?«

Die Justizialisten: »Tod den Hühnern, es möge sofort Licht
in die Sache gebracht und Brühe aus der Sache gemacht
werden!«

Die amerikanischen Experten sagten: »Ein Huhn verdaut
und eliminiert in vierundzwanzig Stunden jede Spur von
Essen, nun ist es schon zu spät.«

Die japanischen Experten antworteten: »Es existiert ein
Test, um herauszufinden, was ein Huhn in den letzten fünfzig Jahren gefressen hat.«

Die amerikanischen Wissenschaftler: »Ignoranten, Hühner leben keine fünfzig Jahre.«

Die japanischen Wissenschaftler: »Unsere schon.«

Und schon hatte Montelfo ein dreitägiges Festival organisiert, ›Deliktatessen. Krimifest das Gelbe vom Ei‹.

Es waren Krimischriftsteller, Musiker, Philosophen und Köche eingeladen worden, die Zeugnis über die Beziehung zwischen Verbrechen und Hühnern ablegen sollten. Auf der gastronomischen Seite sollte es einen großen Wettbewerb unter Chefköchen geben, mit Gerichten auf Hühnerbasis. Es waren außerdem vorgesehen:

Ein Symposium über Fettleibigkeit bei Kindern.

Ein Symposium über die Beziehung zwischen Mobilfunk und Gewalt.

Eine Modenschau mit Federkleidern.

Ein großer Fernsehabend mit der Verleihung des Preises ›Blöde auf der Bühne‹ für die dümmste Pute des Jahres unter den Schauspielerinnen.

Mehr als dreißigtausend Personen wurden erwartet.

Doch dann die Trauernachricht.

Die Eltern von Gino waren wieder aufgetaucht, braungebrannt und bei bester Gesundheit. Sie waren zwei Wochen auf die Malediven gefahren und hatten die komplett automatisierte Zucht dem Sohn überlassen. Sie wussten nichts von all dem Chaos.

Gino beichtete die Inszenierung. Er hatte die Eheringe der Eltern aus einer Schublade genommen, einige mütterliche Haare aus der Haarbürste, ein Stück Fingernagel des Papas aus dem Bidet, ein paar Kleider und so weiter. Dann hatte er alles ins Futter der Hühner gemischt.

Er besaß schon zwei Handys und war zufrieden damit, dick zu sein.

Doch weil sie ihn zwei Wochen alleingelassen hatten, hatte er sich gelangweilt und das ganze Durcheinander sehr aufregend gefunden.

Der Schwindel um das hartgekochte Ei ließ das Fernsehen bis Mitternacht verrücktspielen, zwischen Leuten, die sagten »es war klar wie Hühnerbrühe, das hatte ich gleich gesagt«, und anderen, die nicht überzeugt waren und obskure Machenschaften vermuteten.

Es kündigte sich schon das Ausbrechen einer neuen wutentbrannten Debatte an, als die folgende Nachricht das Studio erreichte.

In einem kleinen Dorf des Nordens hatte eine zweiundneunzigjährige alte Dame die Nachbarn massakriert, eine elfköpfige Familie, mit Sichelhieben. Motiv: Sie hatten den Kuchen kritisiert, den sie ihnen geschenkt hatte.

Alle elf Verschwundenen waren darüber hinaus Juventusfans.

Niemand sprach mehr vom Delikt der ›Eiskalten Frau‹, und auch nicht von dem des ›Gickel-Killers‹, sodass wir manchmal denken, dass wir das alles nur geträumt haben.

Die Wolke

Montelfo schlief nicht gut in dieser Nacht. Käuze und Eulen wirkten wie mit dem Mikrophon verstärkt. Die Hunde heulten mit ungewohnter Wehmut. Und der Wind wehte in plötzlichen Böen, als ob auch er ab und zu von einem schlechten Traum aufwachte.

Im Morgengrauen begannen die Bagger wieder zu marschieren und die Bäume wieder zu fallen. Die zu Tode erschreckten Tiere flohen aus dem Wald, und die Autos massakrierten sie auf der Straße.

Ein Wildschwein stieß mit dem Fahrer einer Geländelimousine zusammen, der mit hundertfünfzig Sachen unterwegs war. Das Tier zog den Kürzeren. Das Wildschwein hingegen kam mit einem gebrochenen Bein davon.

Männer in Hemden kamen hoch ins Dorf, mit seltsamen Instrumenten, um Maß zu nehmen und Zeichen zu hinterlassen. Als ob aus diesen Zeichen Spalte und Schnitte und Teilungen entstehen sollten und das Dorf eine Stück für Stück zu verspeisende Torte wäre.

Der Opa schnupperte in die Luft und roch neue Gerüche. Sicher war da der Geruch von Staub, aufgewirbelt von einem Presslufthammer, der Löcher in die Straße schlug. Dann das von einem großen Laster ausgestoßene Abgas.

Doch da war noch ein anderer Geruch, der sich näherte und sich bei jedem Pusten des Windes änderte. Wie wenn man einen Dachboden öffnet, der seit Zeiten geschlossen war. Irgendetwas, das von weit her kam.

Und er sah sie sogleich, im Norden: eine schwarze Wolke,

bauschig, voller Augen und Tentakel. Die anderen Wolken bewegten sich schnell. Jene näherte sich langsam, wie ein gigantisches Raumschiff.

Der Opa wusste, dass die Wolke sich auf das Dorf herabsenken würde. Und in jener Wolke kann niemand sehen, was in seiner Nähe ist. Der Feind hat kein Gesicht mehr, ein Freund wird ein feindlicher Schatten. Und jeder läuft mit den Fäusten vor sich, um nicht gegen irgendetwas zu stoßen. Alle sind wir Fremde und füreinander unsichtbar.

Jene Wolke konnte benommen machen wie die Gase am Boden eines Bottichs, wie die Gifthauche der Fabrik, wie ein übertriebenes Parfüm oder wie der Geruch von Schießpulver.

Sie konnte den Vater gegen die Mutter stellen, den Sohn gegen den Vater, die Jungen gegen die Alten und die Alten hasserfüllt gegeneinander. Unter ihrem dunklen Mantel, im Namen neuer Ängste würden uralte Verbrechen begangen werden. Man würde die Toten vergessen. Die Wolke würde die Photographien mit Schimmel überziehen und die Bücher verfaulen lassen.

Der Opa erinnerte sich an seine alte Druckerei. Die Worte, die aus dem Blei entstanden, aus den Pressen, aus der nächtlichen Mühe. Nun zischelten die Worte in den Kabeln, flogen durch die Luft.

Doch damals wie heute waren sie nicht für alle gleich.

Wer diese Wolke wachsen lässt, dachte der Opa, will, dass die Worte ihre Seele verlieren, die leicht und schwer ist, Poesie und Schwert, Kratzer auf dem Felsen und Mühe auf dem Pergament. Der will uns stumm, verschreckt, gehorsam.

Er will, dass wir unseren Hass nicht gegen seine schwarze Macht richten, sondern gegen die Schwächsten unter uns.

Und die Wolke trinkt unsere Gedanken.

Der Opa erreichte die Bar. Der Himmel war grau, und ein kalter Wind ließ die Blätter fliegen.

Alle Farben und Geräusche und Gerüche kamen ihm seltsam vor.

Trincone war finster, er rechnete auf einem Blatt und fluchte über den Wein, der zu süß war. Vielleicht hatte ihm die schöne Zeilene einen giftigen Honig ins Glas geschüttet.

Giango sah ins Tal, als wollte er wegfliegen.

Die Jugendlichen hatten eine Zeitung gekauft: In einem Artikel wurde von Montelfo gesprochen und davon, wie es im Zentrum großer Neuerungen stehen würde. Sie lachten, weil sie vertraute Namen wiedererkannten.

Es gab einige neue Gesichter. Ein paar Arbeiter von den alten Baustellen der Gegend, die entlassen worden waren. Sie sprachen mit Igelo.

»Sie haben uns gesagt: Schluss mit unbedeutenden Arbeiten, jetzt wird die neue Superbaustelle entstehen. Wenn ihr brav seid, stellen wir euch vielleicht an.«

Igelo sagte nichts.

Unterdessen verrieten weitere Zeichen einen großen Umbruch.

Ein Adler, ein äußert selten zu sehendes Tier, flog hoch und umrundete dreimal den Campanile.

Dann begann Merlot zu heulen. Unter normalen Umständen heulte er als Tenor mit großer Musikalität.

Nun wirkte er wie ein Jagdhorn, ein Grabesbordun.

Und er sagte:

»I ei e, u i i aei ae.«

»Hör auf damit!«, rief Trincone ihm zu.

Merlot sah ihn an und heulte noch mal, herausfordernd:

»U i i aei ae.«

»Hör auf damit«, sagte Trincone, »ich werde dich nie alleinlassen.«

Und andere Indizien kündigten einen Umsturz an.

Archivio, der nur mehr ein einziges Mal pro Minute atmete, erholte sich, schaffte es sogar, Richtung Wiese zu laufen und fast über seine Schuhe hinauszupinkeln.

Trincone das Aas sagte zum hundertsten Mal, dass er ein ehrliches Leben führen wolle, aber dieses Mal schien es fast wahr.

Dusella und Raab nahmen zwei Rubbellose. Dusella verlor, Raab gewann.

Zeppa sagte, nachdem er die Sportzeitung gelesen hatte: »Hätten wir einen Verteidiger gekauft, handelten wir uns jetzt weniger Tore ein«, wobei er im Konditionalsatz einen Konjunktiv-Doppeltreffer erzielte, der ihm schon seit seiner Schulzeit nicht mehr gelungen war.

Alice kauerte auf dem Mäuerchen wie eine traurige Katze.

»Bist du melancholisch, weil die Schule wieder anfängt?«, fragte der Opa.

»Nein, aber es geht eine Art Wahnsinn um. Mein Vater sagt, dass er nicht alle Tiere des Waldes behandeln kann, gestern haben wir uns gestritten, weil ich ihm ein Stachelschwein gebracht hatte. Dann habe ich zu Zwille gesagt, dass auch mich diese Arbeiten erschrecken, aber ich hätte nichts dagegen, wenn sie zum Beispiel in der Mitte der Piazza ein Blumenbeet anlegen würden, und er hat geschrien: ›Die Pflanzen sind nicht dafür gemacht, im Zement zu leben. Du bist eine verwöhnte Göre, was weißt du davon, wie viel Mühe es kostet, einen Baum oder einen Weinberg hochzuziehen!‹ Und jetzt, du siehst es, ist er dort oben im Wipfel des Walnussbaums und kommt nicht herunter, er schießt mit der Steinschleuder. Vielleicht wird er sogar auf uns schießen.«

»Das würde er nie tun.«

Das Weinglas zerplatzte, getroffen von einem Stein.

»Schöner Schuss, Zwille«, sagte der Opa Seher, »aber jetzt reicht's.«

Ein weiterer Stein dröhnte gegen das Glas der Bank.

Ottorino griff, wie er es in Filmen gesehen hatte, zur Pistole und warf sich bäuchlings auf den Boden. Merlot war sofort über ihm und versuchte, erotischen Gebrauch davon zu machen. Die Obstverkäuferin Giorgia schrie wie eine Verrückte und kippte die Kürbisse um, die fortrollten. Zwille pulverisierte zwei davon.

»He, was ist denn hier los?«, rief der Ortspolizist Stieglitz.

»Nichts, nichts, alles ruhig«, sagte der Opa. »Es liegt nur ein bisschen Spannung in der Luft, es wird bald regnen.«

»Leider nein«, sagte Archivio, den Himmel betrachtend, »es ist sehr viel schlimmer. Die Wolke ist im Anflug, stimmt's?«

»Ich fürchte, sie ist schon angekommen«, sagte der Opa.

»Was ist die Wolke?«, fragte Alice ein bisschen verängstigt.

»Oh, mach dir keine Sorgen, Mädchen, das, was du Wahnsinn nennst, wird vergehen. Merke dir dieses rothäutige Sprichwort:

Die Zeit ist ein großer Fluss. Alles, was wir von ihr sehen können, ist ein bisschen Wasser, das wir in unseren Händen gesammelt haben. Auch wenn dieses Wasser manchmal trüb ist, wisse, dass der große Fluss klar fließt, vor und nach uns.«

»Warst du mitten unter den Rothäuten, Opa?«

»Sicher, Alice. Bevor ich Drucker wurde, arbeitete ich in einer Schreibmaschinenfabrik. Ein indianischer Sioux-Stamm rief mich, um die Maschine zum Rauchzeichenmachen zu reparieren. Sie war kaputtgegangen, und jedes Mal, wenn sie einem Stamm in der Nähe ›Guten Tag‹ oder ›Wir brauchen Salz‹ sagen wollten, sendete die Maschine falsche Wölkchen, die bedeuteten ›Leckt uns am Arsch‹ oder auch ›Ihr Stinkstiefel seid Söhne von John Wayne‹. Und so entstand ein Scharmützel nach dem anderen. Ich reparierte sie, es lag an verdorbenem Holz.«

»Und wie waren die Sioux?«

»Schön, groß. Und die jungen Frauen erst ... ich erinnere mich an eine, die hieß Kleiner Steinmarder ... einmal ...«

»Opa Seher«, lachte Alice, »hast du deinem Sohn auch immer so viele Lügen erzählt? Denn du hast doch einen Sohn, oder?«

»Sicher, er ist Musiker, in Amerika. Wenn er mich anruft und ich höre, dass er glücklich ist, dann ist alles in Ordnung. Und eines Tages wird er zurückkommen, um ein Konzert hier im Dorf zu geben. Er hat es mir versprochen. Er am Klavier, mit einem Orchester von sechshundertsechzehn Geigern.«

»Hör auf damit, den Kopf dieses kleinen Mädchens mit Märchen vollzustopfen«, platzte Archivio heraus, »am Ende glaubt sie es noch.«

»Über meinen Sohn habe ich die Wahrheit gesagt«, sagte der Opa. »Na gut, mag sein, dass die Anzahl der Geiger ein bisschen übertrieben war.«

»Du übertreibst nie ›ein bisschen‹«, brummelte Archivio.

»Siehst du?«, sagte der Opa kopfschüttelnd. »Die Wolke lässt sogar Archivio und mich streiten.«

»Jetzt, wo du mich drauf aufmerksam machst, du hast Recht«, sagte Archivio. »Entschuldigung, Seher, ich bin unfreundlich gewesen. Wir sind wirklich mittendrin, ich glaube ...«

In diesem Moment hörte man Fefès Schrei.

»Verfluchte Diebe! Sie haben mir das Gesamtwerk von Moana geklaut!«

Auf der Piazza raufte sich Merlot mit Billy the Maniac wegen amouröser Fragen.

Igelo Goldhand trat in die Bar und fragte Trincone nach einem Schraubenzieher.

»Ich bin eine Bar und keine Eisenwarenhandlung, verdammt«, antwortete der Wirt.

Gandolino schnitt auf dem Fahrrad Giorgia der Obstverkäuferin den Weg ab.

»Verpiss dich, mit deinem Fettarsch«, rief er ihr zu.

»Kauf dir ein Auto, du Penner.«

An einem Tisch stritten Simona Bell'Eugele und die anderen Frauen mit lauter Stimme über das, was neu ist, und das, was alt ist, und über die Entwicklung des Konzeptes der alten Jungfer vom neunzehnten Jahrhundert bis heute.

Ein Stein von Zwille traf ein Eisentischchen und dröhnte wie ein Schlachtgong.

Einziges Zeichen von Normalität: der Brotgeruch aus Selims Ofen.

»Oh weh«, seufzte der Opa. »Noch nie hat man das Dorf so unsicher und zerrissen gesehen, zumindest seit den Zeiten der Rivalität zwischen Sofronia und Rasputin.«

Sofronia gegen Rasputin

Es waren einmal in unserem Dorf zwei legendäre Köche, die zu den besten der Welt gehörten.

Sie hatten eine einzige Sache gemeinsam: den unausstehlichen Charakter. Aber im Übrigen waren sie sehr verschieden. Sie hießen Sofronia und Rasputin.

Sofronia war eine große und kräftige Frau mit maiskolbenfarbenem Haar und blauen Augen. Sie war die Tochter einer Bäuerin und eines desertierten deutschen Soldaten. Nach Kriegsende war der Vater verschwunden. Sie war mit ihrer Mamma Gemma aufgewachsen, die einen Gemüse- und einen Kräutergarten bestellte. Von ihr hatte sie alle Geheimnisse der grünen Natur gelernt. Die Mutter hatte versucht, einen neuen Lebensgefährten zu finden, aber sobald sie ins Haus kamen, erkrankten die Männer an seltsamen Durchfällen und bösartigem Fieber. Gemma entdeckte erst Jahre später, dass die eifersüchtige Tochter sie vergiftet hatte. Als ihre Mamma starb, blieb Sofronia alleine. Sie heiratete einen reichen Bauern, doch auch dieser endete, nach einer verdächtigen Suppe, auf dem Friedhof. Irgendjemand begann, den mysteriösen Tod zu untersuchen, und Sofronia musste weggehen. Sie wanderte nach Frankreich aus. Dort bewarb sie sich bei dem großen Koch Birotteau um eine Anstellung in seinem Restaurant.

Als er das Landmädel sah, lächelte der Chefkoch unter seinem Schnurrbart und sagte zu ihr:

»Mal sehen, Kleine. Könntest du mir ein kleines Omelette machen, vielleicht mit ein paar Kräutern?«

»Sicher«, sagte sie, »was halten Sie von einem mit Anis, Borretsch, Centella, Damiana, dreifüßigem Zitronengras, Frauenmantel, Koriander, Lorbeer und Mariendistel? Oder bevorzugen Sie es mit Teufelszunge, Masa, Hopfen, scharfer Linzimarica, Majoran, krauser Minze und Morinda Citrifolia?«

»Also eigentlich …«, stotterte Birotteau verblüfft.

»Verstehe. Dann wollen Sie Pirigalla-Minze, Limonicchio, Rosenwurz, Rosmarin, Spirulina, Tribulus, Wunschkraut, Epigallo und Pastorellasamen … vorausgesetzt, dass Sie verstehen, wovon ich spreche …«

Birotteau erkannte, dass er ein großes Talent vor sich hatte. Eine Frau, für die die Natur keine Geheimnisse barg. Sie kannte jedes Blatt, jede Wurzel, jedes Rhizom, jedes Gemüse und war bereit, sie in schmackhafter Abwechslung zusammenzustellen. Und sie verstand sich auch auf Eier und Milchprodukte, sie brauchte einer Kuh nur in die Augen zu schauen, um zu wissen, ob ihre Butter gut war. Sie kochte weder Fleisch noch Fisch. Sofronias *cuisine verte* wurde bald berühmt, so berühmt, dass Birotteau eifersüchtig wurde. Und bevor er als Opfer irgendeines mörderischen Radieschens endete, entließ er sie.

Sofronia kehrte ins Vaterland zurück. Sie eröffnete eine Trattoria kurz vor Montelfo, in einem sonnigen kleinen Weiler. In kurzer Zeit pflanzte sie einen wundervollen Kräutergarten an, der seinen Duft im ganzen Tal verströmte. Töpfe mit Minze und Riesenbasilikum schmückten das Sträßchen, das zur Trattoria Fleur Sofronia führte. Es gab nur fünf Tische. In jenen Garten der Gaumenfreuden aufgenommen zu werden war äußerst schwierig. Sofronia blickte tief in die Augen der Gäste: Wenn irgendetwas in ihrem Blick ihr nicht gefiel, kehrte sie ihnen den Rücken.

»Verschwinde, Unkraut«, sagte sie.

Es gab Leute, die monatelang darauf warteten, jenes Paradies der Aromen und Geheimnisse zu betreten. Denn unter den Zutaten der Köchin gab es einige Kräuter, die nur sie kannte. Und vor allem das berühmte Sofrolio, ein Gemüse, das sie in einem versteckten Garten züchtete. Nicht einmal die Botaniker wussten genau, worum es sich handelte. Einer sagte, es ähnele einem großen ovalen Kürbis, ein anderer meinte, es habe Arme und Beine wie ein Marsmännchen. Irgendwer behauptete, dass es nachts auf den blattförmigen Pfoten lief, um Tau trinken zu gehen. Das Einzige, was man mit Sicherheit wusste: Es schmeckte unvergleichlich gut.

In kurzer Zeit wurde die Trattoria Fleur Sofronia eine der Attraktionen des Tals und bekam fünf Sterne von allen Gastronomieführern und vier von dem unerbittlich strengen Alfio Taracco, dem anspruchsvollsten Gastrokritiker des Landes. Doch Sofronia war nicht eitel. Ihre strengen blauen Augen behandelten den reichen Gourmet und den gefräßigen Ortsansässigen auf gleiche Weise.

Jemand bereitete sich jedoch darauf vor, ihre Triumphe zu bedrohen. Gegenüber der Trattoria stand ein altes, verfallenes Landhaus. Eines Tages kamen Arbeiter und begannen zu restaurieren und zu sanieren. Igelo und Zeppa persönlich bauten einen großen Kamin, nach einer sehr detaillierten Zeichnung. Dann kam ein Laster und entlud eine Ravanel-Küche, die hochwertigste der Welt. Und zehn Kisten Töpfe und Utensilien. Sofronia fragte nach dem Warum all dieser Vorbereitungen. Igelo antwortete, dass sie von jemandem beauftragt worden seien, der sich um die Geschäfte eines großen Koches, Signor Rasputin, kümmere, und dass dort eine Trattoria namens Carnaza entstehen werde.

Und nach einem Monat stieg aus einem schwankenden und überladenen Lieferwagen der erwartete und geheimnisvolle Chefkoch. Es war ein zwei Meter hohes Ungeheuer. Er trug die Haare zu schwarzen, dicken Zöpfen gezwirnt, die jeweils in einem Löwenschwanzbausch endeten. Ein dichter Bart hing ihm bis zu den Knien, die Schnurrbartenden standen gerade ab wie zwei Schwerter, und die Augenbrauen hätten einem Adler Unterschlupf gewähren können, so dicht und struppig waren sie. Er hatte orientalische Züge, spitze Wangenknochen und grüne, wie mit Bister geschminkte Augen, in denen der Wahnsinn funkelte. In einer Hand hielt er einen langen Spieß, in der anderen ein Schlachtermesser. Er war mit einem schwarzen Überrock bekleidet, dessen Glasknöpfe wie Tieraugen aussahen (oder vielleicht sogar welche waren). Und mit ihm zusammen stieg eine schauderhafte Reihe von Trophäen aus dem Laster: Wildschwein- und Fuchsköpfe, ausgestopfte Schlangen, Kaimanstümpfe, Nilpferdarschbacken, Haifischmäuler mit aufgesperrtem Rachen, Tiger mit vergilbten Hauern. Er war ein Meister der Jagd und der Hekatomben. Denn während Sofronia eine Kräuterköchin war, war Rasputin ein Wild- und Fleischküchenmeister. Und sein Messer war immer blutig, genau wie das von Sofronia immer duftete.

Woher kam der Ungeheuer-Chefkoch? Einigen zufolge aus Transsilvanien, anderen zufolge aus der sibirischen Steppe, wieder anderen zufolge war er ein Sasquatch, eine legendäre Kreatur der Wälder. Doch er brauchte jemandem nur in die Augen zu sehen, sei es einem Zweibeiner oder einem Vierbeiner, und jener fühlte sich schon aufgespießt und geröstet.

Es war offensichtlich, dass die beiden unvereinbar waren. Sofronia kommentierte Rasputins gastrische Ideologie schroff. Sie sagte: »Die Natur ist Harmonie und Schönheit, Pflanzen und Kräuter sind dem Menschen gegeben worden, um ihn zu ernähren, damit er seine Brüder, die Tiere, nicht anfallen muss. Die erste menschliche Nahrung war so gut wie sicher eine duftende Wurzel oder ein zartes Blättchen, die Frucht eines Baumes oder die Tränen einer Olive. Die Kunst, die grünen Eingebungen der Welt zu kombinieren, zusammen mit den Milchgeschenken und den großzügigen Eiern der Tiere, die zufrieden sind, wenn sie nützlich sein können: Das ist Kochkunst. Jeder ist in der Lage, Essen zu machen, indem er Verbrechen begeht und Kadaver und grobschlächtige Aromen aufschichtet.«

Rasputin antwortete: »Die Bibel sagt: ›Und du, Mensch, wirst dir die anderen Tiere untertan machen und wirst ihnen Furcht und Zittern bringen‹. Die Tiere zerfleischen sich untereinander, und das stärkste Tier frisst sie alle. Braten und kochen, das ist die einzige Überlegenheit der menschlichen Kultur, die in allen anderen Formen übrigens elend und ungeraten ist. Flinte und Spieß, nicht die Feder, machen die Kultur aus. Der erste Mensch legte sich ein zartes Blättchen in den Mund, aber sofort spuckte er es wieder aus und trug Krämpfe und Durchfall davon. Das erste Kaninchen, das er mit seinen Händen strangulierte, hingegen gab ihm die Ahnung der Existenz Gottes, und der Geruch, der bei seinem langsamen Anbraten entstand, gab ihm die Gewissheit des Paradieses. Die Kunst, Blut, Sehnen, Bries und lebendes Fleisch mit den anderen Reichen der Welt, grasartigen, früchtefressenden oder eierlegenden, zu kombinieren, das ist die wahre Kochkunst. Alle sind in der Lage, eine Karotte zu ernten, Karotten fliehen nicht.«

In allem waren sie also verschieden. Sofronia ließ sich von zwei Schwestern helfen, Barbara und Mangolda, die so blond, schön und langohrig waren, dass man den Verdacht hegte, es seien Elfen. Dann war da noch die uralte Tegamina, die Königin unter den Nudelmacherinnen, eine, die das Nudelholz benutzte wie Toscanini den Taktstock. Die Küche der Trattoria glänzte vor Hygiene und Klarheit, die Töpfe wurden schön in Ordnung gehalten, und man sang bei der Arbeit. Die Tische waren einwandfrei gedeckt mit Porzellantellern aus Sèvres, und vor dem Servieren offerierte Sofronia jedem Gast einen Rhabarberaperitif und sagte: »Qu' aimez-vous, mesdames et messieurs?« Und sie reichte ihnen eine handgeschriebene Karte. Doch wenn jemand den falschen Wein bestellte oder nach Mayonnaise fragte oder ein Omelette nicht aufaß, wurde er umgehend hinausgeworfen. Und wehe, wenn jemand einen zu starken Duft an sich trug oder es wagte zu rauchen. Und Sofronia ließ nur die eintreten, die ihr gefielen.

Rasputin hatte als Helfer die Tunte, einen alten Vamp mit nur zwei Zähnen, die in der Lage war, dreitausend Tortellini pro Stunde zu machen, und Caco, einen fettleibigen Riesen, von dem man sagte, er töte die Kühe mit Fausthieben. Die Küche des Carnaza war eine infernalische Höhle mit einem immensen Kamin, in dem titanische Baumstümpfe brannten, und mit pechartigen und verräucherten Kochtöpfen, voller Fett- und Blutspritzer. Es hallten Rülpser, Fürze und Flüche wider. Die Tische waren immer dreckig und wackelig, die Teller angeschlagen, die Gläser getrübt von Schmutz. Und vor dem Servieren offerierte Rasputin keinen Aperitif, und wenn jemand nach der Karte fragte, antwortete er: »Wieso, essen Sie Papier?«, und sofort danach, um Klarheit zu schaffen, brachte er ein Kleinhirn-Antipasto. Wenn dann jemand Ragout oder einen schlecht abgenagten Knochen auf dem Teller ließ, gab es Tritte in den Hintern. Und Rasputin ließ nur die eintreten, die ihm gefielen.

Kurzum, sie waren beide Sonderklasse, zwei große Köche, und auch wenn sie sich hassten, wussten sie, dass ihre Meisterschaft gleichrangig war. Nur einer jedoch konnte die Nummer eins von Montelfo werden, und der Kampf begann. Sofronia stellte außerhalb der Trattoria ein Schild auf mit dem

∞ MENÜ DES TAGES ∞

Kaiserlingsalat mit Waldkräutern
Bavette al Sofrolio
Omelette aus dem Ofen mit feinen Kräutern

Erbazzone à la Baudelaire
Dreifarbiger Auflauf sofrolierten Gemüses
Ausgewählte Bergkäsesorten mit Jasminhonig
Heidelbeertorte mit Tunsaispas Kräuterlikör

Und darunter eines ihrer Rezepte:

DREIFARBIGER AUFLAUF SOFROLIERTEN GEMÜSES

Schält die Kartoffeln und die Karotten, wascht sie,
schneidet sie in Stückchen und gart sie in leicht gesal-
zenem Wasser. Nehmt das Sofrolio, entfernt die Blätter
und den Sterz, teilt es in vier Teile und gart es ebenfalls.
Während das Gemüse kocht, heizt den Ofen auf 200
Grad, putzt grünen Salat und Kresse, schneidet sie und
lasst sie dann mit wenig Butter anschwitzen. Schließlich
lasst ihr sie abtropfen und püriert sie. Fettet eine Pud-
dingform ein und kleidet sie mit Paniermehl aus. Schlagt
fünf Eiweiß von Hennen aus Straßburg steif. Gießt die
Karotten ab und püriert sie. Gießt die Kartoffeln ab,
zerdrückt sie mit der Gabel und amalgamiert sie mit der
verbliebenen Butter, den Eigelben und einer großzügigen Portion geriebenem Käse. Gießt das Sofrolio ab,
werft es mehrere Male in die Luft und fangt es wieder
auf, damit es sich vergnügt und erweicht. Teilt anschließend die Mischung in drei Teile: Mit einem amalgamiert
ihr die pürierten Karotten, mit dem anderen das Salat-
Kresse-Püree und den dritten lasst ihr, wie er ist. Dann
rührt ihr behutsam jedem der drei Teile ein Drittel des
steifgeschlagenen Eiweißes unter. Füllt die Form mit
Schichten von ein paar Zentimetern, die Farben ab-
wechselnd, dann backt es für circa 30 Minuten im vorge-
heizten Ofen. Lasst es ein paar Minuten ruhen, bevor ihr
es aus der Form nehmt.

Am Morgen sah jemand Rasputin vor dem Schild anhalten und sich nervös am Bart zupfen. Es war ein Tiefschlag. Listig hatte die Rivalin ein Menü komponiert, in dem sie ihre Geheimnisse nicht preisgab, mit mysteriösen Zutaten, die nur sie kannte. Doch Rasputin war nicht unterlegen. Auch er hatte seine verborgenen Waffen. Und er hängte Folgendes auf:

∞ MENÜ ∞

Steinpilzsalat, sehr viel leckerer als die Kaiserlinge
von der da drüben
Tagliatelline mit Trüffel
Waldschnepfenrisotto
Fasan mit Waldfrüchten
Hackbraten alla Carnera
In Sauce geschmorter Gargaleone
Stinkekäse mit Akazienhonig
Kleingebäck al Madera mit Überraschung

Und das Rezept für den geheimnisvollen Gargaleone:

IN SAUCE GESCHMORTER GARGALEONE À LA VLAD

Nehmt einen Gargaleone und entfernt ihm die Gargaschwarte und den Favone, dann vierzigteilt ihn. Mariniert das Ragout mindestens 12 Stunden lang (vom Abend bis zum Morgen) in circa 400 ml oder mehr Scaramello-Wein mit Wacholderbeeren; das Fleisch muss vollständig bedeckt sein. Schüttet den Wein weg, besser noch: trinkt ihn. Putzt, wascht und schnippelt Karotten, Sellerie und Silberzwiebeln; gebt das Gemüse in einen schönen großen Kochtopf zusammen mit Öl, Lorbeer und getrocknetem Schnittlauch. Fügt das Fleisch hinzu, schmeckt mit Salz ab und lasst es von allen Seiten anbraten. Gießt weiteren Wein hinzu und lasst ihn verdampfen, aber nicht ganz, auf lebhafter Flamme. Fügt kochendes Wasser hinzu, wie wenn ein Dämon ausspuckt, dreht die Flamme kleiner, deckt den Topf zu und fahrt mit dem Schmoren fort, bis das Fleisch zart wird. Gebt während der gesamten Garzeit weiter kochendes Wasser hinzu und das Knochenmark des Gargaleone. Lasst eine ordentliche Portion Tunke, um sie in der Moulinette zu passieren und anschließend wieder zum Fleisch in den Topf zu gießen. Serviert es warm mit gekochten Kartoffeln und verziert es mit dem flambierten Schwanz des Gargaleone.

Der Kampf hatte begonnen. Und die beiden Kontrahenten sparten im folgenden Monat nicht mit Schlägen. Sofronia erfand neue Rezepte und verdoppelte die Arbeit. Barbara und Mangolda, die helfenden Elfen, hatten wegen der Nähe zum Herd immer glühende Ohren, und Tegamina musste ab und zu innehalten, weil das Nudelholz rauchte und man es abkühlen musste. Jede Nacht verschwand Sofronia in den Wäldern und kehrte mit einem Sack zurück, in dem offenbar das Mysterinkraut und das Sofrolio versteckt waren, und niemandem gelang es, ihr zu folgen.

Auch Rasputin legte sich ins Zeug. Aus seinem Kamin stieg eine immerwährende, wohlriechende Rauchwolke zum Himmel auf, aus der Soßengewitter regneten. Nachts gingen Caco und er mit umgehängter Flinte aus. Man hörte Schüsse und Röhren, und Winseln und Brausen und Todesschreie, aber keinem Wildhüter gelang es, das Paar zu überraschen. Nicht einmal Garbe der Wilderer war in der Lage, ihnen zu folgen, denn sie drangen in unzugängliche Macchia und tiefe Täler ein. Sie schienen im Nichts zu verschwinden, dann kamen sie mit vollen Jagdtaschen zurück. Und eines Morgens, als der Tag graute, enthüllte Zwille, habe er gesehen, wie die beiden den Körper eines gigantischen Tieres in die Trattoria schleiften, in dem er, wie er sagte, ein äußerst seltenes weißes Rhinozeros erkannt habe. Aber vielleicht war es auch der mythologische Gargaleone mit dem exquisiten Fleisch.

Im Wettkampf um das beste Restaurant war Sofronia die Erste, die einen Punkt zu ihrem Vorteil erzielte. Die Zeitung *Gustalligusta*, die maßgeblichste des Sektors, schickte zwei als Japaner verkleidete Redakteure. Sie kehrten enthusiastisch zurück. Zu diesem Zeitpunkt war klar, dass, um das finale Urteil zu fällen, der König der Gourmets kommen würde, der gefürchtetste Gastrokritiker Alfio Taracco. Er würde natürlich inkognito erscheinen, und Sofronia musste bereit sein, ihn zu empfangen, denn nur er konnte den fünften Stern der Exzellenz verleihen. Und so würde das Fleur das erste heimische Restaurant werden, das mit fünf Sternen ausgezeichnet wäre, eins der wenigen auf der Welt. Sofronia bereitete Folgendes vor:

∞ *HERBSTMENÜ* ∞

Friedhofsgnocchi mit Kresse
Tortelli mit Mysterinkraut und Ziegenschafricotta
Omelette mit aromatischen Kräutern
Arcimboldo-Omelette
Mousse de Sofrolio à la Pigalle
Arkanumcreme zu den fünfzehn Pilzen
Radieschen mit Schokolade

Und es folgte ein einladendes Rezept:

FRIEDHOFSGNOCCHI MIT KRESSE

Bereitet die Gnocchi aus der Friedhofskartoffel, jene, die nur in sehr wenigen Gottesäckern wächst. Putzt und wascht die Kresse und sortiert dabei die härteren Blätter

196

aus. Zerkleinert den Lauch. Erhitzt die Butter in einem kleinen Topf, gebt den Lauch hinzu und lasst ihn weich werden, fügt anschließend die Kresse hinzu und kocht sie 2 Minuten lang, bis sie verwelkt ist. Püriert alles und gießt das Kressepüree wieder in das Töpfchen, fügt die Sahne und den Senf hinzu, salzt und mischt alles, während ihr es auf sehr kleiner Flamme warm haltet. Kocht die Gnocchi, legt sie auf einer kreuzförmigen Servierplatte zurecht und macht sie mit der Kressesoße und dem feingehackten Mysterinkraut an.

Es dauerte nicht lang. Am Abend, der auf die Ausstellung des Menüs folgte, hielt ein Wagen mit Chauffeur auf der Piazzetta, und eine elegante und auffällige Signora stieg aus. Breitkrempiger Hut mit Trauben- und Johannisbeerendekoration, lange schwarze Haare, unbändiger Busen und Pfennigabsätze. Doch wenn man sie genau ansah, bemerkte man einen leichten Flaum auf den Wangen, schlecht verborgen vom Make-up, und vor allem zwei kräftige Radlerwaden. Es war Alfio Taracco.

Die Signora stellte sich als Comtesse de Croissants vor. Sofronia ließ sie Platz nehmen und bemerkte auf dem Tisch sofort ein winziges Notizheftchen. Die Comtesse konsultierte die Weinkarte. Unter vielen hochwertigen italischen, französischen und südafrikanischen Weinen zeigte ihr Finger auf einen Erborino der Dreyey'schen Weinkellerei in Trepalle, einen Wein, der wunderbar auf die Gnocchi des ersten Gangs abgestimmt war und mit dem nur Kenner vertraut sind. Es gab keinen Zweifel. Diese Signora war ER.
  Alfio de Croissants kostete die Friedhofsgnocchi und die Tortelli mit Mysterinkraut. Er schien sie sehr zu mögen. Dann wechselte er den Wein und probierte die beiden Omelettes, wobei er langsam kaute, um alle Kräuternuancen

zu genießen. Sein Gesichtsausdruck wurde immer zufriedener. Doch als er das Mousse de Sofrolio kostete, schloss er die Augen und sah wirklich so aus, als höre er eine Musik. In diesem Gang war die ganze Kunst und das Geheimnis der Sofronia'schen Küche. Er konnte nicht widerstehen und fragte mit Falsettstimme:

»Madame, was ist denn dieses Sofrolio?«

»Es tut mir leid, Comte, Pardon, Comtesse, aber eine Köchin muss ihre Geheimnisse haben ...«

»Richtig«, sagte Alfio. Und aus der Art, wie er den letzten Bissen aß und lächelte, erkannte Sofronia, dass der fünfte Stern nun nahe war.

Es kam die Arkanumcreme zu den fünfzehn Pilzen. Die Comtesse aß einen Löffel davon. Sie ließ das Besteck in einem Akt freudiger Zustimmung kreisen, dann, ein bisschen beschwipst vom Wein, fragte sie/er:

»Mal sehen, Madame. Ich bin keine Kennerin, aber ich möchte trotzdem versuchen, die Komponenten dieser erhabenen Creme zu erraten. Also, ich würde sagen, darin sind ... Kaiserlinge, Steinpilze, Pfifferlinge, Hallimasch ... dann ein Ziegenfußporling ...«

»Erraten«, sagte Sofronia verwundert.

»Dann ist da noch der Geschmack eines Milchlings ... eine Nuance Wulstling ... ein Amethyst-Blätterpilz, ein Riesenegerling ... dann noch ... die drei Täublinge, würde ich sagen.«

»Exakt. Ein Goldtäubling, ein Frauentäubling und ein Buchen-Herings-Täubling ... und was noch?«

»Ich würde sagen ein *Lycoperdon*, oder auch Stäubling ... dann ein Pignom-Moosling und dann noch ...«

»Was noch?«

Alfio kostete einen weiteren Löffel voll und gab zu:

»Hm, helfen Sie mir. Ich habe vierzehn erraten, aber der fünfzehnte ist geheimnisvoll, ich schaffe es einfach nicht, es herauszuschmecken.«

»Oh, das ist nicht einfach. Es ist ein äußerst seltener Pilz …
er heißt Einsamer Milchling oder Eremitenpilz. Er wächst
nur an den dunkelsten und geheimsten Orten. Es ist sehr
schwierig, ihn zu finden. Doch vor allem verlangt er sorg-
fältige Betrachtung und Vorsicht. Denn er ist fast identisch
mit einem sehr giftigen Pilz, dem *Lactarius torminosus* oder
Zottiger Birken-Milchling. Wehe, wenn man ihn mit letzte-
rem verwechselt, besonders in unserer Gegend enthält er
ein tödliches Toxin … aber … was geschieht mit Ihnen?«

Die Comtesse Taracco begann, nachdem sie ein klägli-
ches Röcheln von sich gegeben hatte, zu keuchen und zu
schwitzen. Dann fing sie vor Sofronias Augen an, sich auf-
zublähen. Der Büstenhalter explodierte und schoss mit der
Schaumstoffpolsterung um sich, die Perücke spritzte vom
angeschwollenen Kopf weg. Schließlich schoss die Comtesse mit erschreckender Gleichzeitigkeit einen Geysir Er-
brochenes Richtung Decke und einen Strahl Scheiße Richtung Boden und stürzte leblos hin.

Was war passiert? Nun, Rasputin hatte die grausamste
aller Sabotagen in Gang gesetzt. Er hatte die schöne Barbara bestochen, die Assistentin von Sofronia, indem er damit
prahlte, dass er sie ins Fernsehen zu *Tegame mio* schicken
könne, die vormittägliche Kochsendung. Dann hatte er ihr
ein kleines Stück des diabolischen Pilzes überreicht und sie
überzeugt, es heimlich in die Creme zu mischen.

»Es wird nichts Schlimmes passieren«, hatte er sie ange-
logen, »nur eine kleine Kolik.«

»Ich wollte niemanden vergiften«, sagte Barbara unter
Tränen dem Brigadiere Di Zezo, der mit der Ermittlung beauftragt war. Die blonde Elfe kannte die böse Macht des Bir-
ken-Milchlings nicht.

Alles endete unter Stillschweigen. Alfio Taracco konnte
nicht zugeben, dass ein Kenner wie er eine Creme mit einem giftigen Pilz gegessen hatte. Sofronia wurde aus dem
Führer von *Gustalligusta* gestrichen, aber nur sehr wenige

erfuhren den wahren Grund. Und unter diesen wenigen war natürlich Rasputin. Sofronia sagte nichts zu ihm. Nur manch eiskalter Blick, der von einer Seite der Piazzetta zur anderen geworfen wurde, zeigte, dass der Krieg bei der finalen Schlacht angelangt war. Sofronia wartete auf eine Gelegenheit, um sich zu rächen. Und sie bekam sie bald.

Eine Woche später erfuhr man, dass der russische Präsident Putankow Gast des heimatlichen Premiers sein würde, wegen eines kleinen Geschäftes mit Kaviar, Raketen und Ölpipelines. Der russische Präsident war ein begeisterter Jäger und ein großer Gourmet. Er hatte von Rasputins Küche gehört und um eine Pause im Terminkalender gebeten, um sich ins berühmte Carnaza zu begeben.

Rasputin bereitete Folgendes vor:

∞ OKTOBERMENÜ ∞

Tagliatelle mit Wildschweinragout
Hase mit Polenta
Wachteln in Kirschsoße
Waldschnepfe in Salmì
Risotto hinkender Frösche
Gargaleone alla Lenin
Kleingebäck al Madera

Und er ließ sein schreckliches Rezept folgen:

SADISTISCHES RISOTTO MIT HINKENDEN FRÖSCHEN

Putzt und häutet die Frösche, aber lasst sie dabei am Leben, dann wascht sie gründlich. Benutzt nur die Schenkel, denen ihr zudem das Knöchelchen ausfädelt. Gebt in eine Kasserolle drei Löffel Olivenöl, gebt die gehackte Petersilie, die Karotten, eine Zwiebel und den in Stückchen geschnittenen Sellerie sowie Salz und Pfeffer dazu. Lasst diese Zutaten gut andünsten, dann gebt die Froschschenkel dazu, schließt den Deckel und kocht bei moderater Hitze, ab und zu umrührend, vor den Augen der verstümmelten Frösche. Eine halbe Stunde vor dem Essen gebt ihr in eine Kasserolle etwas Öl und eine in Scheiben geschnittene Zwiebel und lasst sie andünsten, dann fügt den Reis hinzu, röstet ihn und löscht ihn mit einem halben Glas Weißwein ab. Bringt das Risotto zum Kochen, dann gebt die übrige Petersilie hinzu und nach einigen Minuten auch die Froschschenkel mit ihrem Saft und die gerade erst geschmolzene Butter. Dann sagt zu den Fröschen: ›Auf, wenn ihr wollt, könnt ihr euch jetzt eure Schenkel zurückholen.‹ Sobald sie ins Risotto eingetaucht sind, bringt das Kochen zum Abschluss. Gießt das Risotto auf eine Servierplatte, am besten angewärmt, und serviert es mit geriebenem Parmesan.

Und der große Tag kam. Sechs blaue Wagen hielten vor der Trattoria. Rasputin, ausnahmsweise mit Kochmütze und weißer Schürze herausgeputzt, ließ den Premier, den russischen Präsidenten und die Eskorte Platz nehmen. Von den Fenstern des Fleur beobachtete Sofronia die Szene.

Das Essen begann mit großen Trinksprüchen und Gläsern, die in Stücke sprangen. Rasputin wandte sich in einem seltsamen russischen Dialekt an den Präsidenten. Der Premier erzählte klägliche Witze, und alle taten so, als amüsierten sie sich. Putankow fraß wie ein Scheunendrescher. Er verputzte die Tagliatelle, vernichtete den Hasen, zerbrach die Wachteln inklusive der Knöchelchen, und exekutierte die Waldschnepfe, die er mit einer abscheulichen Mischung aus Wodka und Weißwein begleitete. Doch der Clou sollte noch kommen. Es war allgemein bekannt, dass Putankow und der Premier besonders versessen auf junge Hüpfer waren, und sie erwarteten das sadistische Risotto. Als die große, bedeckte Suppenschüssel kam, aufgetragen von Caco, brandete Applaus auf. Für Putankow sah die Suppenschüssel wie die Kuppel der Isaakskathedrale in Petersburg aus. Für den Premier wie der Hintern einer bekannten Schauspielerin. Caco nahm den Deckel ab und …

Und es war die Hölle. Etwa hundert gehäutete und kochende Frösche, aber noch am Leben und wütend wie wilde Tiere, attackierten die Tischgenossen. Einige sprangen ihnen ins Gesicht, andere in die Hemden, wieder andere direkt in den Mund, wobei sie sie erstickten. Ein besonders böser und glühender sprang dem Premier auf den Kopf und setzte sein synthetisches Kopfhaar in Brand, ein anderer, der so groß war wie eine Kröte, stürzte sich in die Hosen von Putankow und garte seine Nüsse. Die Eskorte schoss, die Frösche prallten überall ab und zerbarsten in grüne Spritzer, der Tisch brach zusammen, und das Risotto überflutete das Zimmer. Als das Gefecht beendet war, gab es hundert tote Frösche, aber zwei Männer der Eskorte waren schwer verletzt, der Premier war skalpiert und geschröpft, und Putankow hatte Skrotalverbrennungen dritten Grades davongetragen.

Die Zeitungen wurden aufgefordert, die Nachricht nicht zu drucken. Es ging um die Würde der heimischen und ausländischen Institutionen. Doch wir wurden über alle Einzelheiten unterrichtet. Sofronia hatte sich gerächt. Sie hatte Caco bestochen, indem sie ihm Mangolda zur Frau versprochen hatte, in die der Riese verliebt war. Caco hatte im letzten Moment dem Gang eine Gruppe lebender Frösche hinzugefügt, die nur halb gehäutet und gegart waren, und hatte ihren letzten wutentbrannten Zorn gegen die Tischgenossen entfacht. Er hatte sich eine solche Katastrophe nicht vorstellen können. Er wurde zum Kochen auf eine arktische Basis in Sibirien geschickt. Rasputins Restaurant wurde geschlossen.

202

Einige Nächte danach irrte Sofronia durch die Wälder wie eine Schlafwandlerin. Es war Vollmond, und die Hunde heulten. Sie hätte sich über ihre Rache freuen sollen, doch irgendetwas lastete auf ihrem Herzen. Sie war nicht glücklich. Sie lief über den feuchten Blätterteppich, als sie eine Stimme singen hörte. Es war eine raue und hohle Stimme, aber das Lied war voller Sehnsucht und Süße. So folgte sie der melodiösen Spur und sah Rasputin, der, an einen Baum gelehnt, sang und sich auf der Balalaika begleitete. Sie hielt an, weil sie die Reaktion des Ungeheuers fürchtete. Jener schnellte tatsächlich auf sie zu. Sofronia versuchte zu fliehen, aber er packte sie und zermalmte sie in einer Umarmung.

Es war keine Racheumarmung. Es war liebevoll.

»Sofronia, alte Vegetarierhure«, sagte Rasputin, »du bist großartig! Nur du konntest dir den Trick mit den vor Wut kochenden Fröschen ausdenken.«

»Bist du denn gar nicht wütend?«

»Wütend? Ich habe mich in meinem ganzen Leben noch nie so amüsiert. Weißt du, ich hasse euren Premier und diesen korrupten Putankow. Ich hasse alle russischen Machthaber seit … aber das ist eine alte Geschichte. Als sie mir ihren Besuch ankündigten, dachte ich darüber nach, wie ich sie mir anständig vorknöpfen könnte. Dann bemerkte ich, dass ihr, Caco und du, dabei wart, irgendwelche Ränke zu schmieden. Also sagte ich mir: Lassen wir die olle Sofronia machen. Dann wird sie die ganze Schuld auf sich nehmen.«

»Verfluchter irrer Kannibale«, sagte Sofronia, »dann wusstest du also alles.«

Sie wollte wütend sein, aber sie schaffte es nicht. Und Rasputins Glutaugen leuchteten durch die Nacht und flößten ihr eine seltsame Sehnsucht ein.

»Meine Freundin«, sagte Rasputin mit Traurigkeit in der Stimme, »wir sind die letzten Künstler. Wir beide, und dann Ouralphe, Blaise Petitveau, Cherubini, Jean Usai, die letzten großen Köche, die von der Leidenschaft geleitet arbeiten. Ich weiß sehr gut, dass das Sofrolio nicht existiert. Du bist es, die es schafft, den Geschmack verschiedener Gemüsesorten so zu mischen, dass du einem neuen Geschmack Leben verleihst. Wie ein Maler es mit den Farben macht. Und auch mein Gargaleone ist eine Komposition, es ist die Palette der fleischlichen Geschmäcke, die ihn erschafft. Sein Grinsen einer inexistenten Kreatur ist wie das Lächeln der Mona Lisa. Aber wir sind alt, meine Freundin, wir sind überholt. Die halbe Welt frisst zu viel. Sollen wir ihnen weiterhin Leckerbissen zubereiten? Und die andere Hälfte hat nichts zu essen. Was nützt unsere Kunst, wenn ihnen ein Stück Brot reichen würde?«

»Es ist wahr, Rasputin. Auch ich bin müde. Und ich glaube, dass du ein großer Künstler bist, und im geheimsten Inneren habe ich dich immer respektiert, auch wenn du Tiere tötest. Im Grunde sind wir zwei Erscheinungsbilder des großen Mysteriums der Natur.«

»Ja, Sofronia«, sagte Rasputin und drückte sie an sich, »oh du, die du so blaue Augen hast wie das Gargaleoneweibchen.«

Und sie sprachen nicht weiter.

In jener Nacht im Wald verzehrten sie sich gegenseitig vor Liebe, zwischen dem Duft der Erdbeeren und den Kommentaren der voyeuristischen Käuze. Nie war eine Liebesnacht heißer und würziger, nie sah man ein solches Menü an Stellungen, nie so viele gierige und schmackhafte Kombinationen aus Seufzern und Schreien.

Im Morgengrauen waren sie, nackt und ein bisschen rot vom Wälzen über die Brennnesseln, noch immer umarmt. Rasputin erzählte Sofronia sein unglaubliches Leben, und Sofronia widmete mit melodiöser Stimme dem Liebhaber eine süße Serenade:

Du bist heiß wie der sibirische Bär
Aber sei behutsam, denn wie er bist du schwer

Darauf sagte Rasputin: »Sofronia, ich breche morgen in weit
entfernte Länder auf, nach Gargakistan oder Drakulia. Willst
du mit mir kommen?«

Sofronia antwortete: »Du bist mir ein schöner Vogel und
hast ein schönes großes Nudelholz, aber ich bin nicht fürs
Reisen gemacht, ich bin eine Kräutergartenpflanze. Ich werde hierbleiben.«

»Das verstehe ich«, sagte Rasputin, »auf der Welt gibt es
die, die bleiben, und die, die gehen.«

»Ja. Und es gibt die, die gehen, aber nie irgendetwas sehen, und die, die bleiben, aber alles sehen, was um sie herum ist«, antwortete sie.

Die beiden spazierten bis zum Waldrand, Hand in Hand.
Dann sagte Sofronia zu Rasputin:

»Ich habe ein Geschenk für dich. Es ist ein Bündelchen
Lavendel, für die Hosentasche. Eher ein Bündel. Ich habe es
dir nie gesagt, aber du riechst wie ein Höhlenkäse.«

»Auch ich habe ein Geschenk für dich«, sagte Rasputin,
»es ist ein Blatt mit einem Rezept. Ich habe es dir nie gesagt, aber deine Speisekarte taugt eher für Kühe als für Menschen.«

Am nächsten Morgen verschwand Rasputin. Manch einer sagt, er sei in sein weit entferntes Land zurückgekehrt,
um Brot für die Armen zu backen. Für manch anderen ist er
der Häuptling eines indigenen Stammes in Mato Grosso geworden, der manchmal die benachbarten Stämme verspeist.

Wir hatten keine Nachrichten mehr von dem Koch mit
den Glutaugen. Doch die Hasenmammas erzählen ihren
Häslein immer noch das Märchen von dem Ungeheuer
mit dem schwarzen Bart. Und manch einer erinnert sich an
seine legendären Rezepte. Jetzt hat Sofronia eine winzige
Trattoria mit niedrigen Preisen. Sie kocht immer noch ihr

Gemüse, aber auf ihrer Karte gibt es auch ein Fleischgericht, das ›Pollo alla Rasputin‹.

Und wenn sie jemand fragt:

»Wieso dieses anormale Gericht? Und vor allem, wer war Rasputin?«,

antwortet sie liebevoll:

»Das war einer, der sein eigenes Ding machte.«

❭ **Dritter Teil**

Der Triotraum und der verhängnisvolle Brief

Der Opa Seher fand sich leicht wankend auf dem Weg nach Hause wieder. Wein und Rauch hatten ihn benebelt. Nun war es Nacht. Die Sterne waren verschleiert und flimmerten, als ob sie kosmischen Alkohol mit galaktischen Gewürzen getrunken hätten.

Auf der Hälfte des Heimweges hatte der Opa das Gefühl, verfolgt zu werden.

Er drehte sich um und sah die Mannara Vervolfiana mit ihrem Hundeumzug.

»Was machen Sie hier um diese Zeit, Signora?«, fragte der Opa.

»Ich mache einen kleinen Gang«, grinste die Alte. »Es gefällt mir, nachts spazieren zu gehen. Ich bin ganz schwarz, und niemand sieht mich …«

»Und Sie haben keine Angst?«

»Die Hunde beschützen mich. Außerdem fürchte ich das Dunkel nicht. Und die Gespenster auch nicht. Glaubst du an Gespenster, alter Freund?«

»Hm, kommt drauf an«, sagte der Opa Seher, »bei diesem Mond könnte ich sogar dran glauben. Und Sie, was denken Sie darüber?«

»Ich lebe mitten unter ihnen«, sagte die Alte, »und ich weiß genau, wie es funktioniert. Mit den Gespenstern sprechen ist nicht einfach …«

»Warum?«

»Woher willst du wissen, ob du mit einer realen Person oder mit einem Gespenst über Gespenster sprichst?«, grinste die Alte. »Und wie willst du über Träume sprechen und sicher sein, dass du nicht gerade träumst? Weißt du, was ein Triotraum ist?«

»Nein. Aber warum sagen Sie mir das, Signora Mannara?«

Die Mannara antwortete nicht. Sie öffnete den Mantel und begann mit den Flügeln zu schlagen. Als Fledermaus-Mannara mit funkelnden Augen stieß sie einen Pfiff aus, und ihre Hunde erschienen, die einen Schlitten zogen. Die Alte sprang auf und flog in den Himmel davon, grinsend wie ein dämonischer Weihnachtsmann.

Der Opa erwachte mit einem Zucken. Er war immer noch am Tischchen der Bar.

»Nach der Erzählung bist du plötzlich eingeschlafen«, sagte Alice, »wir wollten dich nicht wecken.«

»Ich habe zu viel getrunken«, antwortete er, »ich hatte einen Alptraum. Naja, jetzt gehe ich …«

»Wenn ich dich gehen lasse«, sagte Alice mit nicht wiederzuerkennender Stimme, und ihr Engelsgesicht verwandelte sich in das faltige und spöttische Gesicht der Mannara, die sich auf seinen Schoß setzte. Sie stank gewaltig nach Hund.

»Küss mich, hübscher Opi, du erinnerst mich so an Gregory Peck.«

»Signora, ich bitte Sie …«

»Man kann Träume, besser gesagt Trioträume, nicht einfach verlassen, wann man will. Nicht wir sind es, die das Drehbuch schreiben. Aber da du mir sympathisch bist, lasse ich dich gehen. Doch Vorsicht: Wenn du aufwachst, wirst du etwas entdecken, was dir nicht gefallen wird. Bist du sicher, dass du aufwachen willst?«

»Ja«, rief der Opa, und er erwachte. Er hatte Merlot auf dem Schoß. Deshalb der Hundegeruch.

»Kinders«, sagte er zu den jungen Leuten, die ihn ansahen, »ich weiß, dass ich kein gutes Vorbild bin, aber haltet euch mit dem Trinken zurück. Ich hatte gerade zwei Alpträume hintereinander …«

»Machen wir drei draus, was wäre das sonst für ein Trio-traum?«, sagte Merlot grinsend, mit einem schwarzen Hals-tuch um den Kopf.

»Basta!«, brüllte der Opa, und dieses Mal erwachte er wirklich.

Er war in seinem Bett, und durchs Fenster drang das Licht eines neuen Morgens.

Doch der Triotraum hatte ihm eine große Unruhe um-gelegt. Er setzte fast alle siebenundzwanzig Tätigkeiten der menschlichen Kultur in Gang, zog zwei fast gleiche Socken an und ging hinaus.

Es herrschte eine unwirkliche Stille. Während er lief, hörte er das Geräusch seines Atems und das Fließen des Flusses im Tal. Auch das Summen einer Biene um eine Gly-zinie herum, die auf die Straße ragte. Und eine kochende Caffettiera hinter dem Fenster eines zweiten Stockes.

Er sah auf einer Wand einen alten Spruch von Melone:

Lauf, du bist Erster, weil du allein bist.

Mit zweihundertneunzig Schritten, also mit großem Elan, be-gab er sich zur Bar und fand sie geschlossen vor.

Der Rollladen war heruntergelassen, die Tischchen auf-einandergestapelt. Es war ein unerwartetes Schauspiel. Die Bar schloss nicht, nicht einmal an Weihnachten oder Mariä Himmelfahrt.

Merlot kam ihm entgegen. Er wirkte unruhig und stieß ein seltsames Winseln aus:

»Iooo ... a i aiiiii?«, schien er in hündischem Vocalese zu fragen.

»Ich weiß nicht, wieso und was passiert ist, Merlot, wir versuchen jetzt mal, es herauszufinden.«

Vor der Bar saß Archivio in seinem Rollstuhl. Er hatte die ganze Nacht dort geschlafen, nachdem er es nicht mehr nach

Hause geschafft hatte. Trincone hatte ihn mit einem Tisch-
tuch zugedeckt. Am Rollladen hing ein Brief.

Liebe Freunde,
ich gehe weg, ich muss nachdenken. Macht Euch ruhig
über mich lustig und sagt, dass ich nie nachdenke.
Aber manchmal raucht auch mir der Kopf.
Sie haben mir einen Haufen Geld für die Bar Sport gebo-
ten. Und sie würden mich die neue Bar im Supermarkt
betreiben lassen. Und ich könnte dort Spielautomaten
und einen Megabildschirm aufstellen, um die Spiele in
Lebensgröße zu sehen. Und Zeilene würde meine Promoterin, und ich könnte weitere Beschäftigungen orga-
nisieren, zum Beispiel einen Verkauf typischer Produkte
und vielleicht ein kleines Restaurant.
Sicher, ich halte viel auf die Bar. Ich habe mir den Arsch
aufgerissen, um den Laden zu schmeißen. Es war die
Bar meines Großvaters und meines Vaters. Scheiße, ich
bin verwirrt. Manchmal denke ich, dass das Leben wie
ein Zug ist, dass du im mittleren Waggon reist. Plötzlich
bremsen die hinteren Waggons, um anzuhalten, und
die vorderen beschleunigen. Die Vergangenheit und die
Zukunft ziehen von zwei verschiedenen Seiten an dir.
Du spaltest dich in zwei Lager und weißt nicht, was du
tun sollst.
Habt Geduld. Ich fahre zwei Tage ans Meer. Ich bin nicht
ans Meer gefahren, seit ich zehn Jahre alt war und nur
einen Liter am Tag trank (Wein, nicht Meer). Ich denke,
dass der weite und schreckliche Ozean immer noch dort
an seinem Platz ist. Er weiß immer, was er tun soll, ob er
ruhig bleiben oder stürmisch sein soll.
Vielleicht werde so auch ich es schaffen, die Unruhen
meines Herzens zu besänftigen.
Fürchtet euch nicht, ich werde bald zurückkehren.
Jedenfalls habe ich den Schlüssel meinem Bruder dem

Stier gegeben. Wenn ihr reingehen und trinken wollt, macht ruhig.

Ich habe immer gedacht, dass das Leben wie der Wein ist: Man sieht sofort den Unterschied zwischen dem Guten und dem Schlechten. Jetzt weiß ich, dass es komplizierter ist. Und wenn ich verdorbenen Wein in mir hätte?

Bleibt mir nahe in dieser schwierigen Stunde.

Euer Wirtsfreund Trincone

Der Opa und der Lehrer Micillo lasen den Brief aufmerksam noch einmal. In der Zwischenzeit kamen Alice mit dem Fahrrad und Igelo mit einem unnötigen Ersatzteil für die Espressomaschine an.

Auch sie betrachteten die Bar und hatten denselben Eindruck. Sie wirkte, als sei sie seit hundert Jahren geschlossen, versunken. Es fehlte bloß die Fischschwärme und die Muschelkrusten.

»Was hältst du von diesem Brief?«, fragte der Opa den Rektor.

»Der ist nicht von Trincone allein. Wörter wie ›Promoterin‹, ›der weite und schreckliche Ozean‹ oder ›die Unruhen meines Herzens‹ gehören nicht zu seinem Stil«, seufzte Micillo. »Den hat jemand geschrieben, der mindestens eine 6,5 in Italienisch hatte, zwischen ausreichend und befriedigend.«

»Auch Giango ist mit ihm aufgebrochen«, sagte Zwille aus den Zweigen des Walnussbaums, »ich habe sie heute im Morgengrauen weggehen sehen, mit Koffern.«

»Aber Merlot ist hier. Warum haben sie ihn nicht mitgenommen?«

»I ae i eaeee«, winselte Merlot.

»Er sagt, dass sie ihn verlassen haben«, sagte der Opa.

»Und du, wieso hast du sie gesehen?«

»Ich war die ganze Nacht hier auf dem Baum. Mein Onkel ist betrunken, und mir war nicht danach, zuhause zu sein.«

»Und warst du ganz alleine da oben?«

»Nein, die Gnomen sind vorbeigekommen.«

»Das ist wahr, ich habe sie auch gesehen«, sagte Archivio, der aus dem Schlaf wieder auftauchte.

»Und was haben sie dir gesagt?«

»Dass ich bald sterben werde«, sagte Archivio mit einem Lachen. »Apropos, es gibt irgendetwas Seltsames im Wald. Man hört die Bagger nicht arbeiten.«

»Gutes Zeichen?«

»Nein«, sagte der Opa, in die Luft schnuppernd.

In diesem Moment sahen sie es. Es war wenige Meter vor ihnen. Das dickste Stachelschwein, das sie je gesehen hatten. Es richtete die Lanzen der Stachel auf, wie die legendäre Kreatur, die Marticora genannt wird.

Was machte es so weit von seinem Bau entfernt, um diese Zeit? Vielleicht war es wie eine Pawnee-Rothaut gekommen, um seine Pfeile gegen den weißen Mann zu schleudern. Doch das Stachelschwein sollte niemanden angreifen. Es stieß einen schmerzvollen Schrei aus und verschwand im hohen Gras.

»Es ist auf der Flucht, es ist zu Tode erschrocken.«

Sie sahen den Rauch zwischen den Bäumen des Waldes aufsteigen. Man hatte den Wald an vier verschiedenen Stellen in Brand gesetzt. Die Flammen waren schneller und tödlicher als die Bagger. Und aus dem Rauch sah man vier kleine Figuren fliehen. Sie hatten lange, versengte Bärte.

»Pilzsucher«, sagte Alice.

»Gnomen«, sagte Zwille, »und wenn du willst, erzähle ich dir, was sie uns gern sagen würden.«

Die Erzählung des Gnoms

»Malditos humangi a vos maldito«, sagte der erste Gnom, »verfluohte mennesche, ir sît verfluoht! Laz sie zagen unde zitern …«

»Tursitu tremitu hondu holtu ninctu nepitu sunitu sauitu preplohotatu preuislatu tursa iouia futu fons pacer pase tua pople totar iouinar tote iouine …«, sagte der zweite Gnom.

»Humangi«, unterbracht ihn der dritte, »ditze verfluohte mâge der rinde, sie wellent brennen di boume, unsere hiuser, nustrika masones. Pestilentia syphilidae, colita amanita unde nuz kretze suln sie hân!

Meo nomen est Kinotto, mei kumpani sîn Kapaneo y Kapakorta. Please, helpenos, aiutake. Twej tousende van years die mer lebn in de boum und net beses tuon an nîmand. Now dar todo vlammic brinnet, war suln we gân? No nos gusta terminaribus noxtra existentia alse dwerge de terracotta in voxtrikos gardens. En och niet terminaribus in muxeo alse parvus arboriculus or miniyetus apeninicus or altrixe demoniaciones. Ave vous komprì? No?«

»Signori«, sagte der vierte Gnom, »ich merke, dass ihr Schwierigkeiten habt, das alte und moderne Gnomesisch zu verstehen, deshalb werden wir nun menschlich sprechen. Ich bitte euch, helft uns, das Feuer zu löschen. Wir werden uns zu revanchieren wissen, auch wenn man unter Gnomen das Gute ohne Gegenleistung tut. Ich möchte euch eine kurze Geschichte erzählen.

Ein Gnomenstamm, die Pignomen mit den Pinienzapfennasen, lebte glücklich in einem Wald. Sie hatten sehr komfortable unterirdische Bauten, mit Raureifdusche und einer einwandfreien Kanalisation. Der Wald war reich an Erdbeeren, Kastanien, Pilzen und Rinde, die für uns ein hochwertiger Tabak ist. Jeder von uns hatte einen Fuchs oder ein Wildschwein zum Reiten, die Reicheren einen Hirsch, die Ärmeren ein Stachelschwein. Kurzum, es fehlte an nichts.

Doch eines Tages, als er einen Dachs verfolgte, der ihm die Unterhosen geklaut hatte, entdeckte ein Gnom, der Pignom Kalbabà, in einer Höhle eine Goldader.

Da kamen in den Wald die dreckigsten Schatzjäger-Pignomen.

Die kahlen, unglücklichen und gierigen Zwerge.

Die Juwelenelfen, immer auf der Suche nach neuen Schmuckstücken.

Die Tarotungeheuer, große Kaufleute.

Die Lučifeme, süchtig nach jeder Art Edelmetall.

Die Trolle von Wòlstrìtt, Betrüger, Spieler, Hurenböcke und Wucherer.

Es kamen Trincone das Aas und Vasko Inkasso und Raider Claw und andere Abenteurer. Und es kam die Manoverde, eine schreckliche Reptilianermafia.

In kurzer Zeit war der Wald voller Gruben und Autos und Handelsplätze und Saloons. Ein kleiner Teil der Gnomen machte Geschäfte. Doch der größte Teil war gezwungen, hart in den Minen zu arbeiten.

Und man grub und grub, und eines Nachts sackte ein Tunnel ab, und darin begraben starben fünfzig Gnomen, zwei Trolle und zwölf Maulwürfe.

Inzwischen war das Wasser vergiftet, und die Erdbeeren schmeckten nach Schwefel, und die Pilze wuchsen so schwarz und knubbelig, dass es Ekel erregte.

Da wurde den Gnomen bewusst, was mit ihrem Wald passiert war, doch es war schon zu spät.

Einer von ihnen sagte: »Ausnahmsweise müssen wir von den Menschen lernen. Die haben eine Sache, die sich Ökologik nennt. Jedes Mal, wenn sie etwas gegen ihre Erde tun, sagen die Menschen sofort: Logisch, hier brauchen wir die Ökologik, und sie ziehen sie hervor, um die Zerstörung zu verbieten.«

»Aber die Erde der Menschen wirkt noch übler zugerichtet als unsere«, sagte ein Gnom.

»Offensichtlich verstehen wir nicht, wie sie funktioniert, aber diese Ökologik ist sicherlich eine gute Sache. Also lass uns zu ihnen gehen und sie fragen, ob sie sie uns leihen oder sie uns lehren.«

Der Gnom ging, sah die Stadt der Menschen, studierte die Situation, kehrte zurück und sagte:

»Kinders, ich habe nicht wirklich verstanden, was diese Ökologik, beziehungsweise Ökologie, mit e statt k, ist. Es ist eine Gottheit, die immer aufs Tapet gebracht wird, aber sie zählt weniger als ein lokaler Kleinindustrieller, und sie benutzen sie sogar, um Snacks zu verkaufen. Alle erwähnen sie, aber wenige glauben daran, und fast niemand würde in ihrem Namen ein kleines Privileg aufgeben. Die Menschen stehen kurz vor der Katastrophe. Behalten wir unsere Bauten und verstecken wir uns unter der Erde.«

So machten sie es.

Die Pignomen-Gnomen existieren immer noch. Und wisst ihr, was das Geheimnis ist? Statt Ökologie benutzen sie die Hierlebichlogik.

Sie lieben den Ort, an dem sie leben, das ist das ganze Geheimnis. Doch sie praktizieren auch die Kommherlogik, sie nehmen freundlich auf, wer um Gastfreundschaft bittet. Und die Ichgehweglogik: Wenn sie ihren Ort wechseln, lieben sie den neuen. Der Rat, den ich euch gebe, ist folgender:

Wenn die Bar verschwinden wird, sucht euch einen anderen Ort, um zusammen zu sein. Und vor allem, verliert nie die Hoffnung. Und dount giwapp jur low. Verzichtet nicht auf das, was ihr liebt.«

Bei diesen letzten Worten brachen Trincone der Stier und Archivio in Tränen aus.

Trincone hob den Rollstuhl hoch und umarmte Archivio, den er dafür nicht einmal aussteigen ließ.

»Was ist los?«, fragte Alice.

»Mir ist die Geschichte meines lieben Bruders wieder in den Sinn gekommen ...«, sagte Trincone mit gebrochener Stimme. »Opa, erzähl du sie, ich schaffe es nicht.«

Trincone der Liebende

Orpheus Trincone, genannt der Liebende, war als Apfel weit vom Stamm gefallen. Die anderen Brüder waren korpulente und lärmende Saufbolde. Der Liebende war dünn, ruhig und freundlich. Er trank Tamarindensirup und Sambuca und suchte nur eines: die Liebe.

Die Brüder waren dunkel und bärtig, er blond und unbehaart. Das hatte einigen Verdacht auf ihre Mamma, Calliope Trincone, geborene Gatti, gelenkt sowie auf die Zeit, die sie als Kellnerin in Deutschland verbracht hatte.

Trincone der Liebende war Grundschullehrer und wurde von der Hälfte seiner Schüler sehr geliebt, während die andere Hälfte ihn für einen Vollidioten hielt.

Wenn er im Unterricht ein schönes Gedicht über unglückliche Liebe vorlas, weinte er.

Am liebsten mochte er *A Silvia* von Giacomo Leopardi und *Insieme a te non ci sto più* von Vito Pallavicini.

Trincone der Liebende nahm zum Unterrichten jeden Morgen die Eisenbahn in ein benachbartes Dorf. Und das Schicksal wollte, dass der Zug an einem Frühlingstag in einer Zwischenstation langsamer wurde.

Hier führte die aufgestockte Eisenbahnstrecke genau an einem rosaroten Haus vorbei.

Trincones Waggon hielt auf der Höhe des zweiten oder dritten Stockes.

Auf dem Balkon des Hauses goss eine junge Frau die Blumen.

Sie hatte Augen, blau wie die Glockenblumen, einen Mund, rot wie die Geranien, und einen reizenden Flaum auf den Armen, wie der runde Kaktus, den sie gerade pflegte.

Trincone verschlug es den Atem.

Der Waggon fuhr wieder an. All das hatte nicht länger als wenige Sekunden gedauert, aber Trincone der Liebende war sich sicher.

Sie war die gesuchte, nunmehr gefundene Liebe.

Trincone kehrte nach Hause zurück und konnte nicht schlafen.

Am nächsten Morgen bat er um einen Monat Beurlaubung von der Arbeit.

Er nahm wieder den Zug um die übliche Zeit, aber dieser überfuhr die Station schnell. Er erblickte in einem flüchtigen Augenblick den Balkon, doch er konnte seine gesuchtenunmehrgefundene Liebe nicht sehen.

Das ging so drei Tage lang.

Doch am vierten Tag verlangsamte der Zug erneut, und er sah die junge Frau wieder zwischen Glockenblumen, Geranien und Kaktus. Sie goss nicht, sondern stützte sich mit den Ellbogen auf das Geländer und schaute in die Ferne. Der Wind wehte eine Haarsträhne in ihr Gesicht.

Trincone öffnete das Fenster, doch der Zug fuhr sofort weiter.

Am nächsten Tag hatte er mehr Glück. Wegen eines glücklichen Weichenschadens hielt der Zug gar an der kleinen Station.

Sie war da, goss und sang.

Trincone öffnete das Fenster und betrachtete sie bebend. Sie waren auf weniger als fünf Metern Distanz, in einem entzückenden Banlieueduft. Er wusste nicht, was er tun sollte, sie hatte ihn bemerkt, tat aber so, als wäre nichts. Schließlich rief er:

»Komme ich hier zum Bahnhof?«

Sie sah ihn erstaunt an. Dann sagte sie liebevoll:
»Wenn Sie nicht aus dem Zug aussteigen, ja.«

Auch in jener Nacht schlief Trincone der Liebende nicht. Was er für eine schlechte Figur gemacht hatte! Er dachte, dass er sofort handeln und sein gerade erst geborenes, aber schon grenzenloses Gefühl der gesuchtennunmehrgefundenen Geliebten auf dem blühenden, von ihr begossenen Balkon erklären müsse.

Am nächsten Morgen, es war Sonntag, schrieb er ein Liebesgedicht auf ein kleines Blatt und faltete ein Papierflugzeug.

Montag, als er vor dem rosaroten Haus vorbeifuhr, warf er es, aber es kam zurück.

Dienstag bäumte sich das fliegende Gedicht auf, zog hoch und traf den Schaffner ins Auge.

Mittwoch war es windig, und das poetische Papierflugzeug überflog das rosarote Haus und landete auf einem angrenzenden Balkon. Jene Worte wurden von einer sechsundachtzigjährigen alten Jungfer gelesen, die sechs Monate später glücklich starb, mit dem Brief auf dem Herzen.

Donnerstag wurde das Papierflugzeug im Flug von einer Möwe geschnappt, die überdies Analphabetin war.

Freitag endlich fiel das Papierflugzeug auf den Balkon.

Doch Trincone sah die junge Frau lachen und es wieder in die Luft werfen, ohne es zu lesen.

Samstag warf er zwanzig Papierflugzeuge auf einmal, doch es war schlechtes Wetter, und alle zerschellten pitschnass am Boden, und ihre Worte lösten sich auf wie Tränen im Regen.

Sonntag streikte die Bahn.

Da vertraute sich Trincone der Liebende seinem Bruder Trincone dem Stier an, der zu jener Zeit ein junges Rind und ein großer Verführer war. Er sagte, dass er die Gesuchteliebe gefunden hatte, aber nicht wisse, wie er sie kontaktieren solle.

»Wo hast du sie denn kennengelernt?«

»Im Zug.«

»Habt ihr miteinander gesprochen?«

»Nein, wir waren zu weit entfernt.«

»In zwei verschiedenen Waggons?«

»Nein, ich im Waggon, sie auf dem Balkon ihrer Wohnung.«

Trincone der Stier wunderte sich nicht allzu sehr. Er kannte die Sonderlichkeiten des Bruders.

Er dachte ein bisschen nach, dann sagte er:

»Hast du nie darüber nachgedacht, in diesem Dorf auszusteigen, das Haus zu finden, zu klingeln und dich vorzustellen?«

»Mein lieber Bruder«, sagte der andere bewegt, »du kennst wirklich alle Geheimnisse der Liebe. Danke, danke, das werde ich tun.«

Montag versuchte Trincone der Liebende auf dem entsprechenden Hinweisschild den Namen des Dorfes zu lesen, doch der Zug fuhr zu schnell.

Dienstag lehnte er sich aus dem Fenster, uneingedenk des in deutschen Lettern prangenden Wagner'schen Verbots »keine gegenstände aus den fersten werfen«, aber es gelang ihm nicht.

Mittwoch las er klar und deutlich: Die kleine Zwischenstation hieß ›Pianginestra‹, Ginsterebene. Oh Leopardi'sche Vorahnung!

Donnerstag notierte er, dass das rosa angestrichene Haus in der Nähe eines Supermarktes stand.

Freitag sah er, dass das Haus an einer Zypresse im Garten zu erkennen war. Oh Carducci'sches Zeichen!

Samstag ging er zum Friseur.

Sonntag nahm er ein Bad.

Er war bereit für die offizielle Vorstellung.

Montag fuhr er mit dem Bus in das Dorf, aber er erfuhr, dass es zwei Ortsteile hatte: Pianginestra di Sotto und Pianginestra di Sopra. Er war unten in Sotto, der Bahnhof war aber oben in Sopra.

Dienstag suchte er den Supermarkt, aber es gab sechs Supermärkte.

Mittwoch untersuchte er von jedem die Umgebung, aber er fand kein rosarotes Haus.

Donnerstag entdeckte er, dass es noch einen siebten Supermarkt gab.

Freitag fand er das rosarote Haus, sah den blühenden Balkon seiner Schönen und notierte sich die Namen auf den Klingeln.

BIANCHI
SPERANDIO
VACCA
MANZONI
SECCHI
ROSELLA
BENTIVOGLIO
YAO MING
GIACOMI
NEMBI

Samstag machte er eine Hausangehörigennachnamensanalyse.

BIANCHI konnte nicht seine Liebe sein, zu banal.

SPERANDIO, zu kurial zuversichtlich.

VACCA, *contrapasso* schön und gut, aber ›Kuh‹ als Nachname war zu viel.

MANZONI war nicht sein Lieblingsautor.

223

SECCHI passte mit der evozierten Trockenheit nicht zur Idee der Blumen.

ROSELLA, zu süßlich.

BENTIVOGLIO, zu schmeichlerisch mit der darin enthaltenen Liebeserklärung.

YAO MING, zu exotisch.

GIACOMI! Eine weitere Leopardi'sche Vorahnung! Das musste die richtige Klingel sein.

Und NEMBI im Stockwerk darüber. Denn über jeder Liebe droht die schwarze Nimbuswolke der Enttäuschung und des Verlassens.

Sonntag las Trincone der Liebende zwölf Gedichtbände, das *Wörterbuch der Liebesfloskeln* inbegriffen, um für alle Fälle mit Zitaten gewappnet zu sein.

Montag erschien er bei dem rosaroten Haus und klingelte bei GIACOMI.

Er fragte erregt:

»Ist die Signorina da, die die Blumen gießt?«

Eine Männerstimme antwortete:

»Schert euch zum Teufel, du und die Zeugen Jehovas!«

Geduld. Nicht immer passt der Name zur Idee.

Also klingelte er bei BIANCHI.

»Ist die Signorina da, die die Geranien gießt?«

Eine Stimme antwortete:

»Nein, den Balkon haben wir vier Studenten vermietet, aber alle männlich.«

Also klingelte er bei SPERANDIO.

»Ist die Signorina da, die die Geranien gießt?«

»Hier gibt es keine Signorina«, antwortete eine misstrauische Stimme, »hier sind nur mein Mann und ich und unsere drei Mastiffs.«

Also klingelte er bei VACCA.

»Ist die Signorina da, die den Kaktus gießt?«

»Nein, aber kommen Sie ruhig hoch, dann kümmere ich mich um Ihren Kaktus«, sagte eine sinnliche Stimme.

Manchmal passt der Name zur Idee.

Dienstag unternahm er den zweiten Versuch.

Er klingelte bei MANZONI.

»Ist die Signorina da?«

»Sehen Sie mal«, sagte eine Frauenstimme, »wenn Sie meine ältere Tochter wollen die wohnt jetzt in Como mit ihrem Mann aber sie sind kurz vor der Trennung er ist zu nichts zu gebrauchen das hatte ich ihr gleich gesagt, wenn Sie hingegen die Tatjana suchen die ist immer unterwegs um ihre Titten zu zeigen sie sagt ›Signora, ich geh einkaufen‹ und dann bleibt sie stundenlang weg dabei hatte mich meine Schwester schon gewarnt vertrau den Ukrainerinnen nicht denn sie hatte eine für drei Jahre und die hat ihr die Kette unserer Mutter gestohlen, wenn Sie hingegen die Signorina suchen die kommt um meiner jüngeren Tochter Klavierstunden zu geben nun die Arme diesen Samstag ist sie mit dem Fahrrad in ein Schlagloch gekommen sie ist gefallen und hat sich das Gesicht aufgeschnitten das vorher schon nicht besonders schön war und jetzt liegt sie mit Halskrause im Krankenhaus und muss gefüttert werden, wenn Sie mit Signorina hingegen meine jüngere Tochter meinen die ist in der Schule ihr Freund Tonio ist sie abholen gekommen der ist fünfzehn Jahre alt wie sie aber er ist einsneunzig groß ich weiß nicht was diese jungen Leute essen aber mir gefällt er überhaupt nicht meiner Meinung nach nimmt er Drogen und dann stellen Sie sich mal vor hat er sie überzeugt dass ich ihr ein neues Handy kaufen soll aber ich frage Sie wie haben wir das denn in deren Alter ohne Handy gemacht, überhaupt sage ich Ihnen dass die sich nie zufrieden geben stellen Sie sich vor dass gestern die Tochter einer Freundin von mir … aber apropos wer sind Sie eigentlich?«

Also klingelte er bei SECCHI.

»Ist die Si…?«

»Wir kaufen nichts.«

Er klingelte bei ROSELLA.

»Ist die Signorina da?«

»Ich bin allein zu Haus«, sagte eine Kinderstimme, »wissen Sie, wie man eine Pistole lädt?«

Er klingelte bei BENTIVOGLIO.

»Ist die Signorina da?«

»Sie falsche Klingel, hiel Yao Ming, keine Signolina nul Flauenhandtaschen …«

Er klingelte bei YAO MING.

»Ist die Signorina …«

»Zum Teufel mit Ihnen und diesen Scheißchinesen!«

Mittwoch kehrte er zum Haus zurück, voller Hoffnung und Sorge.

Es blieb nur noch Nembi.

Er klingelte, aber niemand antwortete.

Donnerstag kam er zurück und klingelte erneut. Keine Antwort.

Ein altes Männlein kam vorbei und sagte:

»Sehen Sie, wenn Sie Nerio Nembi suchen, der ist seit einem Monat tot, er war ein Freund von mir. Möchten Sie die Wohnung sehen?«

Freitag dachte Trincone den ganzen Tag nach: Warum schien seine gesuchtenunmehrgefundene Liebe schon verloren? Was hatte er falsch gemacht?

Samstag kehrte er nach Pianginestra zurück und bemerkte etwas: Im Garten des von ihm ermittelten rosaroten Hauses stand gar keine Zypresse! Und auf dem Balkon stand gar kein Kaktus. Es ist wirklich wahr, dass die Liebe blind macht.

Also fragte er einen Ortspolizisten:

»Entschuldigen Sie, wie viele Eisenbahnlinien führen denn hier durch?«

»Zwei«, antwortete der Polizist, »die neue, da oben am Berg, und die alte regionale, die da hinter der Kirche entlangführt.«

Trincone kontrollierte und fand heraus, dass er immer auf der alten Strecke verkehrt war, bei dem alten Bahnhofshäuschen. Und er entdeckte einen neuen alten Supermarkt. Und in der Nähe ein rosarotes Haus. Mit einer Zypresse im Garten. Und einem Balkon mit Glockenblumen, Geranien und einem runden Kaktus. Und auf der Klingel stand:
DRITTER STOCK. NIGEFUNDEN, SILVIA.

Sonntag duschte Trincone der Liebende mit einer Halbliterpackung Mangoschaumbad.

Montag klingelte er und sagte:
»Ist die Signorina da?«

»Welche Signorina?«, fragte eine bezaubernde Stimme.

»Diejenige, die die Blumen gießt ...«

»Entschuldigen Sie, wer sind Sie denn?«

»Haben Sie Glockenblumen, Geranien und einen *Echinocactus grusonii* auf dem Balkon?«

»Ja, na und ...«

»Nun, ich bin ... ich bin von der Provinzkommission ›Schöne Balkone und Terrassen‹. Sie haben einen Preis für den schönsten Balkon gewonnen.«

»Das ist ja eine wunderschöne Nachricht!«, sagte die Stimme lachend. »Was ist denn der Preis?«

»Ein Gratisessen in einem Restaurant, morgen einzulösen.«

»Wie schön. Ich liebe Blumen, aber man hat mir noch nie einen Preis verliehen ...«

»Also dann werde ich morgen um acht kommen ...«

Doch am nächsten Tag erkrankte Trincone der Liebende wegen des Stresses und der Unruhe mit zweiundvierzig Fieber. Im Delirium klingelte er an imaginären Klingeln, kämpfte gegen Kaktus-Männer und rief »Silvia, Silvia«. Er versuchte mehrere Male aus dem Bett zu steigen, aber er stürzte hin.

Er erholte sich erst am folgenden Sonntag.

Montag streikten Bus und Bahn, und es gab Stau auf der Autobahn.

Er legte vierzig Kilometer auf dem Fahrrad zurück, mit einem gigantischen Strauß Rosen in der Hand.

Er erschien vor der Klingel und wollte gerade klingeln, aber …

Silvia kam heraus, Arm in Arm mit einem schönen, wenn auch leicht buckligen jungen Mann.

Er hörte, wie sie zu ihm sagte:

»Ich kenne dich erst seit drei Tagen, Giacomo, aber es kommt mir so vor, als liebe ich dich schon ein ganzes Leben.«

Und er antwortete ihr:

»Mir geht es ebenso. Unsere Liebe ist wie eine schöne, zu pflegende Blume.«

Da erreichte Trincone den Bahnhof, legte sich auf die Schienen und wartete.

Er lag dort ausgestreckt mit Tränen in den Augen und wartete auf den Zug, der wie immer Verspätung hatte.

Er hob den Kopf, um zu sehen, ob der verfluchte Zug endlich einfuhr, und sah auf der anderen Seite der Eisenbahnlinie ein blaues Haus. Auf dem Balkon war eine junge Frau, noch schöner als Silvia, die im BH die Geranien goss und wie eine Nachtigall sang:

> Wie gern hätt' ich zum Verehrer
> Einen Grundschullehrer.

Er setzte sich auf den Schienen auf und lächelte ihr zu. Sie erwiderte das Lächeln.

Doch der Zug kam mit voller Geschwindigkeit an und schnitt ihn in zwei Hälften.

Die untere Hälfte spazierte den ganzen Abend nachdenklich umher und kickte Dosen weg, dann bestattete sie sich in einem Müllcontainer.

Die obere Hälfte schrieb auf eine Wand den Satz:

> Oh ihr Glücklichen, die ihr nicht ahnt,
> Wie viel Lieb' sich für euch noch anbahnt.

Und dann starb sie, mit dem Strauß Rosen in der Hand.

Trincone der Liebende war ein Dichter. Wie alle Dichter liebte er die Freude der anderen, aber er wollte ein kleines Stückchen davon auch für sich. Er war gut, großmütig und glücklos. Wir werden ihn nie vergessen.

Der Ausflug ans Meer

Nach der Erzählung vom Liebenden gab es eine Reihe unerwarteter, bedrohlicher, unüblicher, außerordentlicher Ereignisse solcherart, dass sie die Musterkollektion unserer
Adjektive erschöpfen.

Erstens überragte ein gigantischer vierhundert Tonnen-
Kran Marke Vulture LTM, doppelt so hoch wie der Campanile, bedrohlich die Bar.

Zweitens kamen die Pneuanthropen an, die Pressluft-
hammermenschen, erkennbar an von den Lärmschutz-
Kopfhörern modellierten Blumenkohlohren.

Drittens brachte ein Spezialkonvoi die Tafel Gottes in die
Baustelle hinein. Beziehungsweise ein Werbeplakat, das so
hoch und breit war wie ein Fußballfeld. Doch es war ver-
packt, und niemand konnte herausfinden, worum es ging.

Viertens erfuhren wir, dass Trincone der Schwarze einen
Camper mit Küche gekauft hatte und zu den Malediven aufgebrochen war, um dort Piadine zu verkaufen.

Fünftens schlossen sich die Gespenster aus dem Kastell,
genervt von der Nachlässigkeit, mit der ihr Habitat geführt
wurde, in einer Gewerkschaft zusammen und setzten einen
dreitägigen Streik an, wobei sie jedoch die mitternächtlichen
Erscheinungen garantierten.

Sechstens vertraute uns Doktor Fabian an, dass Archivio
sehr krank sei und nicht mehr lange zu leben habe.

Siebtens sagte Archivio, dass er einen Ausflug ans Meer
machen wolle und dass wir verflucht seien, wenn wir ihn
nicht hinbrächten.

Und wir brachten ihn hin.

Das Ziel der Reise war ein Zimmeria Marina genannter Küstenort. Archivio sagte uns nicht, warum, aber wir interpretierten es als einen letzten Wunsch.

Deshalb mobilisierte sich die Bar zu einem perfekt organisierten Ausflug. Erst einmal musste man einen Wagen auftreiben. Trincone das Aas bot sich an. Er kehrte nach einer halben Stunde mit einem Leichenwagen und einem kleinen Schulbus mit sechzehn Sitzen zurück. Wir wählten den letzteren und fragten, wo er ihn denn aufgetrieben habe. Er antwortete, dass es sich um eine Leihgabe handele, und außerdem ist es besser, wenn die Kinder öfter zu Fuß gehen.

Nach einmal Volltanken auf Kosten des Tankwarts Diogenes setzte sich das Aas ans Steuer. An seiner Seite Simona Bell'Eugele mit der dreimeterbreiten Europakarte. In der zweiten Reihe Trincone der Stier, ausgestreckt, ohne Schuhe. In der dritten Reihe der Opa Seher und Archivio, der seinen Rollstuhl nicht hatte mitnehmen wollen, nur die Krücken.

In der vierten Reihe Alice und Zwille.

In der fünften Reihe ein Weinballon, das Catering und Merlot im Sinne von Hund.

Alles lief gut bis zur Zahlstation an der Autobahn. Hier sagte Trincone das Aas:

»Lasst uns die Autobahngebühr sparen. Das geht so: Man hängt sich an einen LKW mit Telepass, so einen halben Meter hinter sein Hinterteil, und passiert mit ihm zusammen.«

So machte er es. Doch er fuhr zu dicht auf und ramponierte den LKW, der Tiefkühlfisch transportierte.

Zwei Kisten der Ladung fielen auf die Motorhaube. Alles dauerte nur einen Augenblick. Trincone raffte sie zusammen und tat sie in den Kofferraum. Dann fuhr er volle Pulle wieder los. Der LKW-Fahrer bemerkte es nicht einmal.

»Bist du denn verrückt? Und wenn das Eis schmilzt?«

»Wir verkaufen sie vorher«, versicherte Trincone das Aas.

Auf den ersten fünfzig Kilometern Autobahn wurden Wein, Oliven und Salami verteilt, und die Besatzung sang.

Man sang *Azzurro*, *Bella Ciao*, *Il cielo in una stanza* und dreißigmal die Titelmelodie der *Addams Family*. Dann stimmte Alice mit bezaubernder Stimme die Melodie von *Titanic* an, während Zwille sie anbetend anblickte.

Bei Kilometer fünfzig schickte sich eine Patrouille der Carabinieri an, die Ausflügler zu überholen.

»Eh«, sagte der Opa, von plötzlichem Zweifel erfasst, »hast du eigentlich einen Führerschein, Trincone?«

Er beendete den Satz nicht. Trincone das Aas war schon auf den hinteren Sitz gehechtet, und sein Bruder war ans Steuer geschnellt.

Die Patrouille entfernte sich.

»Also, hast du jetzt einen Führerschein oder nicht?«

»Ich hab' einen«, knurrte das Aas.

»Zeig ihn mir!«

»Hier.«

»Aber da steht Berti Lodovica, geboren 1932.«

»Na und, ist immer noch ein Führerschein, oder etwa nicht?«

»Du wirst dich nie ändern«, seufzte der Opa.

»Wie ist der Knast, Trincone?«, fragte Zwille neugierig.

»Hm, nicht so schlecht. Man isst in Gesellschaft. Man spielt zweimal pro Woche Fußball, und jeden Abend gibt es Wichswettbewerbe. Wie oft am Tag holst du dir denn einen runter?«

Zwille schmollte und antwortete nicht.

»Los, Kinders«, sagte Archivio, »es wird Zeit, dass wir anhalten und uns eines dieser wunderbaren Dinge ansehen, die man mir beschrieben hat, ich glaube, es heißt Autogrillo. Man hat mir gesagt, dass einige schöner sind als Disneyland. Und außerdem müsst ihr pinkeln, nehme ich an.«

»Du nicht?«

»Ich hab schon. Ich habe eine Windel, die vierundfünfzig Liter fasst, wie der Weinballon.«

Sie hielten beim wunderbaren Autogrillo Passo delle Pioppe, einem leuchtenden Freizeitpark des Konsums mit zwölf Zapfsäulen, weiträumigem Supermarkt, Bar, Selbstbedienungsrestaurant, Souvenirverkauf und Toilette. Man verteilte sich wie folgt.

Die beiden Trincone-Brüder und Simona Bell'Eugele zu den Toiletten.
Alice und Zwille zum Souvenirladen.
Archivio und der Opa zur Supermarktbar.
Merlot im Freigang.

Die beiden Brüder betraten das WC und bewunderten die wunderbaren hängenden Pissoirs in schneeweißen Majolikakacheln.

Sie pinkelten lange und eröffneten einen freundlichen Furzwettstreit mit einem bulgarischen LKW-Fahrer, der sich jedoch nach einem Dreier von Trincone dem Stier geschlagen gab. Am Ausgang liefen sie Simona Bell'Eugele über den Weg, die natürlich aus der Damentoilette kam.

Trincone dem Stier wurde klar, dass er aus der Herrentoilette kam, und etwas entzündete sich in ihm.

Sie sahen sich an. Sie hatten sich immer gefallen.

Er schaute sie an, als sehe er sie das erste Mal, und sagte:

»Simona, darf ich dir eine gewagte Frage stellen?«

»Nicht jetzt, nicht jetzt«, sagte Simona und floh mit schönem Geschaukel die Treppe hoch, bewundert von den beiden Brüdern.

»Nicht schlecht, die Signora«, kommentierte Trincone das Aas.

»Ach, für mich ist es nur eine Freundschaft«, sagte Trincone der Stier.

»Das sagte mein Zellengenosse auch immer«, sagte Trincone das Aas.

Alice und Zwille betraten den Souvenirladen. Er war voller Fußballschuhe, Benitobüsten, Ferrari-T-Shirts, sinistrer Plüschtiere, Schlüsselanhänger, Nummernschilder, Keramikdoggen, Holztrolle und anderer auf reizende Art überflüssiger Objekte.

»Was für hässliches Zeugs«, sagte Alice. »Wer kauft denn so was Abscheuliches?«

Zwille versteckte etwas hinter seinem Rücken.

»Was hast du da hinter dir?«

»Ach, ähm«, sagte Zwille errötend, »ich dachte an ein kleines Geschenk für dich.«

»Ach geh«, sagte Alice, dennoch interessiert. »Was ist es denn?«

Zwille legte es ihr in die Hand.

Es war ein Wunderbaum Lavendel.

»Ich wusste, dass du Blumen magst«, sagte Zwille.

»Merci«, sagte Alice.

Im Supermarkt war alles Mögliche passiert. Archivio, der von jeder Krankheit geheilt und von einer überraschenden Vitalität erfüllt schien, lief an Krücken durch die Reihen mit Lebensmitteln, CDs und anderen Waren. Unter den Augen eines entsetzten Verkäufers fasste er alles an und stellte es um. Plötzlich begann ein Plüschaffe die Becken zu schlagen und zu singen, und Archivio brachte ihn mit Krückenhieben zu Fall. Dasselbe Schicksal erlitten ein brüllender Weihnachtsmann und eine junge Ballerinagans.

»Wir transferieren ihn gerade von einer Klinik in eine andere. Er erträgt keine Geräusche«, erklärte der Opa dem Verkäufer.

Dann ging der Opa zur Kasse. Von dort betrachtete er mit Schrecken Archivio, der gerade einen eingeschweißten Käse öffnete, um daran zu riechen. Zum Glück roch er nicht daran. Er probierte direkt ein Stück und begann zu schreien:

»Scheiße, der schmeckt ja wie Plastik.«

Der Opa tat so, als würde er ihn nicht kennen.

»Also, Opa, was nehmen wir?«, fragte ein Kassierer mit schnauzbärtigem Antlitz.

»Was Sie nehmen, weiß ich nicht, für mich einen Caffè.«

Der Opa war kurz vor dem Tresen, als die Raststättentür aufging und achtzig Pilger aus einem Reisebus hereinkamen, der aus Lourdes zurückkehrte, und alle hatten seit zwölf Stunden weder gepinkelt noch gegessen.

Es gab Schlägereien, Ohnmachtsanfälle und auch einige Flüche.

Archivio schaffte es, zwei Frauen an den Arsch zu greifen und einen singenden Teddybären auszuweiden, um zu sehen, was darin war.

Dann kamen dreißig Milan-Ultras.

»Mensch, geht mir Milan auf den Sack, unerträglich«, sagte Archivio mit lauter Stimme.

Der Opa brachte ihn gerade noch rechtzeitig nach draußen.

In der Zwischenzeit hatte Trincone das Aas einen ersten, schon stinkenden Block Tiefkühlfisch platziert, bei jemandem, der gefälschte Autoradios auf dem Parkplatz verkaufte.

Trincone der Stier und Simona hingegen machten einen romantischen Spaziergang bis zur Leitplanke.

Und am Autobahnrand sagte Trincone zu Simona:

»Weißt du, das Leben ist wie der Verkehr ... es fließt in Eile vorbei.«

»Ja, so ist es«, antwortete die Frau, während das Vorbeifahren der Brummis ihr romantisch die Haare zerzauste.

»Darf ich dich privat sprechen?«

»Ja, so ist es.«

»Ich wollte dich fragen: Also, seit dein Mann Baruch gestorben ist, hast du da eigentlich ...«

»Hab ich was?«

»Also du … nichts?«

»Nichts«, sagte Simona mit einem Seufzer.

»Also sowas«, sagte der Stier, »das ist, als würde man ein Fass guten Weins verkommen lassen … als würde man den Weizen nicht ernten. Als würde man die Äpfel vom Baum fallen und verfaulen lassen. Als würde man, entschuldige bitte, eine Kuh einen Monat lang nicht melken. Als …«

Simona legte ihm einen Finger auf den Mund und sagte: »Basta, Trincone. Denk dran, dass du ein verheirateter Mann bist …«

»Das zählt nicht.«

»Denk dran, was deine Frau Maria Sandokan mit dem gemacht hat, der auf dem Markt versucht hat, ihr die Handtasche zu klauen.«

»Du hast Recht.«

Der zweite Teil der Reise verlief ruhiger. Trincone das Aas telefonierte und versuchte, die zweite Tiefkühlpackung bei einem Fischverkäufer aus Zimmeria Marina zu platzieren. Trincone der Stier versuchte, Simona Bell'Eugele in konkaven und konvexen Partien zu berühren, und fing sich schallende Ohrfeigen ein.

Alice sah aus dem Fenster und wartete darauf, das Meer zu sehen. Zwille hatte ein bisschen Wein getrunken und war durcheinander von Liebe und Alkohol.

Archivio schlief, und im Schlaf sagte er ab und zu:

»Oh, Annabel, Annabel.«

Der argwöhnisch gewordene Opa weckte ihn und fragte:

»Jetzt musst du es mir sagen, alter Irrer. Was machen wir in Zimmeria Marina?«

»Na … das Meer sehen, den Strand, die Dünen, die Agaven … die Mistkäfer, die Bademeister und baden gehen im klaren Wasser.«

»Ach geh, du weißt doch genau, dass die Dünen und die

Agaven nicht mehr da sind, da ist jetzt eine Mauer aus Hotels. Die Bademeister heißen Lifeguards oder Badeunternehmer, und das Wasser ist nicht mehr klar.«

»Na gut. Aber ich will an einen Ort zurückkehren. Ein Ort, an dem ich vor ungefähr siebzig Jahren war. Ich muss es tun, bevor ich sterbe. Der Ort heißt Pensione Mirana.«

»Aber die wird es nicht mehr geben!«

»Sie existiert noch, ich habe es im Telefonbuch kontrolliert. Ich habe auch die Adresse.«

»Und was gibt es dort so Besonderes?«

»Man isst guten Fisch«, antwortete Archivio mit einem verschmitzten Lächeln.

Endlich gegen Abend kam das Meer in Sicht. Es war ein graublauer Streifen, der hinter der Großen Mauer aus Hotels auftauchte und verschwand. Alice und Merlot schnupperten mit dem Kopf aus dem Fenster enthusiastisch die Brise, sie bekamen eine Auspuffstinkwolke ab und übergaben sich fast.

Und siehe da, durch eine Reihe von hundertsechzig Kreiseln, jeder urban gestaltet, erreichten sie die Allee, die zur Strandpromenade führte.

Die Saison war so gut wie vorbei. Das Meer war aschfarben, und fast alle Strandbäder waren geschlossen. Stapel von Strandliegen bereiteten sich auf den Winterschlaf vor. Nur wenige Leute gingen zwischen den schmalen Wegen und Laternen umher.

Trincone das Aas lief mit dem Tiefkühlpaket auf dem Rücken voran.

»Gut«, sagte der Opa, »ich würde sagen, wir essen eine Pizza, und dann sind alle frei, jeder für sich bis Mitternacht.«

Sie betraten die neapolitanische Pizzeria Casablanca. Sie waren die einzigen Gäste, bis auf eine holländische Familie, die Miesmuscheln aß. Ein freundlicher Kellner sagte ihnen, dass es frischen Fisch gebe, den habe gerade ein Großhändler aus Chioggia namens Trincon gebracht.

Alice nahm eine Pizza Margherita.
Zwille eine Pizza mit Sardellen.
Simona Bell'Eugele eine Pizza Capricciosa.
Trincone der Stier eine Pizza Diavolina mit pikantem Öl.
Trincone das Aas drei Pizzen nach Galeerenart.
Der Opa nahm eine Pizza mit siebenundzwanzig Aromen.
Archivio eine leichte Pizza: Kapern, Peperoni, Gorgonzola, pikante Salami und Provolone. Schade, dass es keine Kutteln gab.
Merlot aß die Pizzaränder und leckte den Muschelteller der Holländer aus, dann verschwand er Richtung Strand zum Laufen.

Als die Mahlzeit beendet war, schlug jeder eine andere Richtung ein.

Simona Bell'Eugele sagte zu den beiden Trinconi: »Daran denke ich seit heute Morgen: Bringt mich zum Strand, um den Mond zu sehen und eine hübsche Zigarette zu rauchen.«

Alice sagte zu Zwille: »Ich habe seit letztem Sommer einen Traum: Bring mich zum Freizeitpark.«

Archivio sagte zum Opa: »Seit siebzig Jahren warte ich darauf: Bring mich zur Pensione Mirana.«

Und siehe da, Simona Bell'Eugele, die auf der Strandlinie spazieren geht, neben Trincone dem Stier. Trincone das Aas bummelt hinter ihnen herum, auf der Suche nach Liebes-

paaren, die er beobachten könnte. Die Lichter der Strand-
promenade funkeln wie ein juwelenbehängtes Gefolge, der
Mond tut seine Pflicht als romantische Festbeleuchtung.
Die Rollbrandung ist eine hypnotische Serenade. Simona
erinnert sich daran, wie sie vor vielen Jahren neben ihrem
Mann Baruch spazierte, am Ufer des Sees. Sie hatte einige
Kilo weniger, er war schön und robust, noch nicht von der
Krankheit verzehrt. Sie erinnert sich an den Geruch ihres
Mannes: Maschinenöl und Gummi, er war Mechaniker. Und
sie erinnert sich, wie sich jene beruflichen Gerüche mit dem
Mentholrasierwasser zu einem virilen und verführerischen
Cocktail vermischten. Trincone hat nicht wirklich denselben
Geruch, sagen wir mal, dass er ein bisschen nach Most und
ein bisschen nach Grünspan riecht, doch er verströmt trotz-
dem einen gesunden Arbeiterduft. Und plötzlich erinnert sie
sich an den festen Griff von Baruchs Armen um ihre Hüften.
Doch es sind nicht Baruchs Hände, die dabei sind, sie zu er-
kunden, sondern die des Stieres. Sie schlägt um sich, befreit
sich, verstört.

»Also, ich wiederhole, dass ich Witwe bin und du verhei-
ratet bist.«

»Ich weiß. Aber ich bin ein Mann, ich bin keine Heilige,
Sono un uomo, non sono una santa ...«

»Eigentlich geht das Lied anders.«

»Ich bitte dich, ein Kuss, nur ein einziger Kuss.«

Fall nicht drauf rein, sagt der Mond aus der Höhe.

Trau ihm nicht, sagen die Fische im Meer.

Tu's nicht, sagt Baruch von daoben oder von daunten.

Doch die Brandung ist so melodiös, und der Mond so klar,
und die Nacht so mild ...

Unterdessen sind Alice und Zwille beim Freizeitpark angekommen. Er ist geschlossen. Doch man sieht das Riesenrad.

Es ist nicht in Betrieb, aber es ist zur Hälfte erleuchtet. Sie klettern wagemutig über den Zaun.

»Was meinst du«, fragt Alice, »können wir auf ein Wägelchen steigen?«

»Na klar«, sagt Zwille, »wovor hast du Angst?«

Sie durchqueren die Buden. Schießbude, Liebestunnel, HorrorGallery, Spielhölle Narziss. Und da sind sie unter dem großen leuchtenden Rad.

Zwille studiert die Lage. Da er ein Baumbesteiger ist, hat er schon gesehen, wie und wo sie am besten hochklettern.

»Wir könnten bis zur Spitze kommen. Aber du bist nicht eichhörnchenhaft genug. Also, was hältst du davon, wenn wir bis zum zweiten Wagen hochklettern, dem schwanförmigen?«

»Der Schwan, ja, wie schön.«

Sie klettern und steigen über die Metallstrukturen nach oben. Alice vorne und Zwille hinten.

Alice hebt beim Klettern das Bein, und ein Schlüpferaufblitzen fällt auf Zwille, der vom Blitz getroffen stürzt, zum Glück in den Sand.

»War das nicht ich, die es nicht schaffen sollte?«, fragte Alice.

»'tschuldigung«, sagte Zwille.

Sie erreichen das erste Wägelchen, das Raumschiff. Von dort sind sie mit einem behänden Sprung auf dem zweiten, einem Schwan mit schielenden Augen. Über ihnen hängt ein rundes Wägelchen in Form einer Margerite.

»Ach«, sagt Alice, »ich versuch's.«

»Vielleicht ist es zu hoch«, sagt Zwille.

Doch Alice hat schon ihr Füßchen auf dem Tritt und behände kommt sie oben an. Zwille folgt ihr. Sie werden so fünf Meter über dem Boden sein, aber es ist, als ob sie auf hundert Metern seien, in der Stratosphäre, im Himmel der fliegenden Liebespaare, der *Amanti Volanti*.

240

Plötzlich sind sie sich nahe und schweigen. Und wissen nicht mehr, was sie sagen sollen.

Unterdessen schleppt sich Archivio, schnaufend wie eine Lokomotive und den ganzen Verkehr mit einer erhobenen Krücke zum Teufel schickend, hinter dem Opa durch die Sträßchen von Zimmeria, zwischen geschlossenen Hotels und Baustellen.

»Scheiße, hier gab es doch mal ein Bocciafeld«, schnaubt er, »... und hier war der Pinienwald. Was machen die ganzen Hotels hier? Ich versteh's nicht. Die Pension war hier am Ende, erinnere ich mich. In der Nähe einer Wiese.«

»Ja. Neben dem Legionärslager und hinter dem Verkäufer von etruskischer Zuckerwatte.«

»Hör auf damit. Im Grunde sind grad mal siebzig Jährchen vergangen. Was hab ich dir gesagt?«

Unglaublicherweise, eingezwängt zwischen zwei hohen Mehrparteienhäusern, gab es da ein kleines rosarotes Gebäude. Auf dem Schild stand:

Pensione familiare Mirana.

Archivio trat fast im Laufschritt ein. Das Hotel war geschlossen, aber ein Maurer war dabei, die Wände zu tünchen.

»Ist die Signora Annabella da?«

»Meinen Sie die Besitzerin?«

»Ja, die kleine Annabella.«

»Klein?«

»Entschuldigen Sie«, intervenierte der Opa, »der Herr hier wollte seiner Freundin Hallo sagen, die er sehr lange nicht gesehen hat. Sie wissen nicht zufällig, wo er sie finden könnte?«

»Sicher. Sie sitzt an der Kasse in einer Spielhalle, in der Nähe des Grand Hotel.«

»Los, laufen wir«, sagte Archivio.

Am Ufer des Meeres war die Situation kurz vor dem Kippen. Trincone der Stier war zum Angriff auf die äußeren und intimen Verschalungen der Bell'Eugele übergegangen und hatte schon sieben Knöpfe aufgemacht, doch andere hielten noch stand. Sie versuchte sich zu entwinden, doch mittlerweile war klar, dass sie kurz davor war zu kapitulieren.

»Nicht hier auf dem Strand«, keuchte die Schöne.

»Und wo sonst?«

»Keine Ahnung. Finde ein lauschiges Plätzchen, vielleicht eine Kabine.«

Trincone der Stier fand sofort eine Kabine des Strandbads Bagno Renata, und mit drei Fausthieben öffnete er sie. Sie war klein, aber bequem. Darin gab es auch ein großes Gänserich-Schlauchboot aus Plastik.

Dort brach die Leidenschaft los.

Die Kabine erzitterte wie bei einem Erdbeben. Man hörte Stöhnen und Hauchen. Zur Hälfte kam es von Simona, zur Hälfte von dem Plastikgänserich, der bei jedem Stoß Luft abließ.

Dann gab Trincone einen wilden Schrei von sich, der sogar in Dalmatien gehört wurde. Und die beiden brachen nackt und umarmt außerhalb der Kabine zusammen, auf den Sand.

»Mamma mia«, schnappte Trincone nach Luft.

»Jetzt verstehe ich, warum sie dich den Stier nennen«, sagte die Schönäugige, »aber es reicht jetzt, schau mich nicht an, ich schäme mich. Ich möchte mich wieder anziehen, dreh solange eine Runde!«

Bell'Eugele ging zurück in die Kabine und begann sich wieder zu fassen. Doch es waren keine dreißig Sekunden vergangen, als sich das Türchen öffnete und ihr Trincone im Dunkeln schon wieder auf der Pelle war, und mit neuem, ja, mehr noch, vervielfachtem Eifer nahm er sie aus drei verschiedenen Winkelstellungen.

242

Der Gänserich-Rettungsring verhauchte seinen letzten Atem, zusammen mit dem Keuchen der Liebenden.

Dann ging der Mann raus, leicht taumelnd.

Simona zog sich wieder an, ging raus und streckte sich.

Von der Wasserlinie sah Trincone der Stier sie liebevoll an.

»Mein Lieber, du bist ja unermüdlich«, sagte Simona. »Zweimal hintereinander ...«

»Wie, zweimal?«, fragte der Stier. »Ich war am Strand pinkeln.«

»Aber dann ...«, sagte Simona.

»Bastardo!«, sagte Trincone.

Und sie sahen Trincone das Aas, mit noch in den Knien hängenden Hosen, der den Sandstrand entlangflüchtete.

Ein bisschen Wind erhob sich und ließ das hängende Wägelchen schaukeln. Zwille betrachtete die Sterne und sagte, Melones Stimme imitierend:

»Alle meine!«

Alice lachte.

Darauf sagte Zwille:

»Sie sind da seit Millionen von Jahren, und sie werden für weitere Millionen da sein. Also, auch wenn du mir jetzt nein sagst, auch wenn du schön und blond bist und ich hässlich und schwarz, auch wenn es tausend Bessere als mich gibt, ich werde warten. Es werden eine Million Sterne sterben und eine Million geboren werden, und ich werde warten. Und ich werde auf die Wipfel aller Bäume der Welt klettern. Und ich werde alle Trauben aller Weinstöcke der Welt zählen. Und ich werde mit der Steinschleuder alle Steine der Welt schießen. Es macht nichts, dass du nichts sagst. Ich werde warten.«

Alice antwortete nicht. Doch sie lächelte mit geschlossenen Augen, während das Wägelchen schaukelte und sie beide wiegte.

»Also, hast du verstanden oder nicht?«, fragte Zwille mit einem Ruck, der sie fast zum Umkippen brachte. »Ich werde eine Million Jahre warten, aber eines Tages, eines Tages …«

»Wie viele Mädchen hast du schon geküsst?«, unterbrach ihn Alice. »Sei ehrlich, gib nicht an.«

»Eine. Belinda.«

»Das zählt nicht. Die haben alle geküsst.«

»Naja, aber als Erfahrungspunkt zählt es.«

»Bei mir viele Küsschen, aber einen richtigen Kuss nur mit einem.«

»Mit wem?«, fragte Zwille mit finsterer Stimme.

»Einem Klassenkameraden, der Fanelli Gaetano heißt. Aber ohne Zunge.«

»Der Arme, ist er stumm?«

»Aber nein«, lachte Alice, »… du bist nicht sonderlich erfahren, stimmt's?«

»Nein«, sagte Zwille.

»Ich auch nicht«, sagte Alice.

Und sie übten ein bisschen.

Archivio und der Opa betraten die Spielhölle Guantanamo. Es herrschte ein unsagbarer Lärm. Auf den Bildschirmen starben Monster, bissen sich Drachen, schossen Superhelden, explodierten Autos, zertraten sich Kung Fu-Meister, purzelten Heldinnen, es war alles eine elektronische Hekatombe, und die Flipper schossen Stahlkugeln, die Spielautomaten erbrachen Münzen, die Laserpistolen ratterten, im Minibowling rollten die Kugeln, und ein winzig kleiner Junge schlug mit dem Hammer auf Kreaturen, die aus den Löchern eines Spiels namens Erschlag-den-Gnom auftauchten.

Archivio hielt sich beim Vorrücken die Ohren zu.

Zu seiner Rechten starb ein Kind aufgefressen von einem

Drachen, zu seiner Linken fluchte ein anderes, weil es nur dreizehn Millionen Aliens getötet hatte.

Der Opa folgte seinem Gefährten und begriff, dass gleich etwas Wichtiges passieren würde.

Archivio hatte die Kasse erreicht. Die Kassiererin war eine kräftige und imposante Alte mit platinblondem Haar, einer Rose auf dem Busen und Augen wie die böse Königin. Sie sah den Alten an und sagte:

»Die Pornospiele sind im ersten Stock.«

Archivio sagte nichts, er keuchte.

»Was wollen Sie? Wollen Sie Jetons? Sind Sie ein Wahnsinniger? Wenn Sie ein Wahnsinniger sind, gehen Sie zur Bar gegenüber, dort versammeln die sich.«

»Deine Stimme hat sich nicht verändert, meine Liebe«, sagte Archivio, »und deine Augen auch nicht.«

Das Riesenweib sah ihn misstrauisch an.

»Darf man erfahren, wer Sie sind?«

»Signorina oder Signora Annabella, in jenem fernen Sommer war ich elf Jahre alt und Sie zehn, und wir frequentierten dasselbe Bad, das von Bademeister Apollo. Es war ungefähr halb zehn morgens, und das Wetter war sonnig. Sie trugen einen rotgestreiften Badeanzug mit Trägern, ich eine Badehose aus blauer Wolle. Sie waren dabei, ein dreistöckiges Schloss aus Sand zu bauen, ich eine Murmelpiste. Ich bat Sie um einen Kuss, und Sie gaben ihn mir, aber auf die Wange. Ich erklärte Ihnen meine Liebe. Sie sagten mir, dass Sie mit einem Dreizehnjährigen aus San Marino verlobt seien. Ich wurde verrückt vor Schmerz, trampelte Ihr Schloss zu Tode und lief weg.«

»Archimedes!« sagte sie und schlug die Hand vor den Mund. »Nur du kannst dich an alle diese Dinge erinnern. Ich war es, die dir den Spitznamen Archivio gegeben hat, dir entfiel wirklich nichts. Es stimmt, ich hatte einen rotgestreiften Badeanzug und du blau. Aber der aus San Marino existierte gar nicht, den hatte ich da aus dem Stegreif erfunden.«

»Dieser Spitzname, Archivio, ist mir mein ganzes Leben geblieben«, sagte Archimedes, »und nach so vielen Jahren möchte ich dir sagen, dass …

Erstens, ich bitte dich um Verzeihung dafür, dass ich dir das Schloss aus Sand zerstört habe, auch wenn du es zu nah am Wasser gebaut hattest und es ohnehin ein schlechtes Ende genommen hätte.
Zweitens, die blaue Badehose habe ich immer noch, denn, da ich im Alter abgenommen habe, passt sie mir wieder.
Drittens, ich habe niemanden so geliebt wie dich.«

Nachdem er das gesagt hatte, fiel er mit großem Krückenschall in Ohnmacht.

Während der Rückreise, unter den Lichtern der Nacht, waren die Launen verschieden. Alice und Zwille saßen Hand in Hand, er versuchte, ihr den ein oder anderen zusätzlichen Kuss zu geben, aber sie lehnte ab, ein bisschen blass, weil ihr beim Fahren schlecht wurde.

Trincone das Aas war auf dem letzten Platz isoliert worden. Er stellte ein blaues Auge zur Schau.

Trincone der Stier und Simona sahen sich nicht an. Sie fuhr, und ab und zu streichelte seine Hand verstohlen ihre Knie, wurde aber sofort zurückgewiesen.

Merlot döste und erinnerte sich an eine Musterkollektion wunderschönen Gestanks und an eine eher lebhafte schwarz-weiße Hündin.

Dann tranken alle ein weiteres Schlückchen aus dem Weinballon und schliefen ein, außer Simona.

Sie hatten die Autobahn verlassen und fuhren gerade auf die Landstraße Richtung zuhause, als Archivio im Schlaf schrie und den Opa weckte.

»Ich habe geträumt«, sagte er mit leiser Stimme zu ihm.

»Du und ich, wir liefen in den Bergen, landeten in einer hohen und schwarzen Wolke, und es brach ein großes Gewitter aus.«

»Und dann?«, fragte der Opa schläfrig.

»Es gab einen Wolkenbruch, und wir suchten in einer kleinen Höhle Schutz, aber der Regen hatte unsere Vorräte schon durchnässt. Du zogst das pitschnasse Brot hervor und fingst an zu lachen. Und weißt du, was ich zu dir sagte?«

»Was?«

»Soll es ruhig regnen, schwarzer Himmel, Hagel, und du, Wind, blas uns entgegen! Wir haben immer Brot und Unwetter gegessen. Und wir werden durchhalten.«

»Brot und Unwetter«, rief der Opa.

»Brot und Unwetter«, echote Zwille, auch wenn er nicht wirklich verstand, was es heißen sollte.

»Hört auf mit diesem Betrunkenengerede, oder ihr fliegt alle durchs Fenster«, knurrte Trincone das Aas.

Schließlich kehrte wieder Ruhe ein, man hörte nur das Brummen des Motors und das sanfte Schnarchen von Merlot.

»Wann kommen wir denn an?«, fragte Alice mit verschlafener Stimme.

Der Verrat

Sie kamen im Morgengrauen an. Der Opa schlief unruhig, nur eine Stunde. Er hatte einen Triotraum, aber er erinnerte sich nicht daran. Er sah das Morgengrauen durch die Fensterschlitze eindringen. Er hörte Selim, der den Ofen öffnete, und den Hahn von Gandolino, der in weiter Ferne krähte. Er führte nur sechzehn der siebenundzwanzig Verrichtungen der menschlichen Kultur aus, dann begab er sich in Richtung Bar. Er roch Rauch, der Wald brannte erneut. Er begann so schnell zu laufen, dass die Knochen, vom Rücken bis zu den Knien, knirschten und quietschten. Er wirkte wie eine Rüstung in Bewegung.

Er kam an. Und er sah, was vorgefallen war.

Das habe ich schon erwartet, dachte er.

Die Bar war nicht mehr da, sie war verschwunden, verschluckt von Absperrungen und Gerüsten. Und auf allem thronte ein Plakat so groß wie die Hälfte des Horizonts. Es stellte einen Mund dar, der lächelte – halb sinnlich und halb grinsend. Rot und weit geöffnet wie diejenigen, die am Eingang von Freizeitparks aufgemalt sind.

Darauf stand:

Passo di Montelfo (845 Meter)
Verlass die Stadt ein Stück
und steig auf Richtung Glück!

Und darunter:

248

BAUARBEITEN
Konstruktion eines polyfunktionalen, multivalenten,
hypermarktischen Komplexes
zur wohnlichen, gewerblichen und geldrecyclenden
Nutzung.
Baugesellschaft Mediamogul-Impregiko-Luxury-
project Investment LTD
Architekt: John Mangano
Am Kran: Victor Nicolau
Baumeister: Salvatore Rettcachel und Nicola Zeppa

Hinter dem enormen Mund bewegte der Kran langsam und
unerbittlich seinen Schnabel, und die Pneuanthropen ratterten wie Maschinengewehre. Ab und zu erhoben sich Staub-
wolken und Ziegelklagen. Rundherum hatte sich eine kleine
Menge versammelt. Da waren Igelo und Giorgia die Obstverkäuferin und Fefè und Poldo Ferkello und Frida Fon und
Gandolino und Garbe und Vitale der Leichenbestatter und
Ottorino und der Brigadiere Di Zezo und Selim der Bäcker
und Clemente die Schlange, der Raufereien gewittert hatte.
Und es waren Rentner aus dem ganzen Tal zusammenge-
kommen. Diese wunderschöne Baustelle konnten sie sich
nicht entgehen lassen.
    Einer sagte: »Die ist besser als die der städtischen Metro.«
    Ein anderer: »Ja, aber da gab es drei Kräne.«

Angesichts der im Abriss begriffenen Bar weinte mancher,
manch anderer ging weg.
    Trincone der Stier und Trincone das Aas zeigten eine
gesittete Reaktion. Sie schlugen mit ihren Fäusten solange
auf das Dach des Kastenwagens mit der Aufschrift ›Mediamogul Bau‹ ein, bis sie ihn auf einen Spider reduziert hatten.

»Unser Bruder hat uns verraten! Bastardo, er hat die Geschichte unserer ehrlichen Familie verkauft«, schrie das Aas.

»›Ehrlich‹ weiß ich nicht«, sagte der Stier, »aber der Bar zugetan, ja. Das habe ich von ihm nicht erwartet.«

»Und ich hätte nicht erwartet, dass Zeppa in der Baustelle arbeiten würde«, sagte Igelo betrübt.

»Was verlangt ihr denn? Wollt ihr, dass wir alle Bettler bleiben?«, knurrte Giorgia. »Wenn ihr's wissen wollt, sie haben mir versprochen, dass ich eine Tiefkühlabteilung im Supermarkt bekomme. Endlich verlasse ich dieses elende Lädchen.«

»Und ich bekomme eine Buch-Schreib-Spielwarenhandlung mit Pornovideos aus der ganzen Welt«, sagte Fefè.

»Und ich werde eine Parfümerie eröffnen«, sagte Poldo Ferkello.

»Ich werde ein Fitnesscenter eröffnen«, sagte Vitale der Leichenbestatter.

»Ich werde die Security koordinieren«, sagte Ottorino.

»Es wird ein neues Haushaltswarengeschäft geben, mit so großen Fernsehern, dass wir unsere Häuser verbreitern werden müssen«, sagte die Kassenführerin Pina.

»Es wird Spielautomaten geben«, sagte Dusella.

»Wir werden Boutiqueverkäuferinnen«, sagten die Aspirinen.

»Ich werde putzen«, sagte Abdul Squat.

»Wer hat euch all das versprochen?«

»Velluti und Mediamogul. Sie haben gesagt, dass es für alle Arbeit in Hülle und Fülle geben wird.«

»Ihr Bekloppten«, sagte Melone und schlug sich an die Stirn.

»Meiner Meinung nach ist es eine sehr schöne Baustelle …«, kommentierte Raab, »und sie scheint mir auch sicher.«

Man hörte einen Schrei, ein Krachen, und jemand stürzte von einem Gerüst.

»Streitet euch nicht«, sagte Archivio, »wer weiß, was passieren wird. Mag sein, dass sie das Geld verschleudern und die Arbeiten nicht einmal beenden.«

»Sie sind ideologisch«, sagte die Lehrerin Tiribocchi.

»Und sie sind logarithmisch«, antwortete Igelo, der sich etwas von der Schule behalten hatte.

»Verdammt, sie sind dabei, den Wald zu verbrennen, und ihr schluckt ihre Lügen«, sagte Selim.

»Halten Sie den Mund, lassen Sie die Eingeborenen reden«, gebot ihm der Brigadiere Di Zezo.

»Sie sind ein Rassist, und Ihre Uniform ist schlecht gebügelt«, intervenierte Simona Bell'Eugele. »Was euch betrifft, seht euch diesen Mund an. In die Liebestunnel tritt man ein und wieder aus, hier hingegen gibt es nur einen Eingang, ihr Dummköpfe!«

»Wir nehmen keinen Unterricht bei einer Unterhosenflickerin!«, schrie ihr Garbe ins Gesicht.

»Simona hat Recht«, sagte Gina Popup. »Giorgia, wie viel mehr als jetzt willst du denn noch verdienen, mit deinen halb verdorbenen Tomaten?«

»Verdorben bist du«, sagte Giorgia.

Und die Frauen begannen sich gleichberechtigt zu prügeln, und man schaffte es nicht, sie zu stoppen, bis Maria Sandokan mit einem präzisen Haken Giorgia zu Boden streckte.

»Ruhe«, sagte der Opa, »warten wir's ab.«

Mit geschwellter Brust und unerwartet trat Clemente die Schlange vor.

»Ihr Rückständigen«, sagte er mit Verachtung, »ihr wisst nichts von den Marktgesetzen.«

»Halt's Maul, Wucherer«, sagte Trincone der Stier.

»Signori«, intervenierte Doktor Fabian, »ich schlage vor, wir beruhigen uns. Falls jemand etwas Baldrian möchte ...«

»Geh' in dein Land zurück«, rief Clemente.

»Clemente, du bist ein Arschloch«, sagte Paoletta Pillola, darauf schwieg sie für ein weiteres Jahr.

Paolettas Auftritt rief positive Kommentare hervor und schaffte es, die Spannung zu lösen, die jedoch erneut anstieg, als die Geländelimousine Amazzonia Wildbeast 4000 von Vespuccio ankam, die auch den Bürgermeister Velluti beförderte. Sie wurden umzingelt und mit Vorwürfen überschüttet. Vergeblich versuchte der Opa, die Wogen zu glätten. Es flogen Ziegelsteine und Ohrfeigen.

Dann stieg der Bürgermeister auf einen Stuhl und rief:

»Jetzt reicht's aber! Basta! Möge jemand damit Schluss machen!«

Da schrie Melone. Nie hatte ihn jemand die Stimme heben hören. Es war ein entsetzlicher, furchtbar schriller Schrei:

»Ich mache Schluss!«

Und er rannte los in Richtung des Geländers der Aussichtsterrasse.

Er kletterte darüber und rollte die Wiese hinunter, etwa hundert Meter.

Sie fanden ihn mitten in den Margeriten, mit gebrochenen Knochen, aber lächelnd.

Die ganze Nacht herrschte Unwetter, Blitze und Sturzbäche.

Und im Herzen dieser Nacht kam Archivio mit den Krücken bis zum Waldrand, und dort starb er.

Adieu, Bar Sport

Es war ein klarer und kalter Morgen, man sah die Berge bis zum Himalaya.

Auf der Wiese war ein Haufen Leute versammelt. Stühle und Tischchen waren im Halbkreis aufgestellt. In der Mitte, zwischen zwei Bäumen, war die glorreiche Neonschrift der Bar Sport aufgehängt worden. Auf einer langen Tafel gab es zu essen für eine Versammlung von Gebirgsjägern, für ein olympisches Dorf, für das Heer von Tamerlan. Vom Grillduft angezogen waren Hunde aus dem ganzen Tal gekommen, sogar ein Dingo und eine Flugkatze aus Madagaskar.

In der Mitte der Wiese thronte wie ein megalithischer Dolmen ein großes Weinfass, das Zeppa aus dem Keller der Bar entwendet hatte.

»Zeppa hat uns nicht verraten, er ist immer noch einer von uns«, verkündete Igelo. »Er wird unser Maulwurf sein, unser Informant …«

»So wissen es jetzt alle«, sagte Zeppa ernüchtert.

Trincone der Stier stieg auf einen Stuhl und sprach:

»Ich habe eine gute Nachricht, Freunde. Auch wir ehrlichen Brüder hatten einen kleinen Anteil an der Bar. Trincone das Aas hat seinen Anteil verspielt. Aber ich besitze meinen noch. Also haben wir ein Stück Grund mit einer Bebauungskapazität von dreißig Quadratmetern. Wir können keine Bar bauen, aber irgendetwas wird entstehen.«

»Wir werden einen großen Ofen bauen«, sagte Sofronia, »einen Ofen, wo wir Brot, Pizza und Kekse machen und uns am Warmen treffen können.«

253

»Eine Freiluftbibliothek«, sagte Micillo.

»Eine kleine Rockbühne«, sagte Bum Bum Delirium.

»Ein Riesenrad«, sagte Zwille.

»Einen Kamin ... einen großen Kamin zum Rösten und zum Geschichtenerzählen«, sagte Maria Sandokan.

»Ja, ja, einen Kamin«, sagte Alice.

»Groß, mit drei Schlafplätzen«, sagten die Squat-Brüder.

»Und jetzt hat der Opa Seher uns etwas zu sagen«, sagte Simona Bell'Eugele.

Der Opa wurde auf den Gipfel des Fasses gehievt. Er sprach, als sitze er auf der Kruppe eines Schlachtrosses.

»Meine Freunde. Melone ist im Krankenhaus. Er war unser Prophet. Er sprach wenig, aber mit bizarrer Weisheit. Er hat den Riss in unserer Harmonie nicht ertragen. Er wird zu uns zurückkehren. Archivio hingegen wird nicht mehr zurückkehren. Er war unsere Geschichte, unsere Fibel, unser Bewusstsein und unsere Gewissensbisse. Wir werden uns an den Geruch der alten Bücher seines Bücherstandes erinnern. Wir werden uns an seine Heiterkeit und sein Lachen mit dem Lungenpfeifen erinnern. Heute haben wir nicht den üblichen Ort, um uns zu treffen, den Ort unserer Erzählungen. Aber wir sind immer noch zusammen. Und der Regen hat das Feuer im Wald gelöscht.«

»Dank des Tanzes der Gnomen«, sagte Zwille.

»Vielleicht. Aber heute hat man schwerlich Lust zum Tanzen. Das Lied, das wir dieser Tage gehört haben, ist der Lärm von Mauern, die zusammenbrechen. Der Lärm von Trümmern, der die ganze Geschichte durchzieht, ihre schlechteste Musik. Doch wenn etwas fällt, wird etwas wieder erwachsen. Denken wir an die Pilze, die unter der Erde pochen, nicht an jene, die verfaulen. Was die giftigen Pilze angeht, na, die wird es immer geben.«

»Und es reicht einer davon, um die Suppe zu ruinieren«, sagte Sofronia traurig.

»Nun, Freunde«, sagte der Opa Seher, »möchte ich euch eine Geschichte erzählen, aber nicht die übliche. Alle sind in der Lage, eine vergangene Geschichte zu erzählen, ich werde euch eine Geschichte der Zukunft erzählen.«

»Solange du uns nicht altern lässt«, sagte Sofronia.

»Es war das erst noch kommende Jahr, und Sofronia war besser in Form denn je«, sagte der Opa Seher.

»Erzähl«, sagten alle.

Die große Hungersnot

An einem Morgen eines zukünftigen Tages betrat der Tankwart Diogenes die Bar mit der Zeitung in der Hand und sagte:

»Uolstriet ist gefallen, der Dow Jones ist gefallen, die Börse von Tokyo ist eingebrochen, das Benzin kostet sechs Cent weniger, und wir sind in der Rezession.«

Ich erinnere mich nicht, warum, aber wir wurden von Panik erfasst. Niemand hatte Aktien oder verstecktes Kapital im Ausland, wenn man Igelo mit seinen sechs Brüdern, die Kumpel in Belgien waren, ausnimmt. Aber Diogenes' Ton war so gramerfüllt und sein Gesicht so bekümmert. Die Vorstellung von Dow Jones' Fall und die Panik der armen Japaner verstörte uns.

Vor allem über das Schicksal vom Dow Jones entstanden verschiedene Hypothesen.

Gandolino zufolge war es wie die Maul- und Klauenseuche von 1956, aber schlimmer.

Bum Bum Delirium zufolge waren die Dow Jones eine beschissene Rockgruppe, und es war nur richtig, dass sie schlimm enden.

Zeppa zufolge war Dow Jones zu alt, um in den Ring zurückzukehren.

Dem Lehrer Micillo zufolge war das nur Unheil stiftende Algebra, leere Zahlen, die von der Hochfinanz erfunden wurden, um uns zu beklauen.

Auch dem Opa Seher zufolge war es die übliche alte Geschichte: Zahlt jemand drauf, verdient ein anderer.

Frida Fon hatte keine Zweifel: »Die Lage ist ernst, das sagen die Tarotkarten.«

Raab urteilte: »Meiner Meinung nach ist es so schlimm nun auch nicht.«

Am selben Tag kündigten sie zehn Arbeitern, schlossen die Zapfsäule von Diogenes, und es hagelte.

Nach und nach fühlten wir, die wir würdevoll arm oder fast wohlhabend gewesen waren, uns nun plötzlich verzweifelt arm oder fast mittellos.

Wir begannen die Ausgaben zu kürzen. Der Opa Seher dachte daran, die Socken aus dem Militärdienst wieder zu verwenden. Er fand sie, aber sie waren von der Zeit verhärtet. Er machte uns Stiefeletten, natürlich nicht zusammenpassende. Igelo und Dreiachtzig beschlossen, einen einzigen Caffè zu zweit zu trinken. Der Erste trank die ersten Schlucke bitteren Caffè, der Zweite rührte den Zucker um und trank ihn süß. Wenn ein bisschen kaffeegetränkter Würfelzucker übrigblieb, machte man daraus eine kleine Kugel und brachte sie nach Hause für die Kinder.

Der Zucker auf der Theke wurde rationiert. Nie wieder die schöne schneeweiße und randvolle Schale, nur Tütchen.

Es kam der Vermessungstechniker Schmarozzo und klaute sie alle.

Also kam der dosierende Zuckerstreuer in Gebrauch. Maximal zweimal schütten.

Der Wein war das dramatischste Problem. Man musste wählen zwischen:
1. Weniger Wein im Glas.
2. Kleineres Glas.
3. Mit Wasser verlängerter Wein (Vorschlag eines Gelegenheitsgastes, der mit den Füßen an einen Wagen gebunden und bis zur Staatsstraße geschleift wurde).

4. Wenigstens den Wein lassen wir wie vorher, Signor Jones kann mich mal.

Es überwog die vierte Option.

In der Zwischenzeit sahen wir fern. Man informierte uns mit trübseligem und überraschtem Ton, dass es Manager und Banker gab, die Milliardenlöcher gerissen hatten. Wir verstanden nicht, wie, aber dunkel ahnten wir voraus, dass irgendein Loch die Runde über hundertsechzig Filialen und Zweigstellen und Finanzgesellschaften machen und dann uns in den Arsch prallen würde.

Bis eines Morgens der Zeitungskioskverkäufer Fefè eintrat und sagte: »Es reicht, Ignoranten, wir müssen lernen, uns zu informieren, statt im Dunkeln herumzutappen. Dafür habe ich euch eine Zeitung mitgebracht, die ihr jeden Tag konsultieren könnt. Wenn wir sie lesen, werden wir alles verstehen. Sie heißt *Il Sole 24 Ore*.«

Trincone der Stier, der nicht einmal die Nase aus dem Glas erhob, kommentierte:

»Wie zum Teufel kannst du einer Zeitung vertrauen, die so heißt? Die Sonne scheint maximal neun oder zehn Stunden.«

Alle waren seiner Meinung, und die Zeitung wurde zurückgewiesen.

Doch die Panik hielt an. Wir rauchten Zigarettenstummel. Für den Geburtstag der Töchter steckte Dido, die Apothekerin, die Kerzchen auf eine Valda-Halspastille. Wir teilten eine Pizza zu acht, mit dem Zirkel, um präzise Portionen zu schneiden. Glücklicherweise spürte Selim in seinem Laden eine Partie Weihnachtspanettone von 1963 auf. Sie waren ein bisschen hart, aber wenn man sie mit der Axt zerteilte und einen Tag in Milch einweichen ließ, waren sie so gut wie essbar.

Kartenspielen wollte niemand mehr um Geld, sondern um Bohnen, die waren mehr wert.

Den Gnadenstoß gab uns der Geldautomat des Dorfes, der einzige.

Eines Abends erschien auf dem Bildschirm die Schrift:

Lasst mich alleine mit meinem Schmerz.

Und es war unmöglich, ihm auch nur noch einen Euro zu entlocken.

Am nächsten Morgen, um sechs, erschien Archimedes Archivio in der Bank und sagte, dass er sein gespartes Geld sehen wolle. Die Kassenführerin Pina antwortete, dass das nicht möglich sei. Darauf verklemmte er sich mit dem Rollstuhl in der Drehtür und blockierte den Durchgang.

Er ging erst, als sie ihm den Tresor zeigten und er mit Stockschlägen kontrolliert hatte, ob er standhielt.

Maria Sandokan, die ihr Geld in einer Matratze aufbewahrte, ging in dem Geschäft um Rat fragen, das sie ihr verkauft hatte. Wie konnte sie es investieren?

Jene verkauften ihr, schlau wie sie waren, eine neue Matratze.

Nach einer erneuten Preissteigerung gab es die Attacke auf den Tresorraum. Wir wussten, dass der Geizkragen Girolamo Ferkello einen versiegelten Keller hatte, in dem er Schinken, Salami, einen Schrein Grieben und andere Köstlichkeiten aufbewahrte.

Trincone das Aas bereitete den Schlag akkurat vor.

Drei maskierte, mit Gewehren bewaffnete Männer würden Girolamo auf dem Weg nach Hause gefangen nehmen und sich von ihm den Tresorraum öffnen lassen.

So nähte Simona Bell'Eugele nachts drei wunderschöne Strumpfmasken aus Wolle. Doch in ihrer mütterlichen Fürsorge schrieb sie die Namen darauf, um sie nicht zu verwechseln.

Deshalb präsentierten sich um Mitternacht vor Girolamo drei maskierte Männer mit rosa Hauben und der gestickten Schrift: Trincone das Aas, Igelo und Zwille. Auf die von Zwille war ein entzückender Teddybär genäht.

Folglich begann Girolamo, als die drei die Gewehre auf ihn richteten und sagten: »Öffne deinen Keller, oder wir schießen«, zu lachen.

»Ihr seid zu spät gekommen«, sagte er, »gestern Morgen haben sie alles wegen einer Hygienekontrolle beschlagnahmt.«

Der Brigadiere Di Zezo und der Ortspolizist Stieglitz hatten vor uns zugeschlagen. Die Schinken endeten aufgeteilt unter den Dienern des Staates.

Dann kam eine Nachricht, die uns ein bisschen Freude bereitete, aber nicht sehr viel. Die Baustelle, wo der große, multifunktionale, polyvalente Komplex hätte entstehen sollen, das Monstrum, für das die Bar abgerissen worden war, war schon geschlossen worden und die Arbeiter entlassen. Mediamogul war in einen kolossalen Bankrott und diverse Skandale verwickelt. Seine Wagen, Privatjet, Yacht, tausendsechshundert Manschettenknöpfe und auch das Kastell wurden beschlagnahmt. Eine Legion arbeitsloser Gespenster überschwemmte unsere Straßen.

Doch noch schwerer als die Krise der Uòlstrit, jedenfalls für uns, traf uns der Klimawandel. Unser Meteorologe war der Hund Merlot. Wenn schlechtes Wetter im Aufzug war, versteckte er sich unter einem Wagen. Dieses Mal stieg er in den Wagen und versuchte, ihn in Gang zu setzen und zu fliehen. Wir begriffen, dass eine große Perturbation im Kommen war.

Es goss drei Tage lang wie aus Kübeln, die Kanäle traten über, und die Kanalisation übergab sich.

Dann hagelte es auf die Ernte.

Dann kam ein Wind und ließ das ganze Obst herunterfallen.

Dann brach ein Bombardement aus Blitzen aus. Einer traf den großen Walnussbaum, der standhielt, ein anderer spaltete eine Eiche in zwei Teile, und es kam eine Familie gerösteter Gnomen daraus hervor. Ein fürchterlicher Blitzschlag briet eine Kuh in ihrem Stall, wir rannten in Massen herbei, und Sofronia schaffte es nicht einmal rechtzeitig, die Kartoffeln für die Beilage zuzubereiten. Ein weiteres Dutzend Blitze entlud sich zum Glück auf Dreiachtzig, der sie absorbierte.

Es folgten weitere drei Tage Regen, diesmal rot von Staub, der aus einer entfernten Wüste kam, dann Schneefall, fettig von Robbenfett, und zum Schluss ein afrikanischer Schirokko, der die Wälder in Brand setzte.

Der glühende Wind brachte nie gesehene Insekten und Parasiten. Besonders einer davon erwies sich als neureicher Bastard und im höchsten Grade schädlich. Es war eine Art allesfressende Laus, dick und mit markigen Unterkiefern, die den Namen *Pediculus nefastus* trug, oder *Pidugello suino*, Schweinepezweile. Zuerst verpestete sie alle Weintrauben, dann nagte sie die Äpfel an, durchbohrte Kürbisse und Wassermelonen, ließ die Pilze und das Futter verfaulen. Sie grub unter der Erde und aß die Kartoffeln, erklomm die Bäume und bohrte die Walnüsse an, schwamm und rottete die Forellen aus. Eine wahre Plage. Poldo Ferkello benutzte alle bakteriologischen Waffen. Doch es gab kein Schädlingsbekämpfungsmittel oder Gift, das den Saboteur hätte eliminieren können. Im Gegenteil, er trank es literweise und wurde dicker.

Der Pidugello attackierte auch Hunde und Katzen und ließ sie räudig werden, es war alles ein Sich-Kratzen und ein Herumwirbeln von Haaren. Und wenn er es schaffte, in die Hosen oder unter die Unterröcke zu gelangen, verursachte er Ekzeme, dass man einen Monat lang nicht laufen konnte.

Was sollten wir essen? Das Mehl ging zur Neige, und Selim buk das Brot, indem er eine Hälfte Schaumstoff dazugab, wir kackten so leichte Würste, dass sie manchmal davonflogen wie Luftschiffe. Man konnte nicht jagen. Die Hasen waren erbärmlich mager. Gandolino ging in den Wald und zielte mit dem Gewehr auf einen. Doch der war derart abgezehrt, dass er eine halbe Dose Thunfisch mit ihm teilte.

Die Fasanen sahen aus wie Spätzchen mit einem enormen Schwanz. Die Wildschweine hatten sich rasiert und versucht, in die Schweineställe einzudringen, um ein bisschen Kleienfutter zu schnorren. Die Schweine magerten ab. Es fehlte an jeglichem Tierfutter. Die Kühe tröpfelten Milch wie ausgetrocknete Wasserhähne. Die Hühner legten Eier so klein wie Erdnüsse.

Oh, traurige Tage des Elends! Jeden Tag las Simona den Nikkei-Index und den Erdölpreis pro Barrel, und vor allem den Preis eines Ballons Pinot. Der Lehrer Micillo gab interessante Unterrichtsstunden über das BIP und die antike römische Ökonomie. So schliefen wir ein und dachten nicht an den Hunger.

Diejenigen, die am besten standhielten, waren die Squat-Brüder, die immer zahlreicher wurden. Sie kamen alle aus Ländern, wo es eine Hungersnot pro Jahr gab, also waren sie daran gewöhnt. Außerdem war die Baustelle geschlossen worden und verlassen. Sie begannen verschiedene Materialien mitzunehmen, von Rohren bis zu Rundeisen. Vor allem entdeckten sie etwa zwanzig prächtige verlassene Chemietoiletten. Die nahmen sie und recycelten sie. Es entstand Kloville, ein liebliches kubistisches Konglomerat.

Einige Toiletten wurden vertikal gelassen, und sie lebten darin sogar zu viert, Seite an Seite stehend wie Zigaretten. In den horizontal umgekippten schliefen sie wie Vampire im Sarg. Ein Klo war Bar und Internetpoint geworden.

Die Entbehrungen erschöpften uns. Vielleicht wurden wir alle langsam verrückt, denn es begannen seltsame und bizarre Dinge zu geschehen, und wir wussten nicht mehr, ob es sich um die Wirklichkeit oder Visionen handelte, so belagert waren wir von Hunger und Gespenstern.

Zum Beispiel sahen wir eines Tages, nachdem wir Wein getrunken hatten, der leicht mit purem Alkohol gedopt war, ein Raumschiff den Himmel durchfurchen und landen. Es war ein enormes Buch, das sich öffnete. Und aus den Seiten kam, genau wie in den Stehauf-Bilderbüchern für Kinder, Stück für Stück die Silhouette der alten Bar Sport hervor.

Alice sagte, dass sich diese Bücher Pop-up nennen würden, aber sie hatte noch nie ein so großes gesehen.

Aber was bedeutete das schon? Wir irrten benommen zwischen Träumen und Trioträumen umher, wir unterschieden uns nicht mehr von den Gespenstern.

Jeden Morgen traten beispielsweise zwei leichenblasse und elegante Gespenster in die Bar. Ein Typ, der wie ein Geck gekleidet war und sagte, er heiße Graf de Chemarocier, und eine hübsche, kleine Dame, als Colombina gekleidet, mit einem anmutigen Schönheitsfleck auf der Wange.

Sie konsumierten einen ganzen Felsblock-Panettone und zwei luxuriöse Cappuccini, dann zog er eine Geldbörse mit antiken Goldmünzen hervor und sagte:

»Können Sie rausgeben?«

Trincone das Aas, der Wirt und ehrlich geworden war, antwortete, ein bisschen eingeschüchtert von ihrem adligen Aussehen, jeden Morgen:

»Ach, ich bitte Sie, zahlen Sie dann später alles auf einmal.«

So frühstückten sie einen Monat lang gratis, bis jemand anmerkte, dass Gespenster keinen Panettone essen.

Darauf präsentierte sich Zeppa mit einem Spaten und traf die Nüsse des Grafen mit einem Spatenhieb.

Der Graf schrie vor Schmerz. Es waren der Vermessungstechniker Schmarozzo und seine Ehefrau Elvira, gepudert und mit zwei geliehenen Kleidern, die sie natürlich nicht bezahlt hatten.

263

Dann waren plötzlich die Eier verschwunden. Wir suchten in den Hühnerställen, aber es gab nicht mal mehr ein einziges. Weder Hühner- noch Gänse- noch Perlhuhneier. Es herrschte sozusagen ein Gesäßstreik.

Eines Tages entdeckten wir, dass eine Henne und eine Gans, die besonders schlau waren, einen Eierstand an der Staatsstraße aufgestellt hatten und sie zu zwei Euro das Dutzend verkauften.

Der Hunger war mittlerweile so groß, dass wir einander ansahen, als ob wir uns gegenseitig aufessen wollten. Wir fragten die Mannara Vervolfiana um Hilfe. Die alte Hexe sammelte immer noch alle verlassenen Hunde ein, die ihre Herrchen nicht mehr ernähren konnten, und ihr Trupp hatte sich auf sechsundfünfzig Elemente verlängert.
Um sie zusammenzuhalten, hatte sie ein besonders wildes und reißendes Schaf abgerichtet, das die Hunde nach seiner Pfeife tanzen ließ.
Wir fragten sie: »Mannara, was gibst du deinen Hunden zu fressen? Und wir, was sollen wir tun, um durchzuhalten?«
»Der Hunger schärft den Verstand«, sagte die Mannara. »Meine Hunde fressen das, was sie ringsherum so finden. Aber hört auf zu jammern. Es gibt Leute, die noch weniger haben als ihr. Ihr seid verängstigt, verkrochen, einbalsamiert, es scheint, als hätten sie euch die Welt weggenommen. Die Welt ist immer noch da, sie gehört euch.
Legt euch ins Zeug, oder meine Hunde werden euch als Aas fressen.«

Die drohenden Worte der Mannara rüttelten uns auf. Wir hörten auf, an Uolstreèt und an die Rezession zu denken, und warfen den Fernseher in den Fluss.
Wir fingen an zu reagieren. Wir pflanzten weitere Samen. Zeppa grub in den verlassenen Gemüsegärten, auf der Suche nach Kartoffeln. Doch er fand nur Öl und fluchte.

Endlich fand er eine Kartoffel, eine einzige, aber sie wog dreißig Kilo.

Als der Bürgermeister das erfuhr, sagte er: »Machen wir sie dem Papst zum Geschenk.«

Und Schwester Priscilla, obwohl sie eine Frau der Kirche war, sagte: »Der Papst soll sich arrangieren, er und all diese Kardinäle, die dick sind wie Schweinchen.«

Sie bekreuzigte sich und half uns, die Kartoffel zu schälen.

Schon bereiteten wir uns auf ein Fest vor, als wir bemerkten, dass die Kartoffel hydropisch war, sie war ganz aus Wasser, und als wir sie gekocht hatten, war sie nicht größer als ein Kartoffelchip.

Aber wir verloren nicht den Mut. Die Automobilindustrie ging zugrunde? Wir reparierten alle kaputten Autos der Gegend. Es kam kein Wasser? Wir gingen mit Eimern zum Fluss. Der Winter stand vor der Tür, und es war schon kalt? Wir putzten alle Kamine und sammelten stapelweise Holz. Doch wir hatten immer noch Angst. Uns fehlte irgendetwas, um damit klarzukommen, aber was?

Bis eines Morgens Igelo mit essbaren Pilzen ankam, die nicht vom Pidugello aufgefressen worden waren. Wir fragten ihn, wo er die gefunden habe.

»Ich bin auf die andere Seite des Berges gegangen«, antwortete er. »Ich habe mich daran erinnert, dass mir mein Opa erzählte, dass er während einer ähnlichen Hungersnot vor fünfzig Jahren Pilze auf der anderen Talseite gefunden hatte.«

Und so fiel uns ein, dass wir alle einen Getreidespeicher oder einen Keller voller Erzählungen hatten, voller Geschichten darüber, wie die Leute sich in den härtesten Zeiten durchgeschlagen hatten.

Zwille erinnerte sich, dass ein Holzfäller, oder vielleicht ein Gnom, ihm gesagt hatte, dass es so hohe Kastanienbäume gebe, dass keine Krankheit und kein Parasit bis zu den Ästen im Wipfel gelangen könne.

Alice ging ins Internet und mit der Globalpanoramasuperkarte lokalisierte sie die gigantischen Kastanien, einige in Nepal, andere im Wald der Fröhrlinge.

Und wir hatten Kastanienmehl, Mistocche-Kastanienfladen, Castagnacci-Kastanienkuchen und Montblanc-Dessert.

Dann vertraute John N'dele Squat Rettganso an, dass er einen Medizinmannonkel in Afrika habe, im Staat Gamberonia. Als er klein war, hatte ihm dieser Onkel von einer schrecklichen Laus erzählt, die dem Pidugello sehr ähnlich war. Der Onkel lebte in einer Hütte im Wald, aber er hatte ein Handy mit Roamingpaket fürs Ausland und dem Phantom-Line-Angebot, mit dem er mit den Geistern sprechen konnte. Wir telefonierten, legten ihm den Fall dar, und der Onkel Leon N'dele sagte uns, dass er den Wakamulu sehr gut kenne, die schreckliche Laus der Hungersnöte. Der Wakamulu halte allem stand, außer dem Frosch Papawakamulu, einer dicken Kröte, die in modrigen Tümpeln lebe und eine ein Meter lange, klebrige Zunge habe. John Squat bat den Onkel, ihm vier davon zu schicken, im Tausch gegen ein Roma-Trikot. Sie kamen nach wenigen Tagen an. Während der Reise hatten sie die ganze Zeit gevögelt, deshalb waren es jetzt hundertsechzehn. Sofort stürzten sie sich in die Wälder, auf die Bäume, auf die Wiesen, und wir sahen ihre Zungen wie Pfeile schnellen. In wenigen Tagen war der grauenvolle Pidugello Wakamulu ausgerottet.

Doch die Frösche fraßen alles, von Insekten bis zu industriell gefertigtem und abgepacktem Konfekt, du gingst spazieren, und sie klauten es dir mit ihrer Zunge aus der Tasche.

Wie würden wir uns von dem Papawakamulu-Frosch befreien?

Es war nicht schwer. Eines Nachts hörte man einen Donnerknall, Blitze fielen, man hörte in der Luft den Chor der Roten Armee, und es erschien ein Mann mit einem schwarzen Überrock. War es sein Gespenst oder der echte Rasputin? Man weiß es nicht, aber man hörte sein berühmtes Lachen, und am Morgen erschien auf einer Wand des Dorfes das Rezept der *Afrikanischen Frösche in Salmì*.

Nun, sie waren ausgezeichnet.

Das Verschwinden der Laus sorgte dafür, dass die Tiere wieder Futter hatten. Die Schweine wurden alle dicker, bis auf eines, das sich René nannte. Er sagte, dass er sich mager lieber habe, und wurde Model für Schweinemäntel.

Die Euter der Kühe schwollen sofort an, als ob ein Schönheitschirurg vorbeigekommen sei. Und die Milch floss wieder.

Dann traf Igelo seinen alten Lehrmeister, den Maurermeister Rore, der das Wasserwerk gebaut hatte. Rore erzählte ihm, wie und wo sich die Leitung entlangwinde, und er zeichnete ihm einen exakten Plan, um sie zu reparieren. »Danke«, sagte Igelo, »wie kann ich mich revanchieren? Kann ich dir ein Glas Wein anbieten?«

»Ich würde so gerne, aber ich bin ein Gespenst«, sagte Rore, »erinnerst du dich nicht, dass ich vor zwanzig Jahren gestorben bin, in jener Zisterne?«

»Stimmt«, sagte Igelo. »Aber auch wenn du ein Geist bist, kannst du es trotzdem gerne annehmen.«

So nahm er Rore und tauchte ihn in den Weinballon, und dieser blieb dort zwei Nächte und sog sich gut voll.

Trincone der Stier erinnerte sich, dass ein Verwandter von ihm, der berühmte Bauer Vincenzo, genannt Vangogh, ein Zauberkünstler darin war, die Weizenernte zu retten. »Sag mal«, fragte er ihn, »was muss ich beim nächsten Mal tun?«

»Erstens, ernte, wenn die Wolken pastellgrau werden, die Raben tief fliegen und der Pinsel weich wird und du es nicht mehr schaffst, die Farben zu vermischen. Dann ist der Moment da.

Zweitens, lösche die Wolken aus und mach den Himmel heiter mit blauem Pinsel.

Drittens, das Wichtigste: Fülle dieses Formular in dreifacher Ausfertigung aus, schicke es ab, und innerhalb von sechs Monaten wirst du Schadensersatz seitens der Europäischen Union erhalten.«

Trincone das Aas war sogar schneller als Europa. Er klaute einen Laster mit Mehl, der auf dem Weg zu einer Pandoro-Firma war. Und Selim nahm das Brotbacken wieder auf.

Der Geruch gelangte bis zur Uolstrèt, und der Handel wurde ausgesetzt.

Eines Abends kam Mediamogul ins Dorf. Er war mager und abgezehrt. Er lebte auf einer alten Yacht, die im Tiber vor Anker lag. Er hatte immer noch einen blauen Wagen, aber es war ein Ape Car. Sein Chef und Gönner und Hurenbock war tot. Er fragte uns, wie wir es anstellten, in Zeiten der Rezession so gutgenährt und fröhlich zu sein.

Wir erklärten ihm, dass wir weit entfernt und ausgeschlossen von den Mechanismen der großen Finanzkrisen seien, doch wir wüssten sehr gut, was uns nahe liege.

Und für uns ist jeder Tag kostbar.
Und wir haben die Erzählungen.
Und wir können die Dinge reparieren, ihr nicht.
Und auch wenn uns der Wind entgegenbläst, wir haben immer Brot und Unwetter gegessen und können uns auch mit diesem messen.

Die Erzählung vom Brunnen

Alle gingen weg. Nur der Opa blieb.

Er betrachtete die Sterne, und es schien ihm, als hätten sie die Plätze gewechselt. Ein neuer Himmel war geboren worden, geschrieben in einer neuen Sprache. Wie jenes Mal, als in der Druckerei der Schließrahmen der Seite kaputtgegangen war und alle Bleiworte, die kleinen Zeilen wie die großen Titel, sich auf dem Boden verteilt hatten, ohne jeglichen Sinn.

Alice bemerkte die Verstörung des Alten. Sie näherte sich ihm.

»Wie geht's?«

»Gut. Gestern hat mich mein Sohn angerufen. Es ging ihm gut, und auch meinem Enkel. Er hat gesagt, dass er vielleicht kommt ...«

»Kommt er, um hier zu spielen?«

»Nicht sofort. Aber er wird kommen. Du wirst hören, wie er spielt ... oder, vielleicht, wenn wir die Ohren spitzen, weil der Wind ja von Westen bläst ...«

»Es ist Zeit, dass du mir die Geschichte vom Brunnen erzählst, Opa Seher«, lächelte Alice.

»Es ist wahr, ich hatte es dir versprochen«, sagte der Opa.

»Als ich jung war, noch jünger als du, musste ich jeden Abend mit dem Eimer zum Brunnen gehen, um Wasser zu holen. Ich ging dorthin, wenn es anfing, dunkel zu werden. Es waren hundert Meter von zuhause bis zum Brunnen, aber auf diesem kurzen Weg machte ich mir viele Gedanken.

269

Vor allem ängstliche Gedanken. Denn es gab eine Legende um diesen Brunnen. Man sagte, er sei verhext und dass viele Jahre zuvor ein Kind wie ich hineingefallen sei. Wenn der Wind zwischen den tiefen Wänden blies, konnte man noch die Klagen des Kindes hören, das um Hilfe rief.

Auch wenn Sterne und Mond die Straße erleuchteten, lief ich zwischen Schatten und Gespenstern. Bäume, Nachtvögel und Objekte, die die Nacht in Silhouetten und furchterregende Arabesken verwandelte.

Bis ich zum Brunnenrand gelangte, den Eimer an der Kette befestigte und ihn hinabließ.

Das Geräusch der Laufrolle war eine kreischende Klage, ein Ächzen vor Mühe und Qual, das nie aufhörte, als ob der Eimer bis zum Mittelpunkt der Erde hinabsinken müsste.

Dann schlug das Kupfer auf der Wasseroberfläche auf, und ich hörte einen dunklen Widerhall, entfernt, aus einer anderen Welt.

Der Eimer füllte sich und wurde schwer. Einen Zug nach dem anderen musste ich ihn hinaufziehen.

Und während ich darauf wartete, ihn am Brunnenrand erscheinen zu sehen, entzündete sich meine Phantasie. Ich wusste nicht, was er mir aus der Tiefe bringen würde, welches Monster oder Wunder.

Eines Abends vor dem Kamin sprach mein Vater von der Fanara, einem Teich mitten im Wald, voller Seerosen und Libellen. Man sagte, dass in diesem trüben Wasser seltsame Fische leben würden, die singen konnten, und dass die Gnomen ihre Schätze auf dem schlammigen Grund versteckten. Und dass in jenem Weiher Skelette von Partisanen und deutschen Soldaten seien. Und im Uferfarn verstecke sich eine Hexe mit grünen Haaren und Schlangenaugen, die dich, wenn sie dich berührte, für dein ganzes Leben in den Knochen frösteln lasse, und es gebe kein Feuer, das dich aufwärmen könne.

Es kam die Stunde, den Eimer zu nehmen und zu gehen.

Jene Nacht war still und magisch. Eine Schleiereule flog über meinen Kopf, und die Glühwürmchen schienen verrückt geworden, sie flogen von einer Seite der Hecke zur anderen.

Ich gelangte zum Brunnen. Und es schien mir, als hörte ich eine Stimme, die meinen Namen aussprach.

Wie jedes Mal hatte ich Angst und große Lust abzuhauen. Doch das hier war meine Aufgabe, zuhause brauchten wir Wasser. Ich machte mir Mut und ließ den Eimer hinunter.

Als ich ihn hochzog, schien es mir, als steige aus der Tiefe Dampf auf. Und tatsächlich, als der Eimer erschien, war das Wasser warm und dampfend, als ob es jemand gekocht hätte. Und aus dem Eimer schaute ein Teufelsfisch hervor, mit roten Hörnern und einem Schwanz wie ein Korallenfächer.

›Hilfe‹, rief ich.

›Keine Angst, Junge‹, sagte der Fisch. ›Du hast den Eimer zu tief hinabgelassen, in die höllischen Seen von Tiamtu. Aber gib mir etwas zu essen, und ich werde dir nichts tun.‹

Ich gab ihm eine Brotkruste, die ich in der Tasche hatte, und der magische Fisch sprang wieder in den Brunnen.

Das Wasser im Eimer wurde wieder kalt und klar.

In der folgenden Nacht las ich gerade ein furchterregendes Buch, das mich sehr begeisterte. Mein Vater schickte mich Wasser holen. Ich hatte keine Lust dazu, es war so angenehm, vor dem Kamin zu lesen. Aber es war meine Pflicht, meine Viertelstunde als Held.

Als ich jedoch Richtung Brunnen lief, verfolgten mich die Bilder des Buches, und jeder Schatten wurde eine Figur. Ein Strauch sah aus wie eine seltsame bucklige Kreatur, der Granatapfelbaum wurde ein Mann mit Umhang. Und die Glühwürmchen waren die dämonischen Augen einer schwarzen Katze.

271

Ich kam beim Brunnen an. Aus der Tiefe kam ein seltsames Geräusch. Ein rhythmisches Wehen, wie von einem gigantischen Pendel, das die Luft durchpflügt.

Als ich den Eimer hochzog, war er riesig und höllisch schwer.

Und ich verstand, warum: Im Eimer kauerte ein Mann mit einem Umhang alter Fasson. Er hatte lange schwarze Haare, eine hohe Stirn und veilchenblaue Augen. Und er war bleich wie ein Gespenst. Doch bevor ich schreien oder fliehen konnte, sagte er mit einem Lächeln:

›Auf, Junge, schau mich nicht so an. Ich bin doch kein Gespenst.‹

›Um ehrlich zu sein‹, antwortete ich, ›machen Sie mir ein wenig Angst.‹

›Kann sein‹, sagte der Mann mit dem Umhang. ›Aber sieh mal, im Herzen der Leute, besonders der Kinder und der Künstler, gibt es nie nur Angst. Neben der Angst gibt es ein unvorhergesehenes Lachen, eine Fratze, ein groteskes Grinsen. Angst und Heiterkeit stecken manchmal beide im selben Gehäuse, wie eine Spieldose, die zwei Spielwerke hat. Was weißt du von meinem Leben?‹

›Wenn Sie der sind, der ich glaube, Mister Edgar, waren Sie ein ganz schöner Säufer und schrieben bizarre und schreckenerregende Sachen.‹

›Sicher‹, lachte der Mann, ›mir gefielen diese Atmosphären, und da war oft eine dunkle Traurigkeit in meinem Herzen. Aber ich war nicht nur ein finsterer Vampir. Ich war auch Schachspieler, Mathematiker, ein angenehmer Redner und Tischgenosse. Ich lief und schwamm gerne, ich durchquerte Flüsse, weil ich darum gewettet hatte. Ich konnte lachen und scherzen. Und ich habe komische und verrückte Erzählungen geschrieben, voller Erfindungen. Ist es nicht so?‹

›Ja, jetzt, da ich drüber nachdenke, haben Sie Recht. Sie waren all das zusammen.‹

›Und noch mehr, was ich dir nicht sage. Guter Junge, der du das Dunkel herausfordern kannst, Held des nächtlichen Eimers. Und jetzt stoßen wir an.‹

›Mit Wasser?‹

Der Mann lächelte und zog aus den Falten seines Umhangs eine Ampulle mit einer smaragdgrünen und glänzenden Flüssigkeit, die der Mond phosphoreszieren ließ.

›Nein, es heißt Absinth, die grüne Fee. Wärm dir den Rachen, Junge.‹

Ich nahm einen Schluck.

Ich hatte noch nie etwas so Gutes und Starkes getrunken. Es verbrannte mir Herz und Gedärm. Der Mann lächelte, dann stellte er sich auf den Brunnenrand, er nahm den Umhang ab, und darunter hatte er einen gestreiften Badeanzug, wie die Badenden des neunzehnten Jahrhunderts. Er verschwand mit einem einwandfreien Hechtsprung.

Ich kehrte wankend nach Hause zurück und schlief vor dem Feuer ein.

In der folgenden Nacht hörte ich meinen Vater und einen seiner Freunde von Krieg und Revolten sprechen, und davon, wie man in unserer Gegend vor nicht allzu langer Zeit dutzende Bauern aufgehängt hatte, die rebellierten.

Ich ging zum Brunnen, und nie war er mir so entlegen vorgekommen. Es schien mir, als folge mir jemand unter der Erde, der sich in den Tunneln und Stollen bewegt. Ich fürchtete, dass von einem Moment auf den anderen eine Kralle aus dem Boden hervorkommen und mich packen könnte.

Endlich erreichte ich den Brunnen und ließ den Eimer hinab.

Ich wartete. Ein Nachtvogel sang seine schwarze Ballade.

Als ich den Eimer hochzog, war er höllisch schwer, aber leer. Er enthielt nur einen Tropfen von etwas, das wie Blut aussah.

›Was ist los, Brunnen‹, fragte ich mit lauter Stimme, ›hast du kein Wasser mehr?‹

Eine Stimme antwortete aus dem Hohlraum, eine Stimme, die Widerhall, Schwappen, Klage der Laufrolle und unterirdischer Wind war.

›Kein Monster ist schlimmer als dasjenige, das sich versteckt. Und kein Delikt ist schlimmer als das des Starken gegen den Schwachen. Verflucht sei, wer dir das Wasser wegnimmt, wer dir das Brot stiehlt, wer dir die Freiheit raubt. Dein Land hat Ungerechtigkeiten und Verbrechen kennengelernt, und es hat Monstern gedient, deren Krallen sich Autorität, Partei, göttliche Investitur oder Wohlgefallen des Volkes nannten. Es werden weitere kommen, heuchlerische und lachende Monster, aber alle werden früher oder später auf dieselbe Art enden. Sie werden im tiefen Brunnen der Geschichte verfaulen. Du sollst ihnen nicht gehorchen, du sollst nicht wie sie werden.

Aber es werden Tage kommen, in denen der Brunnen fast leer sein wird. Du wirst den Eimer viele Male hinablassen müssen, warten und kämpfen, bis du das kostbare Wasser findest, für die, die es brauchen. Sie werden dir sagen, dass das Wasser woanders ist, dass es einfachere Methoden gibt, es zu bekommen, sie werden dir Wasser des Vergessens verkaufen oder vergiftetes, sie werden dich töten, indem sie sagen, dass das Wasser nur ihnen gehört. Doch bewahre deine Hoffnung, komm jede Nacht, lass den Eimer hinab und halte stand, hab keine Angst.‹

Ich ließ den Eimer erneut hinab, ich zog ihn mit Mühe hoch, das Laufrad schien vom Rost festgenagelt, die Hände brannten von der Anstrengung. Der Eimer kam halbgefüllt hervor, aber es reichte uns.

In der folgenden Nacht gab es ein Unwetter mit Regen und Wind. Meine Mutter sagte: ›Besser, du gehst nicht raus.‹ Ich öffnete die Tür und stürzte mich ins Dunkel. Ich kam zweimal vom Weg ab, bis ein Blitz die Finsternis erleuchtete und ich den Brunnen sah.

Ich ließ den Eimer hinab, und während ich ihn hochzog, ließ der Regen ihn prasseln und singen.

Triumphierend packte ich ihn, und mit einer Geste der Hand forderte ich den schwarzen Himmel heraus. Ich hatte es geschafft, auch diese Nacht.

Ich hörte dann eine traurige Stimme, die mich rief. Ich besiegte die Angst und sah hinab auf den Grund.

Ich sah das Gesicht eines Kindes, das nach oben schaute.

Ich zitterte vor Angst, aber dann schaute ich genauer hin. Das war ich, vom Wasser widergespiegelt, gefangen in einer kleinen Welt aus dunklem Wasser.

So hob ich das Gesicht, schaute mich um und sah die grenzenlose Nacht, die Sterne, die Wolken, die vom furiosen Wind getrieben dahineilten, und ich verstand, was es hieß, kein Gefangener zu sein, und wie viel meine Freiheit wert war. Ich eilte nach Hause.

Seit jener Nacht habe ich mein ganzes Leben nachgedacht, mich angestrengt und gekämpft, um frei zu bleiben.

Wenige Zeit später kamen das Wasserwerk, die Wasserhähne, das warme Wasser. Wunderschöne Dinge, die ich schätzen gelernt habe und die du, Alice, vielleicht auf andere Art schätzt, weil du mit ihnen zusammen geboren wurdest.

Doch ich habe nie jene nächtlichen Schritte vergessen, und die Magie jenes Brunnens, meine Visionen und meine Ängste. Und den Geschmack jenes Wassers, das ich aus der eisernen Schöpfkelle trank, und das Lächeln meines Vaters und meiner Mutter, wenn ich nach Hause zurückkam.

Sie kannten nicht all meine Angst, und ich kannte nie die Unruhe ihres Wartens, all ihrer Wartezeiten.

Auch ich habe nachts auf die Rückkehr von Personen gewartet, die ich liebte. Und auch du wirst es tun.

Nun, da ich alt bin, kann ich sagen, dass ich jeden Tag meines Lebens zu jenem Brunnen zurückgekehrt bin. Ich habe es getan, wenn die Nacht klar war und wenn Finsternis und Unwetter herrschten, im Nebel und zwischen den Irrlichtern, alleine oder mit jemandem an meiner Seite, voller Angst oder singend. Und mit den Jahren erschien mir der Brunnen immer weiter entfernt und der Eimer immer schwerer. Doch heute wie vor vielen Jahren ist das meine Aufgabe und meine mühevolle Freude. Es war das, was ich tun konnte. Es war das kostbare Wasser für uns alle.

Von dem Wasser, das ich gebracht habe, haben viele getrunken, sie haben sich ihre Wunden gewaschen, sie haben sich gespiegelt und einen Widerschein von Licht gesehen. Und wenn ich verzweifelt, verwundet und gebeugt war, ging jemand, um für mich das Wasser aus dem Brunnen zu holen.

Verstehst du, Alice? Verlier nie den Mut, wie dunkel die Nacht auch sein mag und wie unruhig die Sterne, geh, auch wenn du klein bist, mit deinem schweren Eimer. Der Brunnen existiert immer noch.«

»Ich werde ihn suchen«, sagte Alice.

»Das ist sehr wichtig. Geh mit Zwille und bring mir Wasser. Ich habe Durst.«

»Ich laufe, Opa Seher. Aber du, warte auf mich …«

Der Gesang des Waldes

Der Opa Seher setzte sich unter eine Eiche.

Er hörte Alices Schritte, die sich entfernten und dabei den Blätterteppich rascheln ließen.

Der Wald, dachte er, ist ein tüchtiger Orchesterdirigent. Es gelingt ihm, zwei große Sänger in Szene zu setzen, die ein bisschen neidisch aufeinander sind: Stille und Geräusch.

Und dann gibt es noch die andere Primadonna, sanft und cholerisch: den Wind.

Und mit ihnen das Orchester der Grillen, der Vögel, der Blätter, und alle bleiben im Takt, auch ohne Dirigenten.

Unter den Wurzeln des Baumes hörte der Opa Seher den Kontinent der Hyphen, die unendlichen Lebenslabyrinthe. Er hörte Wasser und Pflanzensaft fließen, er hörte graben, verzehren, sprießen und verfaulen. Er hörte die Wurzeln trinken und die Sehnsucht der Toten nach der Sonne.

Und er hörte einen Gnom schnauben, der einen Steinpilz nach oben drückte, denn das ist ihre Arbeit, die Pilze hervorkommen zu lassen. Auch die giftigen, denn so ist die Natur.

Er hörte ganz weit entfernt die Töne eines Klaviers.

Von der Baustelle kamen keine Geräusche mehr. Die Arbeiten waren eingestellt worden, die Maschinen rosteten nutzlos vor sich hin. Der große Mund auf dem Plakat hatte schon Karies an den Zähnen. Der Kran hatte sein wahres Ich entdeckt und war als Kranich davongeflogen.

Der Opa Seher fühlte sich müde, sehr müde. An diesem Morgen hatte er nur die Hälfte der siebenundzwanzig

Tätigkeiten des Kulturmenschen verrichtet. Vielleicht reichte es, sie eine nach der anderen zu vergessen. Bis zum Atmen, und basta.

Es begann zu regnen. Der Regen ließ die Blätter sprechen, jedes Blatt ein Wort.

Ein Blatt fiel ihm auf den Kopf, dann ein weiteres.

Ja, sagte er mit geschlossenen Augen, ich werde zu einem alten Baum in einem Wald. Die Bäume werden Seiten, das Buch umschließt mich.

Es wäre schön, so lange zu leben, wie die Geschichten, denen wir zugehört haben und die wir erzählen.

Aber sie werden länger leben als wir.

Nun, dachte der Opa Seher, das war unsere Aufgabe, und wir haben sie gut gemacht. Er hörte das Geräusch des Eimers, der am Grund des Brunnens ankam und sich zum letzten Mal mit Wasser füllte.

Er dachte an seinen Durst und an den der anderen.
Er betrachtete die matten, kaum sichtbaren Sterne.
Du hast Recht, weiser und törichter Melone: Wir haben alle mehr verdient.

Nun schien der Wald dunkler, und der Opa spürte einen Kälteschauer. Und er verstand, dass das Unwetter, das im Anzug war, das schlimmste aller Unwetter sein würde.

Manitu, dachte er, beschütze diejenigen, die diesem Gegenwind standhalten müssen, besonders meine Jungs und Mädels.

Es begann, stark zu regnen. Doch die Krone des Baumes schützte ihn.

Er wollte sich erheben und fortgehen, doch das Moos war so weich und das Geräusch des Regens so freundschaftlich. Ihm war nicht mehr kalt.

Und er witterte Wohlgeruch.

Lavendel und gedünstete Paprika.

Und er hörte, deutlich, ein Klavier spielen. Jedes andere Geräusch verstummte, und der Wald wurde verzaubert.

Der Opa folgte der Melodie mit geschlossenen Augen.

Von irgendwoher riefen ihn Alice und Zwille.

Nie waren ihm die Stimmen der Jugendlichen so freundschaftlich, klar und wunderbar erschienen wie dieses Mal.

Italienische Literatur bei Wagenbach

Paola Gallo/Dalia Oggero   A Casa Nostra
Junge italienische Literatur
Was haben sie uns heute zu erzählen, die jungen italienischen Autoren? Schreiben sie über politische Zustände oder ziehen sie sich ins Private oder Lokale zurück? Die spannende Bestandsaufnahme eines überfälligen literarischen und gesellschaftlichen Aufbruchs in ein anderes Italien.
Quartbuch. Gebunden mit Schutzumschlag. 208 Seiten

Ascanio Celestini   Schwarzes Schaf
Ascanio Celestini hat den Irren zugehört, ihren Geschichten, ihren Wahrheiten, Phantasien und Geistesblitzen. Ein Liebhaber der schwarzen Schafe. Ins Irrenhaus kann man zufällig oder aus Versehen geraten. Ist einer schon verrückt, nur weil er mitten in der Sommersonne, wenn alle fröhlich sind, plötzlich in düstere Stimmung fällt? Wenn einer Angst hat im Dunkeln, manchmal auch am Tag? Was ist normal? Auf welch' dünnem Seil geht unsere Vernunft spazieren?
Aus dem Italienischen von Esther Hansen
Quartbuch. Gebunden mit Schutzumschlag. 128 Seiten

Michaela Murgia   Elf Wege über eine Insel
Sardische Notizen
Elf Wege zeigt uns Michela Murgia auf ihrer Insel, zehn plus einen, weil runde Zahlen nur für Dinge taugen, die endgültig verstanden werden können. Und das ist in Sardinien nicht der Fall.
Auf Sardinien gibt es Höhlen, in denen Hexen wohnen, es gibt Tote durch den Biss von Vampirfrauen und geheime Wasser, in denen der sich spiegelnde Mond die Zukunft und ihre Täuschungen enthüllt ... Michela Murgia zeigt uns ihr Sardinien, das weit entfernt liegt von der Insel der Postkarten.
Aus dem Italienischen von Julika Brandestini
SVLTO. Rotes Leinen. Fadengeheftet. 168 Seiten

Michaela Murgia   Camilla im Callcenterland
Eine amerikanische Staubsaugerfirma mit den Geschäftsmethoden einer Sekte: Michela Murgia schildert ihre Erfahrungen als Angestellte eines Callcenters. Alles höchst amüsant – freilich fügt Murgia in einem Nachwort hinzu, dass sie selbst kein bisschen darüber lachen kann.
Aus dem Italienischen von Julika Brandestini
WAT 667. Broschiert. 144 Seiten

Stefano Benni   Die Bar auf dem Meeresgrund
Unterwassergeschichten
Das unterhaltsamste Buch des bekannten italienischen Satirikers: In
einer Bar auf dem Meeresgrund treffen sich Geschichtenerzähler aus
der ganzen Welt. Männer mit Hut, Blondinen, der Matrose, der Tep-
pichhändler, der Zwerg, der Koch, die Nixe, der Barmann, das kleine
Mädchen, der unsichtbare Mann, der schwarze Hund, der Floh des
schwarzen Hundes: sie alle – und auch noch viele andere illustre
Bargäste – erzählen glaubhafte und unglaubliche Geschichten.
Aus dem Italienischen von Pieke Biermann
WAT 615. Broschiert. 208 Seiten

Stefano Benni   Komische erschrockene Krieger
Luzius Lurch wird siebzig. Er wohnt mit seinem sprechenden Kanari-
envogel auf Berg drei einer nicht näher genannten Stadt und rast im
Metallkorb vierzig Höhenmeter auf und nieder.
Auf Berg vier wohnt Luzi Liebell mit ihrer Mutter. Libero Lee, der Dra-
che, war früher in Luzi verliebt. Wie sein Freund Leo. Aber Leo wird
einundzwanzigjährig mit einem Jagdgewehr erschossen. Die Polizei
und der Journalist Carlo Chamäleon ermitteln.
Berg drei versinkt daraufhin in Urschweigen.
Aus dem Italienischen von Pieke Biermann
WAT 366. Broschiert. 228 Seiten

Stefano Benni   Geister
Kinder werden mit Hubschraubern zur Schule gebracht, die Kom-
munikation findet über Kopfhörer und Satelliten statt, die Weltkugel
rast um sich selbst. »Per Anhalter durch die Galaxis« war der reinste
Sonntagsspaziergang gegen diese unaufhaltsame Höllenfahrt.
Präsident Morton Max bereitet auf der Insel, über die er herrscht, ein
Megakonzert vor: zum zehnjährigen Jahrestag des »gerechten virtuel-
len Krieges«. Aber ein Vulkanausbruch und der Aufstand der Geister
vermasseln das Großereignis.
Und von ferne grüßen die armen Teufel aus Dantes Höllenkreisen.
Die wahre Macht ist unsichtbar, und die Welt geht anders unter, als
man denkt. Gott sei Dank!
Aus dem Italienischen von Hinrich Schmidt-Henkel
Quartbuch. Gebunden mit Schutzumschlag. 420 Seiten

Italienische Literatur bei Wagenbach

Dino Buzzati   Aus Richtung der unsichtbaren Urwälder

Klaus Wagenbach hat die besten Kunststücke dieses seltsamen Artisten gesammelt, der – gegen den kruden Realismus seiner Zeit – das Wunder im Alltäglichen entdeckt, den Einbruch des Absurden. Buzzati, einer der zentralen Förderer der short story, hatte auch großen Einfluss auf seine Zeitgenossen. Sein Rat:»Erzählen? So einfach wie möglich, so dramatisch oder poetisch wie möglich.«

Mit einem Nachwort von Klaus Wagenbach
SVLTO. Rotes Leinen. Fadengeheftet. 144 Seiten

Andrea Camilleri   Der geraubte Himmel

Die Liebe zur Kunst und die Liebe zu einer mysteriösen Dame gehen bei Camilleri eine vertrackte und später höchst gefährliche Verbindung ein. Der Kommissar ermittelt ...
Allein aus den Briefen Riottas entwickelt Andrea Camilleri eine Liebesgeschichte und einen Kunst- Krimi, der – natürlich, Camilleri enttäuscht seine Leser nicht – eine verblüffende Wendung nimmt.

Aus dem Italienischen von Christiane von Bechtolsheim
SVLTO. Rotes Leinen. Fadengeheftet. 120 Seiten

Ermanno Cavazzoni   Das kleine Buch der Riesen

Warum setzen sich die Riesen auf einen Berg und werfen fünf Kilo schwere Steine durch die Luft, die dann auf eine Abtei am Fuß des Berges krachen und die Mönche aus dem Gebet aufschrecken? Vielleicht, um die Existenz Gottes zu leugnen? Oder zum Beweis der Schwerkraft? Nein, nur zum Zeitvertreib ...
Ein parodistisches Feuerwerk voll komischer Bezüge zwischen Mythen und Gegenwart. Eine Geschichtensammlung mit Spitzen und Pointen – als würdiger Nachfolger der *Kurzen Lebensläufe der Idioten*.

Aus dem Italienischen von Marianne Schneider
SVLTO. Rotes Leinen. Fadengeheftet. 144 Seiten

Luigi Pirandello   Einer nach dem anderen

Pirandello entwirft ein verzwicktes Szenario mit einem abgefeimten Komödienpersonal, Leute, die bauernschlau dreimal um die Ecke denken, um ihren Vorteil zu ergattern, wobei einer nach dem anderen das Nachsehen hat. Sehr komisch und sehr sizilianisch!
»*Eine der bemerkenswertesten Novellen Pirandellos.*« Leonardo Sciascia

Aus dem Italienischen von Sabine Schneider
SVLTO. Rotes Leinen. Fadengeheftet. 120 Seiten

Giorgio Bassani   Ferrareser Geschichten

Mit den berühmten fünf Geschichten aus Ferrara setzt Bassani seiner Heimatstadt und ihren Bewohnern ein liebevolles Denkmal. Es ist das kleine Glück in einer bescheidenen Ehe oder das große, unerreichbare; es ist die tiefe menschliche Zuneigung, die auch unter widrigen Umständen gedeiht und das Versagen des Bürgertums in eben jenen Zeiten.

Aus dem Italienischen von Herbert Schlüter
WAT 564. Broschiert. 256 Seiten

Ermanno Cavazzoni
Kurze Lebensläufe der Idioten   Kalendergeschichten

Ein fabelhaftes Fabelbuch aus Italien, voller Sprichwörter und Lebensweisheiten. Und voller Idioten, die der Wirklichkeit mit Feuer und Mathematik zu begegnen suchen, die die Geschwindigkeit ablehnen oder sich in die Lüfte erheben wollen, die einen zu kleinen Kopf oder ein zu großes Herz haben, sich für Maler, Schriftsteller oder Nutten halten, für verdoppelt, verteufelt oder verzwergt.

Aus dem Italienischen von Marianne Schneider
WAT 527. Broschiert. 144 Seiten

Ugo Cornia
Geschichten von meiner Tante (und anderen Verwandten)

Italienisches Familienleben ist ebenso berühmt wie berüchtigt. Zudem besteht es nicht nur aus dem eigentlichen Clan (der freilich von der Urgroßmutter bis zur angeheirateten Cousine reicht), sondern auch aus lokalen Mythen oder Überlieferungen. Ugo Cornia hat ihnen zugehört und ihre Geschichten in schöne, knappe Prosa gebracht. Entstanden ist das heitere und ironische Portrait einer Familie.

Aus dem Italienischen von Marianne Schneider
WAT 618. Broschiert. 144 Seiten

Umberto Eco
Mein verrücktes Italien   Verstreute Notizen aus vierzig Jahren

Eco beschreibt sein Italien in Geschichten: Die Irren auf der Autobahn. Das Tempo der kulturellen Moden. Mailänder Eingeborene. Italien als Mississippi-Dampfer. Der traurige Mangel an Feinden. Fußball als sexuelle Perversion. Aber Eco macht auch Gegenvorschläge: Wie könnte ein ultimativer Film Viscontis aussehen? Wie ein künftiges Italien? Wie die Frauen, wenn sie Dante folgen würden?

Aus dem Italienischen von Burkhart Kroeber
WAT 370. Broschiert. 128 Seiten

Italienische Literatur bei Wagenbach

Ennio Flaiano Allein mit Giorgio

Das Hauptwerk von Ennio Flaiano, das mit Cathérine Deneuve und Marcello Mastroianni verfilmt wurde. Giorgio Fabro, ein Drehbuchautor in den besten Jahren, kommt nach New York, um dort Milieustudien für sein neues Projekt zu treiben. Er beginnt ein Verhältnis mit der jungen Schauspielerin Liza. Als sie ein Häuschen auf dem Land beziehen, entdeckt Giorgio eine ebenso beunruhigende wie faszinierende Verwandlung an Liza, deren Sinnlichkeit immer animalischer wird.

Aus dem Italienischen und mit Nachwort versehen von Ragni Maria Gschwend
WAT 659. Broschiert. 160 Seiten

Amara Lakhous
Krach der Kulturen um einen Fahrstuhl an der Piazza Vittorio

Mord an der Piazza Vittorio! Ein Verbrechen soll aufgeklärt werden, aber vor allem entfaltet sich zwischen den Marktständen und in den Treppenhäusern der Palazzi ein vielstimmiges Portrait des römischen Lebens. Ein Buch über Rom, über die italienische Gesellschaft, ihre Bürokratie und ihren Erfindungsreichtum, über kulturelle Vorurteile, Missverständnisse und Freundschaften.

Aus dem Italienischen von Michaela Mersetzky
WAT 608. Broschiert. 160 Seiten

Leonardo Sciascia Das Verschwinden des Ettore Majorana

Die Geschichte eines großen Physikers, der noch vor Heisenberg die Kernspaltung entdeckte und beschloss, die Welt vor seiner Genialität zu bewahren. Diesem Erschrecken vor der eigenen Entdeckung widmet Sciascia sein Buch: die Geschichte eines Genies aus Sizilien, hochsensibel und mit phantastischen Fähigkeiten, bereits mit 23 promoviert, um sich dann in Deutschland und Italien weiterzubilden.

Aus dem Italienischen von Ruth Wright und Ingeborg Brandt
WAT 652. Broschiert. 96 Seiten

Federigo Tozzi Mit geschlossenen Augen

Wie kein anderer beschreibt Federigo Tozzi das traditionelle Leben in der Toskana: den Padrone, der seine Halbpächter schurigelt, Kleinbürger, die auf gesellschaftlichen Aufstieg hoffen, die Landarbeit, die betuchte Kleinstadt Siena und die Hauptstadt Florenz. Federigo Tozzi gilt zusammen mit Luigi Pirandello und Italo Svevo als einer der drei großen Autoren der italienischen literarischen Moderne.

Aus dem Italienischen von Ragni Maria Gschwend
WAT 669. Broschiert. 192 Seiten

Elio Vittorini   Gespräch in Sizilien

Dieser Roman begründete Vittorinis Ruhm. Er ist eine Liebeserklärung an »das Herz der Kindheit, das Herz Siziliens«.

»Ernest Hemingway hat diesen Roman sehr gemocht, und man begreift sofort, warum: wegen seiner einfachen und schnörkellosen Sprache, wegen seiner gut gebauten Dialoge und wegen seiner puristischen Freude an den elementaren, sinnlichen Dingen des Lebens.«

Hans-Josef Ortheil, Literarische Welt

Aus dem Italienischen von Trude Fein
WAT 671. Broschiert. 184 Seiten

Alberto Moravia   La Noia

In einer Ehe stellt sich oft die Frage: Wer langweilt sich zuerst? Der große Menschenkenner Moravia lässt die Frage im großen und ganzen offen, beantwortet sie aber im erotischen Detail. Der wegen seiner Freizügigkeit umstrittene und vom Klerus heftig bekämpfte Roman wurde mit Horst Buchholz verfilmt.

»Niemand hat die Verwirrungen der Ehe so meisterhaft aufgeschrieben wie Moravia.«
Salzburger Nachrichten

Aus dem Italienischen von Percy Eckstein
WAT 612. Broschiert. 336 Seiten

Luigi Pirandello   Mattia Pascal

Wer bin ich? Was ist Schein, was Wirklichkeit? Die phantastische Geschichte der doppelten Existenz von Mattia Pascal ist nicht nur der Anfang von Pirandellos großem Erfolg, sondern steht auch am Beginn der modernen italienischen Literatur.

»Niemand hat die Verwirrungen der Ehe so meisterhaft aufgeschrieben wie Moravia.«
Salzburger Nachrichten

Aus dem Italienischen von Piero Rismondo. Überarbeitet von Michael Rössner
WAT 603. Broschiert. 288 Seiten

Italo Svevo   Ein Mann wird älter

Ein wunderbar ironischer Roman über das Alter als Geisteshaltung. Emilio Brentani ist eine typische Svevo-Figur: vorsichtig, lebensfremd, mit hochgeistigen Ansprüchen und auf der ständigen Flucht vor den Niederungen der Leidenschaft. Mit dem neuen Vorwort eines Kollegen aus unserer Zeit, Daniele Del Giudice.

Aus dem Italienischen von Piero Rismondo. Mit Vorwort von Daniele Del Giudice
WAT 368. Broschiert. 320 Seiten

Neue Literatur bei Wagenbach

Milena Michiko Flašar Ich nannte ihn Krawatte
Ist es Zufall oder eine Entscheidung? Auf einer Parkbank begegnen
sich zwei Menschen. Der eine alt, der andere jung, zwei aus dem
Rahmen Gefallene. Nach und nach erzählen sie einander ihr Leben
und setzen behutsam wieder einen Fuß auf die Erde. Milena Michiko Flašar macht eine Parkbank zur Bühne, zu einem huis clos unter
freiem Himmel. Die Bank befindet sich in Japan und könnte doch
ebenso gut anderswo in der westlichen Welt stehen.
Quartbuch. Gebunden mit Schutzumschlag. 144 Seiten

Javier Sebastián Der Radfahrer von Tschernobyl
Javier Sebastián setzt den namenlosen Opfern und verleugneten Helden von Tschernobyl ein literarisches Denkmal – so spannend wie
ein Abenteuerroman und mindestens ebenso informativ wie das beste Sachbuch zum Thema. Unbeeindruckt von der staatlichen Repres-
sion tut Nesterenko alles dafür, den Opfern von Tschernobyl den
Alltag nach der Katastrophe wenigstens ein bisschen zu erleichtern.
Aus dem Spanischen von Anja Lutter
Quartbuch. Gebunden mit Schutzumschlag. 224 Seiten

Najat El Hachmi Der letzte Patriarch
Ein bitterböser Abgesang auf das Patriarchat – und ein fesselnder Familienroman über drei Generationen, zwischen gestern und heute,
zwischen der arabischen und der westlichen Welt. Temporeich und
unterhaltsam, und dennoch ein Buch, das niemanden gleichgültig lässt.
*»Ein wunderbares, ein notwendiges Buch. Es kommt gerade zur rechten
Zeit. Dies Buch einer jungen Autorin trägt aus sehr persönlicher Pers-
pektive dazu bei, dem Leser den Sturz der Patriarchen begreiflicher zu
machen.«*   Ernst Osterkamp, Frankfurter Allgemeine Zeitung
Aus dem Katalanischen von Isabel Müller
Quartbuch. Gebunden mit Schutzumschlag. 352 Seiten

Tanguy Viel Paris – Brest
Nicht immer sind Familien Orte der Geborgenheit und Liebe … Der
neue Roman von Tanguy Viel handelt von einer bretonischen Sippe,
in der keiner keinem traut. Und zwar aus gutem Grund. Ein meister-
hafter, burlesker Familienkrimi.
*»Ein subtiler und hochspannender Gesellschafts- und Familienroman,
der virtuos mit Perspektiven, Verdächtigungen und Gemeinheiten spielt.«*
                                        Cornelius Wüllenkemper, NDR Kultur
Aus dem Französischen von Hinrich Schmidt-Henkel
WAT 667. Broschiert. 144 Seiten

Colin McAdam   Fall
Kissen voller Rasierschaum, Cola-Duschen im Tiefschlaf: Noch he-
cken McAdams jugendliche Helden Jungenstreiche aus – bis die erste
Liebe kommt und mit ihr Leidenschaft, Eifersucht und Gewalt.
Die Diplomatensöhne Noel und Julius sind im Elite-Internat von St.
Ebury nicht nur Zimmergenossen, sondern verlieben sich auch bei-
de in die schöne Fall. Hier schreibt ein Autor, der Lebenserfahrung
reflektiert und mit hohem literarischem Vermögen verarbeitet.
Aus dem Kanadischen Englisch von Eike Schönfeld
Quartbuch. Gebunden mit Schutzumschlag. 392 Seiten

Judith Perrignon   Kümmernisse
Ein intensiver Debütroman, der buchstäblich von der Suche nach
Vater und Mutter handelt, von Erinnerungen und der Möglichkeit einer einzigen großen Liebe. Judith Perrignon erzählt in einer schönen,
zurückgenommenen Sprache von ganz unterschiedlichen Lebensge-
schichten mit ihren Enttäuschungen, Verletzungen und Kümmernis-
sen, spannend und berührend bis zum hoffnungsvollen Schluss.
Aus dem Französischen von Karin Uttendörfer
Quartbuch. Gebunden mit Schutzumschlag. 192 Seiten

Lucía Puenzo   Das Fischkind
Ein furchtbar hässlicher Hund, vollgepumpt mit Drogen, erzählt, wie
zwei junge Mädchen aus Liebe zu Mörderinnen werden. Ein frecher,
temporeicher, magischer Roman »Thelma und Louise« auf Argenti-
nisch!
Aus dem argentinischen Spanisch von Rike Bolte
Quartbuch. Gebunden mit Schutzumschlag. 160 Seiten

Wenn Sie mehr über den Verlag und seine Bücher wissen möchten,
schreiben Sie uns eine Postkarte (mit Anschrift und ggf. e-mail). Wir
verschicken immer im Herbst die *Zwiebel*, unseren Westentaschen-
almanach mit Gesamtverzeichnis, Lesetexten aus den neuen Büchern
und Photos. *Kostenlos!*

Verlag Klaus Wagenbach   Emser Straße 40/41   10719 Berlin
www.wagenbach.de

Die italienische Originalausgabe erschien 2009 unter dem Titel *Pane e tempesta* bei Giangiacomo Feltrinelli Editore in Mailand.

Verlag Klaus Wagenbach, Emser Straße 40/41, 10719 Berlin
Umschlaggestaltung Julie August unter Verwendung eines Bildes von Susanne Schüssler. Gesetzt aus der Melior BQ. Einband und Vorsatzmaterial von peyer graphic, Leonberg. Gedruckt auf chlor- und säurefreiem Papier (Schleipen) und gebunden bei Pustet, Regensburg.
Printed in Germany. Alle Rechte vorbehalten

ISBN 978 3 8031 3243 7